suhrkamp taschenbuch 4832

Als Brigitte mit ihrer Familie weg von Melbourne auf eine kleine Insel zieht, glaubt sie, das Glück gefunden zu haben. Und endlich in Sicherheit zu sein. Aber das Idyll ist trügerisch. Denn bald schon taucht ihr Ex-Freund auf, ein Kriminalschriftsteller, und präsentiert auf der Insel seinen neuen Roman – über eine Frau, die ermordet in einem See aufgefunden wird. Nur Stunden später wird eine weibliche Leiche aus dem Wasser gezogen, ganz in der Nähe von Brigittes Haus.

In die Ermittlungen der Melbourne Homicide Squad ist auch der örtliche Cop eingebunden, ihr Mann Aidan, und es scheint, dass er ihr irgendetwas verschweigt. Brigitte stoßen merkwürdige Dinge zu, sie wird von bösen Ahnungen geplagt, ihre Familie gerät in Gefahr. Wem kann sie trauen? Auf wen kann sie sich verlassen? Brigitte ist ganz auf sich selbst gestellt. In einem furiosen Showdown geht es nur um eines: leben oder sterben.

»*Ein drittes Leben* räumt viele Stereotypen von Kriminalliteratur beiseite, ist aber dennoch eine Hommage an die Essenz des Genres.«

*Robin Elizabeth*

Tania Chandler, geboren in Melbourne, wo sie auch lebt, als Redakteurin arbeitet und schreibt. Ihr Debütroman *Zwei Leben* (st 4774) war auf der Shortlist für den Ned Kelly Award (First Novel, 2016) und den Davitt Award (Best Debut, 2016). *Ein drittes Leben* war ebenfalls auf der Shortlist für den Davitt Award (Adult Novel, 2017).

Tania Chandler

# Ein drittes Leben

Psychothriller

Aus dem australischen Englisch
von Karen Witthuhn

Herausgegeben von
Thomas Wörtche

Suhrkamp

Die Originalausgabe erschien 2016 unter dem Titel
*Dead in the Water* bei Scribe.

Erste Auflage 2018
suhrkamp taschenbuch 4832
Deutsche Erstausgabe

Druck und Bindung: CPI – Ebner & Spiegel, Ulm
Umschlagabbildung: wundervisuals / Getty Images
Umschlaggestaltung: zero-media.net
Printed in Germany
ISBN 978-3-518-46832-6

# Ein drittes Leben

*Für Mum*

# 1

Brigitte joggte über die Fifth Parade auf die Uferpromenade zu. Ella schlief in ihrem Kinderwagen, Zippy zog an der Leine. Es war früher Herbst, doch auf Raymond Island verloren die Bäume nie die Blätter. Brigitte mochte diese Jahreszeit nicht, wenn die Tage kürzer wurden, der Winter drohend in der Luft lag. Die Kälte erinnerte ihren Körper an den Schmerz.

Fischerboote, Segelschiffe und Yachten dümpelten an ihren Ankern auf der im Sonnenlicht silbrig funkelnden McMillan Strait. Auf dem Uferweg verringerte Brigitte das Tempo und hielt sich auf der rechten Seite, so weit wie möglich weg vom Wasser. Die Planken waren grau wie alte Knochen, Seegrasbüschel wucherten aus den Spalten hervor. Die Brise trug den Geruch von nassem Hund heran, fast so stark wie der von Eukalyptus in der Luft, und kühlte Brigittes verschwitzten Körper ab. Sie zitterte.

Am ersten Anleger war ein alter Fischer mit dem Vorbereiten seiner Ausrüstung beschäftigt. Um die Pfeiler herum knabberten schwarze Schwäne an Algen und unter Wasser waberndem Seegras, wenn ihre Köpfe und langen Hälse in das dunkle Wasser eintauchten, wackelten die Beine in der Luft wie in einem Zeichentrickfilm.

Brigitte schaute zum Festland hinüber. Jetzt zur Stoßzeit warteten etwa zehn Autos an der Straße aufgereiht auf die Kabelfähre – ohne eigenes Boot der einzige Weg, auf die Insel zu kommen. Sie erkannte den Ford Territory ihres Mannes in der Schlange und wendete Kinderwagen und Hund, um vor ihm zu Hause zu sein.

Am Anfang der Sixth Avenue ließ sie Zippy von der Leine – ein großer, gestromter Blitz, bis er auf den unteren Ästen des Eukalyptusbaums vor ihrem Haus einen Koala erblickte und versuchte, auf den Baum zu klettern. Unbeholfen fiel er um, stemmte die Pfoten gegen den Stamm und bellte laut. Der Koala kletterte völlig ungerührt auf einen höheren Ast und schlief wieder ein.

Nebenan bastelte Harry in seiner Bootswerkstatt unter dem Carport herum. Der Dunst von Leinsamen und Heizöl lag in der Luft. Brigitte winkte.

»Hi, Brigitte.« Seine graubraune Haartolle fiel ihm über die Stirn. Über eine Schulter hatte er eins der Flanellpoliertücher geschlungen, die er en gros bei Lang's Hardware kaufte. *Die besten Lappen in Victoria.* »Hab ein paar Zitronen vom Baum für dich.«

»Ich hole sie später. Hab die Hände voll.« Sie zeigte auf den Kinderwagen mit der schlafenden Ella und nickte in Richtung des den Baum attackierenden Zippy.

»Kein Problem.« Harry – Junggeselle, Mitte-Ende vierzig – gehörte zu den *jüngeren* Leuten auf der Insel.

Der Kinderwagen neigte sich gefährlich auf fünfundvierzig Grad, als Brigitte sich abmühte, ihn auf die hintere Veranda zu ziehen. Sie spürte einen stechenden Schmerz im unteren Rücken – und Panik aufsteigen – und richtete sich langsam auf. Nur ein Zucken. Seit der letzten OP war der Schmerz zu neunundneunzig Prozent verschwunden. Ein gelegentliches Zucken war kein Anlass zur Sorge.

Ella schlief immer noch. Brigitte schob die Tür auf und den Kinderwagen ins mittlere Schlafzimmer, wo das Sonnenlicht die Karussellpferdchen an den Wänden sprenkelte. Als sie Ellas Zimmertür zuzog, hörte sie draußen Reifen auf die Kieseinfahrt knirschen.

Zippys freudig-aufgeregtes Bellen, eine Autotür, die zuschlug, das Tor, das knarrte.

»Zippy, nicht.« Ein quietschendes Lachen, das nicht zu ihm passte. Dann, in der brummigen Hundestimme, zu der der Tierarzt ihnen geraten hatte: »Aus, Zippy.« Ein Ton, auf den Zippy nie hörte. Er bellte, sprang und leckte einfach weiter.

Brigitte kam auf die Veranda und wiegte sich in den Hüften. »Detective Senior Sergeant, ist das eine Pistole in Ihrer Tasche?«

»Wird je der Tag kommen, an dem du das nicht sagst?«

»Nein. Du weißt, ich mag Routine.« Sie küsste ihn, hielt seinen Kopf in den Händen – das dunkle Haar nicht mehr ganz so kurz, das Gesicht nicht mehr so glattrasiert, seit sie aus der Stadt weggezogen waren. Wenn sie auf der Veranda stand und er auf dem Boden, waren sie fast gleich groß.

Er stieg die Stufe hoch, ging zur Tür, putzte sich die Schuhe ab.

»Pst, Ella schläft drinnen«, sagte sie.

Er wandte sich um. »Wo sind die Zwillinge?«

»Bei Emily und Josh.«

Sein Lächeln war schief, der eine Mundwinkel höher als der andere. Manchmal ließ ihn das clever wirken, manchmal selbstgefällig. »Willst du ein Bier?«

»Sicher.« Sie ging in den Garten, um die Wäsche von der Leine zu nehmen, er ins Haus.

Mit zwei kleinen Flaschen Coopers kehrte er zurück, riss die Verschlüsse ab, trank aus einer, stellte beide auf den Tisch und ließ sich auf die uralte schwarze Ledercouch sinken.

»Wie war dein Tag?« *Krach*: Sie ließ den Plastikwäschekorb auf die Veranda fallen.

»Aufregend wie immer. Kids, die im Park an Sprühdosen schnüffeln. Vieh auf der Straße bei Seale. Ein Typ, der im Supermarkt eine Getränkedose geklaut hatte.«

Sie setzte sich auf seine Oberschenkel, trank einen Schluck Bier und stellte die Flasche mit einer halben Drehung – auf Schmerz achtend – auf den Couchtisch zurück. Nichts. »Wie geht es deiner Schulter?« Sie öffnete die oberen Knöpfe seines Hemdes und zog den Stoff nach unten, um das rosa Narbengewebe um die kreisrunde Wunde herum zu begutachten.

»Schon viel besser«, sagte er, als sie die Stelle küsste.

»Die neuen Uniformen gefallen mir äußerst gut«, sagte sie zwischen weiterem Küssen und Knöpfen.

»Ach, wirklich?«

»Mhm. Vielleicht könntest du dir eine besorgen?«

»Nach der Scheiße in Melbourne hätte ich fast jeden Tag eine tragen müssen.«

»Du würdest sehr sexy aussehen.«

»Ich schaue, was sich machen lässt. Aber nur, wenn du eins von deinen alten Stripperinkostümen rauskramst.«

»Aidan!« Sie richtete sich auf. Er wusste, das Thema war tabu, sie reagierte jedes Mal kratzbürstig.

»Was? Du hast angefangen.« Er zog ihr Gesicht wieder zu sich heran.

Sie vergab ihm schnell – legte sich auf den Rücken und zog ihn auf sich.

»Hoffentlich guckt Harry nicht gerade über den Gartenzaun«, sagte er, während er ihre Bluse hochschob.

»Hab ich dir schon mal gesagt, dass du ein guter Stecher bist?« Sie glitt mit den Händen an ihm herab und öffnete den Reißverschluss seiner Hose.

»In letzter Zeit nicht.«

»Es ist ja auch eine Weile her.«

Er vergrub das Gesicht an ihrem Hals. »Tut mir leid.«

»Pscht. Alles gut.« Sie streichelte ihm übers Haar, legte die Arme nach hinten, fasste die Sofalehne, schloss die Augen und flüsterte ihm ins Ohr, was er mit ihr machen sollte und zwar mehrmals.

In der untergehenden Nachmittagssonne wurde das Bier warm.

Die Badezimmertür stand offen, damit Brigitte die Küche im Blick behalten konnte, während sie Ellas dunkles, welliges Haar wusch. Kein Gejammer, keine Wutanfälle, als sie den Conditioner einkämmte. So ein ruhiges Kind, so viel einfacher als Phoebe mit drei Jahren.

Ella pulte an dem ausgefransten Pflaster auf ihrem Knie.

»Wenn du es langsam abziehst, hält der Schmerz länger an«, sagte Brigitte. »Aber wenn du es schnell abziehst, tut es nur ein paar Sekunden lang weh. Soll ich das machen?«

Ella schüttelte den Kopf und zog ihr Knie schnell unter Wasser.

»Was gibt's zum Abendessen, Brig?« Aidan öffnete den Kühlschrank und nahm sich noch ein Bier.

»Na ja, ich hatte heute ziemlich viel zu tun, Fitnessstudio, mein Buch lesen, mit Ella spielen, Zippy ausführen Ich bin zu nichts gekommen.« Sie spülte Ellas Haar aus. »Wenn du Nudeln aufsetzt, wärme ich eine Soße aus der Dose auf, wenn wir hier fertig sind.«

»Pub?«

»Du hast doch immer die besten Ideen. Deswegen habe ich dich geheiratet.«

Sie hörte Phoebe hereinstapfen und die Schultasche auf den Boden schmeißen. Finn folgte ihr auf den Fersen.

Aidan sagte: »Nicht die Tür zu-«

*Knall.* Finn schlug die Fliegentür zu. »Hi, Aidan. Mum. Ella«, rief er, bereits auf dem Weg zu seiner Xbox im Wohnzimmer.

Phoebe lehnte sich an die Frühstücksbar und streckte sich wie eine Katze. Wenn sie den Kopf in den Nacken legte, reichte ihr blondes, seidiges Haar bis an ihre Jeansshorts. Ihr T-Shirt war zu eng – Brigitte nahm sich vor, es bei der nächsten Wäsche in den Mülleimer zu befördern. Die geraden Linien von Phoebes schlankem, kleinen Körper formten sich zu Kurven, neun schien viel zu jung dafür. *Bitte lass sie nicht so werden, wie ich war*, wünschte sich Brigitte jeden Tag. Aber das war kaum zu befürchten. Bei all der Liebe, die sie umgab. Und mit einem Polizisten als Stiefvater.

»Ich hab Hunger. Was gibt's zum Essen, Aidan?«, fragte Phoebe.

»Ruf im Pub an und frag.«

»Die sagen Pommes.«

Ein Krachen vor dem Badezimmerfenster. Brigitte sprang auf, ein schlurfendes Geräusch ertönte, Zippy bellte.

»Was zum Teufel!« Aidan knallte sein Bier auf die Frühstücksbar und lief ins Badezimmer.

Brigitte sah ihn mit gerunzelter Stirn an. »Nichts passiert. Wahrscheinlich bloß ein Koalabär.« Sie stellte sich auf die Zehenspitzen und spähte aus dem Fenster, doch draußen war es zu dunkel.

Ella blickte mit zitternder Unterlippe von Aidan zu Brigitte. Brigitte hob sie aus der Wanne, wickelte sie in ein Handtuch und trug sie auf der Hüfte in die Küche.

Aidan nahm eine Taschenlampe und ging nach draußen.

»Was ist denn, Mummy?« Phoebes Augen waren weit aufgerissen, sie sah aus, als wäre sie wieder fünf.

Finn schlitterte auf Socken über die farbigen Dielen. »Warum bellt Zippy so?«

»Keine Ahnung.« Brigitte legte den Arm um Phoebe.

»Aidan sollte seine Pistole mit nach Hause bringen«, sagte Finn.

»Sei nicht albern.«
»Die Leute mögen Polizisten nicht.«
»Hör auf, Finn.«
»Oder deren Familien.«
»Wo hast du das denn her?«
Er zuckte die Achseln, tippte mit einem Fuß auf den Boden, betrachtete ihn. Im Socken war ein Loch.
Das Bellen hörte auf. Schritte und Pfoten auf der Veranda. Aidan schob die Tür auf. Zippy war neben ihm, wedelte mit dem Schwanz und japste, ein dummer, glücklicher Ausdruck im Gesicht, die Zunge hing zu einer Seite aus dem Maul wie eine dicke Scheibe Schinken. Phoebe lief zu Aidan. Ella wand sich aus Brigittes Armen und folgte ihrer großen Schwester.
»Was?«, fragte Brigitte.
Aidan zuckte die Schultern, die Mädchen hingen an ihm.
»Ein Koalabär?« Brigitte sah, dass die Taschenlampe in seiner Hand zitterte.
»Das sind keine Bären, Brig.«
Vor Laurie Hunt hatten seine Hände nie gezittert.

## 2

Brigitte starrte aus dem Fenster. Sonnenlicht und Schatten warfen Streifen auf den gepflegten Rasen von Gip TV, grüne Feuchtigkeitsflecken zogen sich am durstigen grauen Zaun hoch. Sie wandte den Blick wieder dem Computer zu und klopfte mit zwei Fingerspitzen auf die Maus, zu dem angeforderten fünfzehnsekündigen TV-Werbespot für Wassertanks wollte ihr partout nichts einfallen. Sie öffnete Facebook und biss von ihrem Salatbrötchen ab.
»Rate mal, wer morgen in Lakes sein wird?«

Kumiko, die Rezeptionistin, schlich sich immer von hinten an. Brigitte schluckte den Bissen herunter. »Keine Ahnung.«

»Rate.«

»*Keine* Ahnung. Nick Cave?«

»Nein. Gibst du auf?«

Brigitte nickte und schlürfte Apfelsaft durch den Strohhalm.

»Matt Elery.«

Kumiko wartete, bis Brigitte nicht mehr hustete, und sagte dann: »Signierstunde bei Lakes Books.«

Brigitte sog einen großen Schluck ein.

»Hast du was von ihm gelesen?«

»Ist nicht mein Ding.« Sie öffnete eine Schublade, gab vor, etwas zu suchen, und schob sie mit einem Knall wieder zu. »Hast du die Info für den Metron-Werbespot schon fertig?«

»Sein neuer Roman spielt hier.«

Brigitte drehte sich mit dem Stuhl herum.

»Er hat es fiktionalisiert, aber alle sagen, es ist Gippsland. Es geht um einen Polizisten, dessen Frau tot in einem See gefunden wird. Der Titel ist *Tot im Wasser*.«

Brigitte schnaubte verächtlich. »So würde er das Buch niemals nennen. Niemand würde ein Buch so nennen.«

»Er schon. Willst du hin?«

»Wohin?«

»Zur Signierstunde.«

Sie drückte die Hände auf die Stuhllehnen. »Ich habe morgen was vor.«

Cam, der Produzent, legte ihr ein DIN-A4-Dokument auf den Schreibtisch und klopfte erst mit den Fingerknöcheln darauf, dann mit den ganzen plumpen Fingern. Kumiko huschte an den Empfangstisch zurück.

»Was ist das?« Brigitte sah in Cams faltenloses Gesicht.

»Das Skript für den Bairnsdale-Bauernmarkt.«

»Was ist damit?«

»Nichts. Du musst dafür vor die Kamera.«

Sie runzelte die Stirn und rieb ihr eines Auge.

»Der Star ist nicht aufgetaucht, und wir müssen jetzt drehen.«

Sie schüttelte den Kopf. »Nein.«

»Oh doch. Muss vor dem Wochenende ins Programm. Maree Carver kommt her, um auf dem Markt ihr neues Kochbuch vorzustellen.«

»Nimm Kumiko. Sie ist gern im Fernsehen.«

»Nein. Du bist hier die Einzige, die zur Beschreibung passt: weiß, sympathische Ausstrahlung, Ende zwanzig.«

Über *Ende zwanzig* musste sie lachen.

»Ja, wir drücken echt ein Auge zu.«

»Verpiss dich.«

»Komm schon. Dauert nicht lange. Den Text kannst du im Auto lernen.«

Brigitte band sich eine Bairnsdale-Bauernmarkt-Schürze um, während Cam die Ausstellungsküche wie das Bühnenbild einer Kochshow einrichtete: Designer-Kochutensilien, frische Kräuter auf Schneidebrettern, kleine Schüsseln voller Öl, Gewürze, roher Eier. Dazu legte er deutlich sichtbar eine Metron-Homes-Broschüre auf die Granitplatte – kostenlose Werbung, weil sie die Küche nutzen durften.

Auf einer Buchstütze stand *Marees Familienkochbuch*: Maree Carver in blau-weiß-gestreifter Schürze, die von einer altmodischen, wannenartigen Schüssel aufsah, ein Fernsehlächeln im Gesicht. Brigitte schlug ein Kuchenrezept auf und sah Cam beim Entwirren von Kabeln und dem Einrichten von Kamera und Licht zu. Johnno, der Beleuchter, gönnte sich einen Krankheitstag.

Cam brachte einen Tritthocker, auf den sie sich stellen sollte, und grinste. »Für die größenmäßig Minderbemittelten.« Er schüttete eine Fertigbackmischung in eine Schüssel und fragte, ob sie eine Probe wolle.

»Nein, dreht einfach. Umso schneller ist es vorbei.« Ein Gedanke wehte heran wie Staub: *Wie sieht Matt Elery wohl jetzt aus?* Der Gedanke verflog, als Cam ihr die Hand unter die Schürze steckte. »Mein Gott, Cam! Was machst du da?«

»Oh, *bitte*! Ich versuche nur, das Mikro zu befestigen. Hier, mach du's.« Er gab ihr das Mikrofon. »Steck's dir in den Ausschnitt.«

Sie klebte sich das winzige Mikro mit doppelseitigem Klebeband auf die Haut, fädelte das Kabel unter Schürze und Bluse hindurch und steckte den Empfänger in die hintere Hosentasche. Dabei rechnete sie nach: *Er müsste jetzt siebenundvierzig sein.*

Als sie glaubte, Cam sei bereit, blickte sie in die Kamera und sagte ihren Text auf: »Ich koche wahnsinnig gern für meine Familie und bin sehr –«

»Ich war noch nicht bereit. Du musst warten, bis ich ›Action‹ sage.«

Sie stöhnte.

»Okay. Kamera läuft, und Action.«

»Ich koche wahnsinnig gern für meine Familie und freue mich sehr, dass Maree Carver von *Achtung, fertig, kochen!* nach Bairnsdale kommt.« Sie hielt sich an das Skript – betrachtete *mit gewinnendem Lächeln* das Kochbuch und hielt dabei einen Krug Milch über die Schüssel.

Eine blasse Erinnerung an Matt: *Er trägt knielange Jeansshorts und ein weißes T-Shirt, die Füße sind nackt. Sie macht sich*

*Sorgen, dass er auf der Straße in eine Spritze treten könnte. Er wirkt so fehl am Platz in diesem Stadtteil – frisch und leuchtend vor all dem Schmutz. Sie schaut aus einem Taxifenster, sieht auf der anderen Straßenseite seine blauen Augen aufblitzen.* Kam sie oder ging sie? War das das letzte Mal, das sie ihn gesehen hat? Nein, Jahre später kam er zu ihr ins Krankenhaus. »Maree wird diesen Samstag auf dem Bairnsdale-Markt Kochvorführungen ab-«

»Schnitt! Bairnsdale-*Bauern*markt. Komm schon, Brig, du hast den Text selber geschrieben, du solltest ihn kennen.«

Sie biss sich auf die Zunge.

»Fertig? Denk daran: freundlich, glücklich, glücklich – du bereitest deinen Kindern und deinem sexy Ehemann eine wunderbare Mahlzeit zu.«

Ein Schuldgefühl regte sich in ihrer Brust. Wofür? Gedanken zählen nicht.

»Läuft, und Action.«

»Maree wird diesen Samstag auf dem Bairnsdale-*Bauern*markt Kochvorführungen abhalten.« Sie legte die Stirn in Falten und versuchte, verwirrt auszusehen, wie das Skript es vorschrieb. »Ziehe oder hebe ich unter? Der Unterschied ist mir nie klar.« Sie zuckte die Achseln, goss die Milch in die Schüssel und rührte mit einem Holzlöffel um.

»Okay, super. Machen wir's noch mal.« Cam kam nach vorne und füllte den Krug neu auf. »Und mit ein bisschen mehr Energie.«

Sie drehten wieder.

Und wieder.

Und wieder.

»Was stimmt diesmal nicht?«

»Nichts. Ich brauche für den Zusammenschnitt nur ein bisschen Auswahl. Zu viel ist besser als nicht genug.«

Sie verdrehte die Augen. »Du hast gesagt, es werde nicht lange dauern.«

»Hängt vom Star ab.«

»Verpiss dich.«

Siebzigerjahremusik – »Kiss You All Over« – schmalzte von irgendwoher heran.

Cam sah sich um. »Wo zum Teufel kommt das her?«

Brigitte zuckte die Achseln. Die Musik wurde lauter.

»Aus deiner Tasche, Brig!«

Sie japste auf, rannte zu ihrer Handtasche und angelte ihr Handy heraus. Aidan. Mehr Schuldgefühle. »Sehr witzig.«

»Was?«

»Meinen Klingelton zu ändern.«

»Ich wusste, er gefällt dir. Was willst du?«

»Du hast mich angerufen.«

»Ich hab dich zurückgerufen.«

»Tut mir leid. Mein Handy muss dich versehentlich angerufen haben. Ich habe wieder vergessen, den Bildschirm zu sperren.«

»Was hast du an?«

Sie wandte Cam den Rücken zu. »Aid! Ich bin bei der Arbeit.«

»Ich auch. Habe gerade zwei Beamte auf eine heiße Spur in der Ross Street geschickt. Der Verdächtige pflückt Rosen aus dem Vorgarten irgendeines alten Kerls.«

»Sind Rosen nicht Frühlingsblumen?«

»Ich wusste schon immer, du würdest eine gute Ermittlerin abgeben. Wenn wir wieder Leute einstellen, sage ich dir Bescheid.«

Sie warf einen Blick über die Schulter. Cam tappte ungeduldig mit dem Fuß.

»Wie wär's, wenn ich rüberkomme und dich zum Mittagessen einlade?«

»Geht nicht. Ich bin mittendrin. Ist auch ein bisschen spät fürs Mittagessen.«

»Ich bin offen für andere Vorschläge. Ich könnte Uniform tragen.«

»Ich muss auflegen.«

»Sag nicht, ich hätte es nicht angeboten.«

Eine Pause. Lag da etwas in der Stille?

»Alles okay?«, fragte er.

»Was sollte nicht okay sein?«

»Bis heute Abend.«

Sie legte auf und wandte sich zu Cam um. Er sah auf die Uhr. »Stimmt es, was man über Italiener sagt?«

Sie verzog den Mund.

»Er ist doch Italiener, oder, dein Mann?« Er stellte die Kamera ein. »Hat er Brüder?«

»Zwei Schwestern.«

»Oh. Noch mal von vorne. Bereit. Diesmal wird's. Glücklich, glücklich, und Action.«

Wahrscheinlich hatte Matt eine Glatze. Und Übergewicht. Sie setzte ein breites falsches Lächeln auf. »Und Sie können bei einem tollen Quiz mitmachen.« *Sie war mit dem Taxi von der Führerscheinstelle gekommen. Sie sieht so glücklich aus, obwohl man ihr gesagt hatte, dass sie auf dem Foto für den vorläufigen Führerschein nicht lächeln soll. Sie fühlt sich leicht. Sie wird es ihm sagen.* Sie wusste nicht mehr genau, warum sie es ihm nicht gesagt hatte, es war verschwommen – Fotos, zerbrochene Dinge, Brüllerei auf der Treppe, Türen, die geschlossen wurden. Ihr Kind wäre jetzt achtzehn. Diesen Gedanken hatte sie all die Jahre vergraben. Sie wedelte mit der Hand und stieß die Schüssel mit den Eiern um. »Scheiße!«

»Brigitte!«

Sie wischten das Ei auf, richteten das Set neu ein und fingen von vorne an.

Um sechzehn Uhr drehten sie immer noch. Ihr tat vom Lächeln das Gesicht weh.

»Sie können auch bei einem tollen Quiz mitmachen und großartige Preise gewinnen, darunter Kochbücher und die neuesten Küchengeräte.« Sie rührte noch einmal mit Kraft um und blickte *freudig* in die Kamera. »Lassen Sie sich dieses tolle Ereignis nicht entgehen.«

Laut Skript musste sie den Teig probieren und das Gesicht verziehen. Sie hob den Löffel mit der flüssigen, weißen Mixtur an den Mund und probierte. »Ich muss da auf jeden Fall hin«, sagte sie direkt in die Kamera.

»Schnitt!« Cam lachte.

»Was jetzt?«

»Vielleicht probierst du besser nicht. Es sieht aus, als hättest du gerade jemandem einen geblasen.«

***

Als Brigitte mit ihrem X-Trail auf dem Parkplatz der Paynesville Primary School hielt, vibrierte ihr Handy. Eine Nachricht von Cam: *Dinner für Gip TV Angestellte mit Maree Carver im Bateau House heute Abend 8pm.* Sie stöhnte – der Tag mit Cam war lang genug gewesen, sie hatte keine Lust, da auch noch hinzugehen. Sie antwortete mit der Notlüge, dass sie nicht kommen könne, weil eins der Kinder krank sei.

Die Zwillinge waren die Letzten im Schulhort. Die Lehrerin war sauer, als Brigitte endlich kam. Und sie war auch spät dran damit, Ella aus dem Kindergarten abzuholen.

»Ich bin am Verhungern. Was gibt's zum Abendessen, Mum?«, fragte Finn vom Rücksitz.

»Für mich keinen Fisch«, sagte Phoebe.

»Ich besorge dir Kartoffelpuffer.«

»Und Pommes«, sagte Ella.

»Nein, wir machen zu Hause einen Salat.«

Während die Kinder maulten, ging Brigitte in Joes Laden.

Sie schob den Regenbogen aus Plastikstreifen aus dem Weg und betrat den Laden, in dem zwei mit rotkarierten Tischdecken bedeckte Tische standen. An einem saß Joe vor dem Kreuzworträtsel in der Zeitung und summte zu klassischer Musik. Er lächelte, stützte sich mit den Händen auf den Knien ab, erhob sich steif, zuckte zusammen – sie kannte diese Art Schmerz.

Während er hinter die Theke ging, erkundigte er sich nach den Kindern. Brigitte spähte durch das mit Fischen und Luftblasen bemalte Ladenfenster und bekam mit, dass Finn gerade Phoebe ärgerte, Phoebe schrie und Ella zwischen den beiden heulte. Die Autoscheiben beschlugen. Sie sah wieder Joe an und fragte, wie es ihm ging.

»Ganz gut. Das kalte Wetter ist schlecht für meine Knochen. Sylvia meint, wir sollten nach Norden ziehen.« Er ordnete die Broschüren auf der Theke. »Hab vor ein paar Tagen Detective Aidan gesehen. Auf der Rückseite der Insel haben irgendwelche Typen illegal gefischt.«

»Ja, davon habe ich gehört.« Eine Brise wehte über die Bass Strait heran und bewegte die Plastikstreifen an der Tür. Brigitte zog sich den Mantel fester um die Schultern und bestellte vier Stück Fisch und ein paar Kartoffelpuffer.

»Plattfisch ist heute gut.«

»Haben die Gräten?«

»Die Filets sollten kaum welche haben. Schmeckt gut mit Parmesan und Joghurt überbacken.«

Sie zog die Nase kraus und sagte, sie werde bei Glatthai bleiben, gegrillt.

»So abenteuerlustig.«

Sie zuckte die Achseln.

Während er den Fisch zubereitete, einpackte und ihr Geld nahm, plauderten sie über das Wetter und die Kinder.

»Gehen Sie auf den Bauernmarkt?«, fragte er. »Maree Carver kommt.«

»Ich weiß.«

»Wir *lieben* sie. Gucken sie immer im Fernsehen.«

Das Lenkrad fest umklammernd fuhr Brigitte auf der Fähre in Reihe eins und stellte den Motor ab. Hitze kribbelte wie Ameisen in ihrem Körper. Sie kurbelte das Fenster herunter. Die Kinder beschwerten sich, es sei zu kalt.

Scott, der Fährbetreiber, kam, um Hallo zu sagen. Auf dem Oberdeck lief leise seine Countrymusik: »Back in My Baby's Arms Again«.

»Hab gedacht, du arbeitest donnerstagabends nicht mehr«, sagte sie, während sie ihre Ärmel aufrollte.

»Der Neue hat sich krankgemeldet.« Scotts lose sitzendes Sweatshirt blähte sich unter seiner Neonweste, als er weitere Autos an Bord winkte. »Hab gehört, du hast ein Abendessen mit dem Fernsehboss und deinen Schickimickifreunden.«

Sie lachte. »Gibt es hier unten irgendwas, das nicht jeder über jeden anderen weiß?«

»Nö.« Er wanderte über die drei Reihen des Autodecks und kletterte die Gitterrosttreppe zur Fährkabine hinauf, an dem Schild vorbei, auf dem stand: *Die Passagiere sind verpflichtet, den Anweisungen des Fährbetreibers unbedingt Folge zu leisten.*

Die Fähre vibrierte unter den Füßen und knarrte im Wind. Ächzend hob sich die hydraulische Rampe. Wie immer verwandelte sich die Panik von Hitze in Eiswasser, das die Arme entlang in ihre Fingerspitzen lief. Sie sah ihre weißen Knöchel das Lenkrad umkrallen und entspannte die Finger. *Krach*: Die Kettenräder griffen in die unter Wasser liegenden Ketten und begannen, die Fähre über die einhundertfünfzig Meter breite Wasserstraße zwischen Lake Victoria und Lake King zu ziehen. Brigitte zog die Ärmel herunter und kurbelte das Fenster hoch.

Der Boden des Autos schien unter ihr wegzufallen, wie in einem Aufzug. Über den gegrillten Fisch hinweg stiegen ihr Dieselschwaden in die Nase, als sie in den Bauch atmete – langsam, ein durch die Nase, aus durch den Mund – und zählte: eine Technik, die der Psychologe ihr nach ihrem Zusammenbruch nach dem Tod ihres ersten Mannes beigebracht hatte. Eine Technik, die sie wiederaufgenommen hatte, nachdem Aidan bei der Razzia in Laurie Hunts Haus angeschossen worden war.

*So schlimm ist es nicht immer*, log sie sich selbst an. *Du bist einfach nur müde*. Sie blendete das Genörgel der Kinder aus, schloss die Augen und machte sie erst wieder auf, als die Fähre gegen die Betonrampe auf der Insel stieß.

Zippy führte sich auf, als wären sie einen Monat lang weg gewesen. Er sprang an Brigitte hoch und stieß sie mit dem Rücken gegen das Tor. Das verrostete untere Scharnier gab endlich nach. Sie brüllte den Hund an. Die Kinder rannten ins Haus, und Zippy wandte seine Aufmerksamkeit ihnen zu.

Brigitte steckte den Kopf durch die Tür und rief, sie werde zu Harry gehen, um Zitronen fürs Abendessen zu holen.

Auf dem Weg stellte sie sich auf Zehenspitzen und untersuchte den Rahmen des Badezimmerfensters. In der morgendlichen Eile hatte sie die Aufregung von gestern Abend ganz vergessen. Unten am Fenster waren einige Spuren zu sehen. Dellen, Kratzer? Sie streckte sich, um das Holz abzutasten, dabei blätterte Farbe ab. War hier etwas dagegengelehnt oder -geschoben worden? Wahrscheinlich waren die Spuren schon immer da gewesen. Sie trat einige Schritte zurück. An dem Baum vor dem Badezimmerfenster war ein Ast abgebrochen, der tief genug hing, um im Wind gegen das Fenster zu schlagen. Das war alles gewesen – es erklärte das Krachen. Ein fetter Koala, high vom Eukalyptus, war hochgeklettert, zu schwer für den Ast gewesen und aus dem Baum gefallen. Aidan hatte mal wieder überreagiert.

Sie packte den Ast und zog mit aller Kraft, bis er ganz abbrach.

Harrys Kombi stand nicht vor dem Haus. Sie ging an einem in seiner Werkstatt aufgebockten Boot vorbei. Auf der Werkbank stand ein ungeöffnetes Paket von Lang's Hardware.

Auf der Veranda fand sie einen Bierkasten halbvoll mit Zitronen und eine Nachricht, die in einen Riss in der Verkleidung der Sicherheitstür gesteckt war: *Brig und Aid. Besuche meine Mutter. Morgen wieder da. Nehmt euch Zitronen und bedient euch aus dem Gemüsegarten. Harry.*

Der Rasen hinter dem Haus war frisch gemäht. Einen Fuß vorsichtig vor den anderen setzend, schritt sie den ordentlichen Ziegelsteinpfad zwischen den Gemüsebeeten entlang. Was machte Zippys Quietscheente hier zwischen den Salatpflanzen? Sie hob das Spielzeug auf. *Frecher Hund.* Sie würden endlich das Gartentor reparieren müssen.

Aidan kam eine halbe Stunde später nach Hause – sie mussten sich an der Fähre knapp verpasst haben. Sie begrüßte ihn auf der Veranda. »Detective Senior Sergeant, ist das eine Pistole in Ihrer Tasche?«

Heute Abend schien er das weder amüsant noch süß zu finden. Irgendetwas war passiert. Sie folgte ihm ins Haus.

»Nicht küssen, nicht küssen«, rief Ella kichernd, stellte sich zwischen sie, schob sie auseinander. Aber sie küssten sich nicht.

Brigitte berichtete ihm, dass Zippy wieder durch das Tor entwischt war, doch er wirkte abgelenkt und ging zum Kühlschrank, um Ellas neuestes Bild zu bewundern.

»Wow! Du bist eine große Künstlerin. Das ist das beste Bild, das ich je gesehen habe«, sagte er, ohne es wirklich betrachtet zu haben.

»Das ist eine Kuh und ein Bauer und die Sonne«, sagte Ella. »Für dich, damit du es mit zur Arbeit nehmen kannst.«

Er bedankte sich, kniete sich für eine Umarmung und einen Kuss auf den Boden, und sie rannte los, um Phoebe zu ärgern. Er öffnete die Kühlschranktür, holte zwei Bierflaschen heraus, gab eine Brigitte. »Hab gehört, du wirst berühmt.«

»Ja, klar.« Sie schnaubte lachend.

Finn schrie aus dem Wohnzimmer, dass Aidan kommen und mit ihm Xbox spielen solle.

»Gleich, okay?«

»Musst du noch Hausaufgaben machen?«, rief Brigitte.

Keine Antwort.

Aidan ging ins vordere Schlafzimmer, das eigentlich das hintere Schlafzimmer war, aber sie kamen und gingen nie durch die Vordertür, und zog sich um. Brigitte folgte ihm, stand in der Tür und sah ihm zu. Ein Stirnrunzeln, ein kleines Zucken, als er das Hemd auszog und ein T-Shirt überstreifte.

»Tut deine Schulter weh?«, fragte sie.

»Bisschen.«

»Kann ich irgendwas tun, um dich abzulenken?«

»Vielleicht später.«

Er zog die Hose aus, faltete sie zusammen, legte sie aufs Bett und holte eine Jeans aus der Kommode.

»Ist sonst alles in Ordnung?«

Er schob die Schublade zu. »Was gibt's zum Essen?«

»Fisch und Salat.«

Er zog die Jeans an. »Hab auch gehört, dass dein Ex-Freund morgen in Lakes Entrance sein wird.«

Sie spürte ihren Hals rot anlaufen und trank einen Schluck Bier. Wie ihre Tage als Stripperin war auch das Thema Matt Elery tabu.

»Gehst du hin?«, fragte er, ordnete sich und zog den Reißverschluss zu.

»Warum sollte ich?«

»Keine Ahnung.« Er sah ihr in die Augen, forderte sie heraus, den Blick abzuwenden. »Um mal zu gucken.«

Sie hielt seinem Blick stand, trank Bier und hörte sich schlucken.

## 3

*Die vom East Gippsland Shire Gemeinderat geäußerte Absicht, die Fahrpreise für die Fähre nach Raymond Island zu erhöhen, verärgert die Anwohner*, sagte der 2GR-Moderator im Kofferradio auf der Frühstücksbar.

Brigitte schüttelte den Kopf.

*Etwa fünfhundertvierzig Menschen leben auf der winzigen Insel in der Salzwasserseenlandschaft Gippsland, bekannt für seine große Koalapopulation und eine Kolonie seltener Delfine. Der Bürgermeister findet: »Wer hier wohnen will, sollte auch bereit sein, dafür zu zahlen.«*

»Mistkerl«, sagte sie.

»Redest du wieder mit dem Radio?«

Sie spürte Aidans Blick im Rücken, als sie sich bückte, um einen Teller aus der Spülmaschine zu nehmen.

»Du siehst gut aus.«

»Ich muss heute zur Arbeit.« Sie richtete sich auf, drehte sich aber nicht um.

»Ich dachte, Freitag ist Mummy-und-Ella-Tag.«

»Ich nehme sie mit. Es ist nur für eine Stunde oder so.« Sie drehte sich um, er nahm ihr den Teller aus der Hand.

»Ist ein langer Weg für eine Stunde Arbeit. Lässt sich das nicht von zu Hause erledigen?«

»Cam will über diesen bescheuerten Bauernmarkt-Werbespot reden.« Anstatt ihm in die Augen zu sehen, betrachtete sie die Knöpfe an seinem Hemd. Der obere hing am seidenen Faden. Sie sollte ihn bitten, ein anderes Hemd anzuziehen, und den Knopf für ihn annähen. Sie nahm ihm den Teller wieder ab und stellte ihn auf die Frühstücksbar. Der Radiomoderator verkündete, der Meteorologe sage zwanzig Grad und Sonne voraus, am Abend gebe es eine Wetteränderung.

Als der Toast aus dem Toaster ploppte, machte Brigitte einen Satz.

Im Kreisverkehr am Ortsrand von Bairnsdale zögerte sie. Im Rückspiegel waren keine Wagen zu sehen. Dunkle Wolken zogen sich zusammen, das Wetter schwang schneller um als vorhergesagt.

Ella wollte wissen, wohin sie fuhren.

Brigitte wischte sich die Handflächen an ihrem neuen Country-Road-Rock ab. »Wir treffen nur jemanden von der Arbeit.« Sie holte tief Luft, hielt den Atem an, atmete aus und setzte den Blinker in die Richtung, die den Traralgon Gip TV Studios entgegengesetzt lag. Der Geschmack von Toast stieg ihr in der Kehle hoch. Aidan würde Bescheid wissen. Er wusste immer alles.

Sie fuhr an einem Crime-Stoppers-Plakat am begrünten Seitenstreifen vorbei: *Wenn Sie etwas sehen, reden Sie mit uns.* Sie hätte Aidans losen Hemdknopf annähen sollen. Sie fuhr an die Seite und drehte um.

Nach einigen Kilometern wendete sie wieder. Der Himmel vor ihr war klar. In dieser Gegend war es grüner. Die Pappeln neben der Straße widerstanden dem Wind.

Fünfundvierzig Minuten später tauchte vor ihnen Lakes Entrance auf, und Brigitte und Ella schnappten beim Anblick des tiefblauen Wassers nach Luft.

Der Motor des X-Trails knackte, als der Wagen auf dem Uferparkplatz abkühlte. Ella plapperte mit ihrer Puppe. Durch die Scheibe sahen die Lakes ruhig aus, die gelben Mietpaddelboote spiegelten sich auf der Wasseroberfläche. Brigitte konzentrierte sich auf ihre kurzen Fingernägel, die durchsichtig lackiert waren – der einzige Nagellack, den sie im Badezimmerschrank gefunden hatte. Ihre Hände zitterten.

Sie warf einen Blick auf ihr Handy: E-Mails – nichts Neues; Facebook – das Baby einer Freundin hatte sich beim Frühstück mit Müsli vollgekleckert, Cams Welpe trug einen neuen Hundepulli. Eine Nachricht von ihrem Bruder Ryan: *Hey, Schwesterherz. Was geht? WASA. HDL.* Sie hatte keine Ahnung, was WASA bedeutete. Und *Was geht* – WTF? Sie würde ihn später anrufen.

Sie kramte einen neuen Lippenstift aus der Handtasche und befreite ihn aus der Verpackung. Unten stand der Name

*Harmonie* aufgedruckt. Sie drehte sich den Rückspiegel zurecht und stabilisierte den Ellbogen mit der Hand, während sie den Lippenstift auftrug.

Ella wollte wissen, was sie da mache und ob sie bei der Arbeit seien.

»Ich habe mir gedacht, wir gehen stattdessen ein Buch kaufen.« Sie rieb die Lippen aufeinander. *Nur mal gucken.*

*Am Ende eines langen, harten Tages steht Detective Robert Moore* (der Name klang bekannt, sie wusste nur nicht, woher) *am Seeufer eines gottvergessenen Fischerdorfs im ländlichen Victoria. Unter ihm bergen Polizeitaucher die Leiche einer Frau aus dem Wasser.*

*Als sich die Tote im See als Moores Ehefrau herausstellt, verliert er die Kontrolle. Hatte er sie überhaupt?*

*TOT IM WASSER ist ein Roman über das Dunkle, das unter der Oberfläche lauert: Mord, Korruption und Liebe bis zur Besessenheit.*

Brigitte drehte das Buch um. Der glänzend rote Titelaufdruck war auf einen Sturmhimmel gemalt, unter dem ein einsames Fischerboot auf schwarzem Wasser trieb. Sie legte das Buch auf den mit königsblauem Pannesamt ausgelegten Tisch.

»Für wen soll ich die Widmung schreiben?«, fragte er, ohne aufzusehen. Keine Glatze. Kein Übergewicht.

Ein nervöses Lächeln zuckte um ihren Mund. »Courtney.«

Er hob den Kopf und schob das graublonde Haar aus den Augen, die die Farbe von königsblauem Pannesamt hatten. Die halbmondförmige Narbe unter seinem linken Auge hatte sie völlig vergessen.

»Brigitte!«

»Hi, Kurt.«

»Mein Gott, was machst du denn hier?«

Er trug keinen Ehering. Sie versteckte die linke Hand hinter dem Rücken. *Dämlich.* Sie warf einen Blick zur Kinderecke hinüber. Ella lag zusammengerollt auf einem Sitzsack und war in ein Bilderbuch vertieft. Die neuen lila Stiefel, die Aidan ihr gekauft hatte, steckten an den falschen Füßen.

»Ich wohne jetzt hier unten. Auf Raymond Island.« Sie fummelte an ihrem Handtaschenträger herum.

»Nicht in dem Haus, ... in dem wir damals waren?« Seine Wangen färbten sich rosa.

Sie spürte ihre ebenfalls rot werden, als sie an die anderen Narben auf seiner Brust dachte, über ihr, vom Mondlicht erhellt. Ihr Magen flatterte. Wieder neunzehn. »Mein Großvater hat es uns überlassen, als Aidan nach Bairnsdale versetzt wurde.«

»Du hast diesen Polizisten geheiratet?«

»Zwei nacheinander.« Natürlich wusste er das.

»Bisschen aufregender als ein Schriftsteller.«

Als wäre das je eine Option gewesen. Sie nieste – im Buchladen war es staubig, neben den Neuerscheinungen stand ein Regal mit Second-Hand-Büchern.

»Der Typ, der da unten die Fähre betreibt, kam vorhin vorbei. Er meinte, er habe mein Buch drei Mal gelesen.«

»Scott?«

»Nein, irgendein anderer Name.« Er sah an ihr vorbei, die Leute hinter Brigitte traten von einem Fuß auf den anderen und räusperten sich. »Kannst du kurz warten? Geh einen Kaffee trinken. Ich brauche nicht mehr lange.« Er schrieb etwas in ihr Buch und gab es ihr zurück.

Sie zögerte, blickte wieder zu Ella hinüber. »Das Café ein paar Häuser weiter.«

Er nickte. Ella kam angerannt und umarmte Brigittes

Bein. Matt lächelte und schenkte ihr ein Dr. Seuss-Lesezeichen.

Brigitte bezahlte *Tot Im Wasser* und das neue Buch von Mem Fox für Ella, bar, damit Aidan den Kauf nicht auf der Kreditkartenabrechnung fand. Im Gehen sah sie über die Schulter. Matt lächelte und nickte, während er einer Frau zuhörte, die ihm eine umständliche Geschichte zu erzählen schien und mit den Händen in der Luft fuchtelte. Er wandte den Kopf, fing Brigittes Blick auf, und sie stieß gegen einen blonden Typen, der gerade durch die Tür kam. Sie ließ das Buch fallen, der Blonde hob es auf und entschuldigte sich, obwohl es ihre Schuld gewesen war.

## 4

Das Café war in Rot und Schwarz und Metall eingerichtet und wurde von Neonlampen wenig schmeichelhaft erleuchtet – in diesem Licht sah man immer gelbsüchtig aus. Brigitte strich die Haut unter ihren Augen mit den Mittelfingern glatt, als ließen sich so die feinen Fältchen, die Jahre wegreiben.

Sie nippte an ihrem fettarmen Milchkaffee, ihre Hand zitterte, die Tasse klapperte, als sie sie in die Milchpfütze auf der Untertasse stellte.

Ella sah von *Good Night, Sleep Tight* auf – an ihrer Oberlippe klebte ein Babycino-Schnurrbart. Brigitte lächelte und senkte rasch den Kopf, als sie Kumiko am Café vorbei auf den Buchladen zueilen sah.

»Arbeitet der Mann aus dem Buchladen bei dir?«

Brigitte blinzelte.

»Kann ich einen Keks haben?« Ella hatte einen gewitzten Ausdruck im kleinen Gesicht. »Mit Smarties drauf.« Sie wandte ihre dunklen, neugierigen Augen – Aidans Augen – wieder dem Buch zu, und Brigitte ging zur Theke, um einen Keks zu kaufen.

Sie saßen eine ungewöhnlich lange Zeit schweigend da – vielleicht eine ganze Minute. Als die Musik aufhörte, nahm Brigitte das Ticken der Wanduhr wahr. Als dann der verdammte Gotye-Song – »Somebody That I Used to Know« – einsetzte, nahm sie ihre Handtasche und stand auf. »Weißt du was?«, fragte sie. »Das ist ja eigentlich unser Mummy-und-Ella-Tag, deswegen gehen wir jetzt. Ich muss den Mann nicht sehen.«

»Wird er nicht böse sein?«

»Nein.«

Ella murrte, weil sie den Babycino noch nicht ausgetrunken hatte. Brigitte nahm sie fest an der Hand, sie hatte es auf einmal eilig. In der Tür drehte sie sich um und sah sich selbst im Spiegel an der Rückwand des Cafés. Eine Mutter, alt, langweilig. Die dunklen Schatten unter ihren Augen waren selbst von hier noch erkennbar – sie hatte sich die ganze Nacht hin- und hergewälzt und überlegt, ob sie herkommen sollte oder nicht. Sie richtete sich auf und strich den Rock glatt, er war zu kurz für jemanden in ihrem Alter. Was zum Teufel hatte sie sich gedacht?

Gotye setzte zum nervtötenden Refrain an. Brigitte betrachtete die halb ausgetrunkenen Tassen – an ihrer klebte *Harmonie*-Lippenstift –, die verlassen auf dem rot lackierten Tisch standen. Würden sie da noch stehen, wenn Matt hereinkam?

Die Sonnensegel in Primärfarben warfen dreieckige Schatten auf den Sand des Spielplatzes. Brigitte saß am Picknicktisch und starrte durch die dunkle Sonnenbrille hindurch

Lake Victoria an, der hinter der Spielplatzmauer lag. Auf den graugrünen Wellen tanzten Bojen, ein Stück entfernt schaukelte ein Fischerboot.

Als sie an Matts ersten Kuss dachte, rieb sie sich die Gänsehaut von den Armen. Gott, das war fast zwanzig Jahre her. *Sie sitzen im Young and Jackson's, um die Ecke von seinem Arbeitsplatz, und trinken. Es hat geregnet, doch jetzt ist die Sonne hervorgekommen, und über dem Bahnhof Flinders Street leuchtet ein Regenbogen.*

*Aus irgendeinem Grund muss sie gehen. Sie schiebt sich vom Barhocker und stellt sich auf Zehenspitzen, um ihm einen Kuss auf die Wange zu geben, doch er dreht den Kopf, und so wird es der Mund.* Sie konnte sich nicht erinnern, wie der Kuss sich anfühlte, aber sie erinnerte sich an den roten und goldenen Teppich, seine Körperwärme, den Geruch von – was war das auf seiner Haut? Gewürz? Zitrone? – Zimt und Bergamotte. *Straßenbahnen rattern vorbei, und auf der anderen Straßenseite blinkt an einem Laden neben dem Bahnhof ein rotes Neonschild: City Hatters.* Den Laden gab es immer noch – bei ihrem letzten Besuch in der Stadt war sie daran vorbeigefahren.

»Mummy, Mummy.«

Sie blinzelte und sah Ella mit baumelnden Füßen auf der Schaukel sitzen, die Sonne warf goldene Streifen auf ihr langes, dunkles Haar.

»Kannst du mir bitte Schwung geben?«

Sie lächelte, rieb sich über das Gesicht – rieb die Gedanken weg – und ging zu Ella. Als sie sich auf dem Weg um eine Feuerwehrstange drehte, tat ihr danach der Arm weh. Kaum zu glauben, dass sie damit mal acht Stunden die Nacht ihren Lebensunterhalt verdient hatte.

***

Das Wetter hatte sich verschlechtert, es war grau und nieselte, als sie auf dem Weg von der Schule nach Hause die Esplanade erreichten. Ein Polizeiwagen versperrte den Weg. Constable Brandon Williams leitete den Verkehr um die Wellington Street herum. Brigitte hielt den X-Trail an, kurbelte das Fenster herunter und fragte, was passiert war.

»Ein Zwischenfall am Wasser in der Nähe des Restaurants Bateau House.«

Sie bemerkte, dass Brandon die Kinder auf der Rückbank ansah, und fragte nicht, was für ein Zwischenfall. Ihr Magen verwandelte sich in eine riesige Schnecke.

Brandon las ihre Gedanken. »Aidan ist da unten.«

Sie nahm die Umleitung, parkte im Wartebereich der Fähre neben der Straße und befahl den Kindern, im Auto zu bleiben. Finn stieg aus und wollte ihr folgen. Sie schrie ihn an, er solle wieder einsteigen, und lief auf das blauweiß gestrichene Restaurant zu.

Der uniformierte Polizist am Ende der Victoria Street hatte gerade mit einer Gruppe Jugendlicher zu tun, die in die Straße wollten. Brigitte schlüpfte unbemerkt an der Straßensperre vorbei, den hellen Mantel zugeknöpft, Nieselregen im Gesicht.

Sie zog die Kapuze über und schlang die Arme um sich, während sie vom Ufer aus eine Szenerie beobachtete, die sie an den Klappentext von Matts Buch erinnerte. Der Zugang zum See war vom Bateau House bis zum Fährenwartehäuschen von der Polizei mit Flatterband abgesperrt worden. Spurensicherer und Kriminaltechniker machten Fotos und Notizen. Jäger und Sammler nannte Aidan sie. Außerdem waren ein paar Polizisten in Zivil vor Ort, die Brigitte nicht kannte. Mordkommission Melbourne? Einer watete durch das flache Wasser, die Anzughose bis über die Knie hochgerollt. Aidan stand am Kai, das Jackett ausgezogen, Neonweste an, die Hemdsärmel hochgerollt. Er sagte etwas zu dem Mann im Wasser. Der stolperte, fiel auf die Knie ins Wasser, fluchte.

Brigitte legte die Hände über den Mund und hielt die Luft an, als ein Team von Polizeitauchern einen leblosen Körper auf den Kai hievte, nahe dem Pfosten, an dem ein oranger Rettungsring hing. Darüber stand auf einem Schild: *Rettungsringe retten Leben*. Sie wandte den Blick ab, als die Leiche in einen Sack gelegt wurde. Das rote Signallicht der Fähre spiegelte sich in den Glastüren des Restaurants.

»Gehen Sie zurück!« Senior Constable Carla Flanagan, die neue Ermittlerin, kam herbeigeeilt. Brigitte hatte nicht die Absicht, näher heranzugehen. Flanagan – groß, Ende zwanzig, hübsch, die blonden Locken zu einem festen Pferdeschwanz gebunden – duckte sich unter dem Flatterband durch, packte Brigitte an der Schulter und drängte sie mit Gewalt zurück. Flanagan sah aus, als würde sie viel Zeit im Sportcenter verbringen und könnte einem ohne große Mühe den Arm brechen.

Aidan sah es und kam ans Flatterband. Flanagan trat einen Schritt zurück. Aidan nickte und sagte Brigitte, alles sei okay, tiefe, ruhige Stimme. Auf seinen langen Wimpern lagen Regentropfen. »Geh nach Hause. Nein – geh zu Harry.«

Sie wollte wissen, was passiert war, was hier los war, wusste man, wer die Leiche war, doch sie nickte, ihre Knie zitterten, ihre Kehle war wie zugeschnürt.

»Ich komme, sobald ich kann«, sagte Aidan. Sein oberster Hemdknopf hing am seidenen Faden.

Vor dem Fährenwartehäuschen stand ein Aufsteller: WICHTIG. UM GEGEN DIE NEUEN FÄHRPREISE ZU STIM-

MEN, MÜSSEN SIE ZUM NÄCHSTEN GEMEINDERATS-TREFFEN KOMMEN.

Brigitte fuhr weiter und parkte ganz vorne in Reihe drei. Der »neue Typ« steuerte die Fähre. Er trug eine rote Sonnenbrille im Regen, schob sich das rötlichbraune Haar aus dem Gesicht und legte Hände voller Sommersprossen auf den Fensterrahmen. Sie kannte ihn aus dem Fitnessclub: um die vierzig, viele Muskeln, schaute ständig in den Spiegel.

»Ein Fischer hat kurz nach Mittag die Leiche im Wasser entdeckt«, sagte er.

Brigitte deutete auf die Kinder.

Er grinste sie an. »Na, war's schön in der Schule?«

Brigitte hatte ihn an der Schule noch nie gesehen, aber er sah aus wie einer dieser sportlichen Väter, die die Rugbymannschaft trainierten, den Elternbeirat leiteten und in der Freizeit in der Kantine aushalfen.

Er dämpfte die Stimme und wandte sich wieder an sie. »Hier war heute Nachmittag alles voller Polizei.« Die Augen waren hinter der Sonnenbrille versteckt, aber sein leichtes Lächeln wirkte vertrauenswürdig. »Ich bin Jeremy Williams.« Er hielt ihr die Hand hin.

Sie erwiderte das Lächeln und nahm die rechte Hand vom Lenkrad. Sie war kalt und feucht wie ein Fisch, aber Jeremy schüttelte sie mit genau der richtigen Festigkeit. »Nicht mit Brandon verwandt?«

»Nee. Williams ist der dritthäufigste Nachname in Australien.«

»Brigitte Serra.«

Eine Gruppe japanischer Touristen in bunten Regenmänteln kam aus dem Passagiersaloon und rief nach Jeremy. Komisch, dass der enge, überdachte Unterstand an der Südseite »Saloon« genannt wurde. Weit und breit kein Wyatt Earp, Whiskey oder Wildwestcowboys.

Jeremy kratzte sich den Nacken, wandte sich um und ging mit einem letzten Blick über die Schulter zu den Touristen. Seine Jeans war ein kleines bisschen zu kurz, rote Doc Martens. Im Rückspiegel erschien seine Gestalt verzerrt – der obere Teil des Körpers kleiner als der untere –, er zeigte auf den Tatort und erzählte den Touristen mit großen Gesten die Geschichte, die er sicherlich heute Nachmittag schon etliche Male zum Besten gegeben hatte.

Aus dem Augenwinkel sah sie, dass das Wasser sehr aufgeraut war. *Sieh nicht aufs Wasser, sieh nicht aufs Wasser. Wenn du es nicht siehst, ist es nicht da.* Stattdessen schaute sie das rote Signallicht am Raymond-Island-Ende der Fähre an, das die Fahrtrichtung angab.

Knisternd kam die Stimme eines Küstenpolizisten aus dem Funkgerät in der Fährkabine. *Atme.* Sie atmete auf die falsche Weise – hastige, tiefe Züge, trotzdem bekam sie nicht genug Luft in die Lungen. Die Häuser und Eukalyptusbäume auf der Insel zogen sich zu Umrissen zusammen. Sie umklammerte das Lenkrad und schloss die Augen, als Jeremy, immer zwei Stufen auf einmal nehmend, die Treppe hochsprang.

## 5

»Die letzte«, sagte Harry, als er die dritte Weinflasche öffnete. »Muss rüber in den Pub und Nachschub holen.«

Brigitte sah auf die Plastikuhr an der Wand: Mitternacht. »Geht nicht.« Als ein krächzendes Geräusch ertönte, hob sie den Finger. »Das ist die letzte Fähre.«

»Ich wünschte, sie hätten auf der Insel einen Dan Murphy gebaut.«

»Nicht bloß ein Alkoholgeschäft, überhaupt ein Laden wäre gut.«

»Ach, das macht doch den Charme aus.«

»Charme!« Sie schnaubte. »Vielleicht bauen sie irgendwann eine Brücke, wenn die Gemeinde die Fährpreise erhöht.«

Harry lachte. »Nur wenn sie gelyncht werden wollen.«

Unter Ächzen und Klagen legte die Fähre zum letzten Mal für heute an. »Hoffentlich ist Aid drauf.«

Zehn Minuten später betrat Aidan Harrys Küche. Der Hemdknopf war abgefallen. »Wo sind die Kinder?«

Brigitte deutete in Richtung Wohnzimmer, wo sie bei noch laufendem, aber auf stumm gestelltem Fernseher schliefen.

»Was zu trinken?« Harry hielt die Weinflasche hoch.

»Hast du Whisky?« Aidan ließ sich auf den Plastikstuhl neben Brigitte fallen und pustete sich die Haarsträhne aus dem Gesicht.

Brigitte umarmte ihn, er roch nach Schweiß und den Resten von Zitronencologne. Durch das Hemd hindurch spürte sie seine verhärteten Muskeln.

Harry stolperte, stieß mit der Hüfte an die Kante des Laminex-Tisches, fand das Gleichgewicht wieder und ging den Whisky holen. Aidan befreite sich aus Brigittes Armen und schob sie sanft von sich.

»Wird vermutlich nie einfacher.« Harry reichte Aidan einen Tumbler mit Whisky.

»Hab Schlimmeres gesehen«, sagte Aidan und leerte das Glas in einem Zug.

»Wer aus der Gegend?«, fragte Harry.

»Muss noch offiziell identifiziert werden, sieht aber nicht so aus.«

»Frau?«

»Ja.«

Brigitte senkte den Blick, Aidan wippte unbewusst mit dem Bein. Sie legte die Hand auf sein Knie, das Wippen hörte auf.

»Lag schon lange da?«

»Der Rechtsmediziner meint, seit gestern.«

»Was passiert jetzt mit ihr – mit der Leiche?«

Brigitte wollte nicht noch mehr hören, sie sah wieder auf die Uhr: 0:25. Harry schenkte Aidan nach.

»Das Bestattungsinstitut organisiert den Transport zur Kriminaltechnik in Melbourne.«

»Gibt's eine Obduktion?«

*Halt die Klappe, Harry*. Sie nahm Aidans Hand.

»Ja.« Aidan zog die Hand weg und trank seinen Whisky.

»Daddy!« Ella kam hereingestolpert, ihr Mem-Fox-Buch an sich gedrückt, und rieb sich den Schlaf aus den Augen. Aidan lächelte ein müdes halbes Lächeln und hob sie auf seinen Schoß. »Mummy hat mir heute ein Buch geschenken.«

Er betrachtete das Buch.

Brigitte stockte der Atem, als sie den Aufkleber von Lakes Books auf der Rückseite sah.

## 6

Ich bin keine gute Schwimmerin, sagte sie, während sie sich im Traum auszog. Die weiße Spitzenunterwäsche schimmerte im Mondschein. Sie setzte sich auf den ersten Anleger und ließ die Füße ins Wasser baumeln.

Wenn du mich liebst, kommst du rein, sagte Matt. Er zog an ihren Beinen, sie sagte, hör auf damit. Er hörte nicht auf. Sie trat nach ihm, zu hart, seine Lippe platzte auf. Er berührte den Mund mit der Hand, an seinen Fingern war Blut.

Er packte wieder ihre Beine, sie rutschte ab und fiel ins Wasser. Königsblaue Augen. Sie schmeckte das Blut in seinem Kuss, lehnte sich zurück und blickte auf in den Himmel. Dort drehten sich zwei Monde, nebeneinander. Sie zog an seiner Shorts, wollte ihn, brauchte ihn. Sehnte sich nach ihm. Eine schmerzhafte Sehnsucht, wie es sie nur im Traum gibt – nach denen, die man verloren hat oder die tot sind, oder nach etwas, das nie sein kann. Er schob ihre Hände weg und sagte, erst müssten sie auf die andere Seite schwimmen.

Er tauchte unter. Und kam nicht mehr hoch. Sie drehte sich im Wasser und wusste nicht mehr, wo die Insel und wo Festland war. Sie spürte eine Berührung am Bein. Ein Baumstamm, irgendetwas trieb im Wasser. Wo war er? Matt! Sie drehte sich, um das treibende Ding wegzutreten. Ihr Kopf tauchte unter. Hustend kam sie wieder hoch und rief erneut nach ihm.

Sie hörte ein Platschen. Es klang, als würde er zu ihr zurückschwimmen. Doch es war zu spät – sie war dabei zu ertrinken.

Ich bin zurück zu dir gekommen, sagte er. Das treibende Ding war neben ihm. Kein Baumstamm. Eine Leiche: Die Haut wie bei einem gerupften Huhn, staubig-blass und bläulich. *Rotes Licht auf Glas. Die Rettungsweste rettet Leben.* Sie konnte nicht sprechen, nicht atmen. Und sie konnte ihren Körper nicht zum Schwimmen bringen. Konnte sich überhaupt nicht bewegen – als wären die Gliedmaßen mit Zement gefüllt, gelähmt. Salzwasser strömte in ihren Mund, ihre Nase, die Kehle herunter, verbrannte ihre Lungen.

Jemand weinte, wimmerte. Sie drückte sich durch die Dunkelheit und die Bläschen nach oben, auf das Wehklagen zu, sog an der Oberfläche die Luft ein.

Sie öffnete die Augen. Über ihren Herzschlag hinweg hörte sie immer noch das Wimmern. Sie schob die Decke weg und drehte sich um.

»Aid.« Sie berührte seine Schulter, sie war feucht, schweißnass. Er lag in Embryonalstellung zusammengekrümmt und zuckte im Albtraum. »Aidan.« Sanft schüttelte sie ihn. Sie hatte gedacht – gehofft –, die schlimmen Träume seien vorbei, seit ihrem Umzug auf die Insel vor sechs Monaten hatte er keinen mehr gehabt. Sie legte die Arme um ihn, klopfte ihm auf den Rücken, wie sie es früher getan hatte, um die Kinder zu beruhigen. »Pscht, alles okay. Nur ein Traum.«

Als die Spannung in seinen Muskeln nachließ, umarmte sie ihn fester, küsste seine salzig schmeckenden Augenlider, den Mund. Weitere Küsse, intensiver, ihre Zungen berührten sich. Sie spürte seine Erektion an ihrem Bein, nahm sie in die Hand, rieb sie sanft.

»Ich bin zu müde, Brig.«

Sie drehte ihn auf den Rücken und setzte sich auf ihn, hielt seine Hände, küsste sie, saugte an seinen Fingern. Ein tiefes Stöhnen stieg aus ihrem Inneren empor, als sie auf ihn glitt. Sie schloss die Augen und sah den Anfang ihres Traums, erinnerte sich an den Schmerz. *Nein*. Sie drängte den Gedanken in die Tiefe und öffnete die Augen. Als sie sich an die Dunkelheit gewöhnt hatten, betrachtete sie Aidans Gesicht – der Mund stand leicht offen –, während sie sich langsam auf ihm bewegte.

Das hölzerne Bettgestell schlug die ganze Zeit an die Wand, als sie sich schneller bewegte, die Zehen zusammenrollte, die Muskeln anspannte. Fast. Fast. Sie spürte ihn weich werden und aus ihr herausgleiten.

Sie seufzte und ließ sich nach vorne fallen, das Ohr an seiner Brust, hörte sein Herz schlagen.

»Tut mir leid«, sagte er. Es klang, als käme seine Stimme nicht aus seinem Hals, war wie ein Echo in einer Höhle.

Sie ließ die Finger durch sein Brusthaar gleiten. Der Schweiß klebte sie zusammen, als er sich wegrollte, gab es ein schmatzendes Geräusch.

Die ersten Vögel begannen zu singen. Brigitte hatte gedacht, auf der Insel werde es still sein, aber die Vögel trieben sie manchmal in den Wahnsinn. Sie zwitscherten nicht einfach: Sie krähten und kreischten und trällerten und lachten. Kakadus, Elstern, Kookaburras und wie auch immer diese bunt gefiederten Vögel hießen.

Aidan flüsterte: »Brig, wovor hast du am meisten Angst?«

Sie dachte einen Moment lang nach. Da gab es einiges. Krankenhäuser. Der Tod. Die Alternative – alt werden. Alle Ängste wogen gleich schwer. Aber die schlimmste war das Wasser, das Ertrinken. Das konnte sie ihm nicht sagen, er würde dann nach dem Grund fragen. Er dachte, sie finde die glitschigen Algen im Wasser um die Insel bloß eklig.

»Ich habe eigentlich keine Angst«, log sie. Langsam machte sich ihr Kater bemerkbar, sie verspürte Durst und griff nach dem Wasserglas auf dem Nachttisch. »Und du?« Sie trank ausgiebig.

»Auch nicht.«

Sie glaubte ihm nicht. Die Schießerei bei Laurie Hunt hatte dunkle Dinge in ihm hinterlassen. Breitbeinig und kühn war er hineingegangen und – gerade so – mit dem Leben davongekommen, und mit etwas anderem, das ihn nie wieder verlassen hatte. Sie hatte Spuren davon in seinen Augen gesehen, aber es war immer davongeglitten, bevor sie es am Schwanz packen konnte.

»Die Frau im Wasser«, flüsterte er. »Ich ...«

»Was?« Sie stellte das Glas zurück.

Er schüttelte den Kopf.

»Sag es, Aid.«

»Nichts. Tut mir leid.« Er drehte ihr den Rücken zu.

Sie streckte die Hand nach ihm aus, berührte ihn. Es war nur ganz leicht, doch sie spürte es, sah es im Halbdunkel – ein Zusammenzucken. Ihre Augen brannten.

Sie drehte sich auf den Rücken, ließ ihre Hand nach unten gleiten, über die Narben auf ihrer Brust, ihrem Bauch. Einige Stellen waren taub, sie fühlte keine Berührung.

Der Rauchmelder fing an, nach einer neuen Batterie zu piepen – sie brauchte eine Weile, um zu begreifen, dass es kein Vogel war. Aidan schwang die Beine über die Bettkante und setzte sich auf.

»Was machst du?«, fragte sie.

»Muss die Batterie wechseln.«

Treiben, träumen, fallen, ertrinken, aufwachen. Endlich schlafen. Durch die Bläschen hörte sie »Kiss You All Over«.

Der aufgelöste Cam war am Telefon: »Maree Carver ist nicht ins Studio gekommen und geht nicht an ihr Handy.« Es klang, als wäre er im Auto. »Wir müssen die nächste Serie der Bauernmarkt-Spots drehen.«

»Wovon redest du?« Ihre Stimme krächzte.

»Die Kochvorführungen!«

Sie hustete und rieb sich die Augen.

»Du musst das machen.«

Sie warf einen Blick auf den Wecker: 6:45 Uhr. »Im Leben nicht.«

»Keine Sorge. Maree muss sich versehen haben und denkt, wir treffen uns am Markt. Sobald sie auftaucht, kannst du nach Hause gehen.«

»Nein, Cam.«

»Ich hole dich um 7 Uhr 30 in Paynesville von der Fähre ab.«

»Nein …«

Er hatte aufgelegt.

## 7

*In der McMillan Strait ist am Ufer von Paynesville die Leiche einer Frau gefunden worden*, sagte der Radiomoderator von 3GR.

*Gestern Nachmittag kurz nach 13 Uhr 30 verständigte der Fischer Jim Woodward die Notdienste. Wie Mr. Woodward unserem Sender sagte, ging er gerade am Kai entlang, als ihm im Wasser etwas auffiel.*

*Nachdem er erkannt hatte, dass in unmittelbarer Nähe des Bateau House Restaurants eine Frau mit langen blonden Haaren im Wasser trieb, rief er sofort die Polizei.*

*Ermittler von der Mordkommission und die örtliche Polizei haben mit Zeugen vor Ort gesprochen und eine Untersuchung des Falls angeordnet.*

*Die Frau konnte bisher nicht identifiziert werden, ihr Alter wird auf dreißig bis vierzig geschätzt.*

*Detective Senior Sergeant Steven Williams von der Mordkommission verneinte, dass es weitere Erkenntnisse gebe. Er rief dazu auf, sich mit weiteren Informationen bei Crime Stoppers zu melden.*

*Und jetzt ein wenig Musik: ein kleines Lied über Jack und Diane.*

Dieses Lied lief immer irgendwo in irgendeinem kommerziellen Sender. Brigitte drehte am Autoradio. Sie trank Gatorade und sah Cam zu, der auf dem nassen Gras das *Achtung, fertig, kochen!*-Zelt aufbaute. Es war hellrot und standfest – professioneller als die gestreiften Dinger aus dem Baumarkt. Als sie sah, dass sich Cams Mund bewegte, stellte sie das Radio leiser und öffnete die Tür, um ihn hören zu können. Ein kalter Luftstrom wirbelte durch das Auto. Cam ließ sich eine Stange auf den Fuß fallen und fluchte.

»Ich habe gesagt, kannst du kommen und mir helfen, dieses Scheißding aufzubauen?«

Er strich sich das Haar aus dem Gesicht.

Sie stieg aus dem Wagen, leicht benebelt, und kam ihm zu Hilfe.

»Ich dachte, mit Mädchen bringst du nichts zum Stehen.«

»Stimmt. Aber es ist lange her, dass du ein Mädchen warst.«

»Wenn du fies zu mir bist, fahre ich einfach wieder nach Hause.«

Als das Zelt stand, stellte Cam einen Klapptisch und einen Gaskocher auf. Brigitte begab sich auf die Suche nach Kaffee und sah sich auf dem Weg einige der anderen Marktstände an: Gregs einheimische Pflanzen, Inselhonig, Mikes Metzgerei. Sie kaufte drei Seifenstücke mit organischen Vanilleschoten. Die Marktleute tratschten leise über die in der Strait aufgetauchte Leiche. Als sie sich näherte, verstummten sie.

»Was erzählt Aidan denn?«, fragte Cam, als sie zwei Kaffeebecher auf den Klapptisch stellte, neben einen Stapel von *Marees Familienküche*-Büchern.

»Weiß noch nichts.«

»Muss ihn erschreckt haben.«

»Er war bei der Mordkommission, Cam.« Sie trank ihren Kaffee. »Da war viel Schlimmeres dabei.«

»Schrecklicher Job.« Cam ratschte ein Streichholz an, schützte es mit der Hand und probierte, ob die beiden Gaskocher – kalte, blaue Flammen – funktionierten. »Okay, wir sind so weit. Kochen mit Gas, Baby.«

Sie schüttelte den Kopf und verdrehte die Augen. »Ich kann nicht glauben, dass du mich dazu zwingst. Sind die Leute nicht enttäuscht, wenn Maree Carver nicht kommt?«

»Ein paar schon. Andere freuen sich, dass du da bist.«

»Wer?«

»Deine Fans.«

»Welche Fans?«

»Du wärst überrascht, wie viele Anrufe wir bekommen haben, seitdem dein Spot auf Sendung ist.«

Sie verzog den Mund.

»Fiese alte Männer rufen im Sender an und wollen deine Handynummer. Hier, bind die um.« Er warf ihr eine *Achtung, fertig, kochen!*-Schürze zu. »Ich hole die Zutaten aus dem Auto.«

Sunny von Sunnys Aromatherapie-Laden kam um acht Uhr angehastet, um ihren Stand neben dem von *Achtung, fertig, kochen!* aufzubauen. Sie legte die Stangen auf dem Boden aus, und Brigitte half ihr, sie zusammenzusetzen.

Der Wind bauschte Sunnys lila Kleid auf und riss Brigitte fast die Zeltplane aus den Händen, als Sunny ihr zeigte, wie sie am Dachrahmen zu befestigen war.

»Gestern, die …« Sunny konnte es nicht einmal aussprechen, »da im Wasser.« Sie steckte die Stangen in die Ecken des Zelts und stand auf. »Meine Freundin kam spät von der Arbeit nach Hause, und ich habe mir die ganze Zeit Sorgen gemacht – was, wenn sie es wäre?«

Sunny sicherte das Zelt mit Sandsäcken ab, während Brigitte anfing, Badesalz auszulegen.

»Riech mal«, sagte Sunny und hielt ihr eine geöffnete dunkelgelbe Flasche mit irgendeiner Lotion unter die Nase.

»Mandarine, Patschuli, Ylang Ylang und Flachs. Sehr sinnlich.«

Brigitte roch. »Mmm. Was ist Flachs?«

»Leinsamenöl. Gut bei trockener Haut. Nimm dir eine Flasche. Und eine gelbe Lehmmaske. Ein neues Rezept.«

»Danke.« Brigitte nahm die Geschenke mit an ihren Stand und legte sie unter den Tisch.

Regen setzte ein, als Cam gerade einen großen Pappkarton anschleppte, über dessen Rand frische Kräuter wippten. Er stellte den Karton auf den Tisch und rieb sich die Hände.

»Eine Menge Zeug«, sagte Brigitte.

»Für eine Menge Kochdemos.«

»Du weißt, dass ich nicht kochen kann?«

»Kulinarisch behindert.« Er begann, den Karton auszupacken. »Keine Sorge, ich habe Gary vom Bateau House eine Nachricht geschickt, dass er kommen und dir helfen soll, falls Maree nicht auftaucht. Du musst nur neben ihm stehen und hübsch aussehen.«

Immer mehr Marktbesucher kamen vom Parkplatz herübergewandert. Der Geruch der Bratwürste vom Kirchenstand brachte Brigittes Magen zum Knurren. Besucher kamen und erkundigten sich, wann Maree Carver da sein werde. Cam sagte ihnen, Maree habe sich verspätet, aber sie hätten zum Glück Brigitte Serra und einen preisgekrönten Koch aus dem Bateau House bekommen können. Manche lächelten und nickten, andere gingen wieder. Ein Mann hielt Brigitte für Maree Carver und bat sie, ein Buch zu signieren.

Um zehn entschied Cam, ohne Maree und Gary anzufangen.

»Noch fünf Minuten?«

»Nein. Die erste Demo ist einfach. Harissa. Ganz ohne

kochen.« Er schlug das Rezept im Buch nach und stellte die Zutaten, einen Mörser und einen Stößel bereit. Dann ging er.

Sie rief ihm nach, »Wo willst du hin?«

»Gleich wieder da.«

Ein Typ Ende zwanzig – blonde Haare, Schmollmund – kam mit einem breiten Lächeln und einem gelben Honigtopf in der rechten Hand auf sie zu.

»Gary?«

»Nein. Tate Evans, der neue Produktionsassistent.« Er wechselte den Honig in die linke Hand und schüttelte mit der rechten Brigittes. Er sah sie zu lange an, als würde er sie von irgendwoher kennen.

Cam kam mit zwei Flaschen Olivenöl zurück. »Hi, Tate. Ihr habt euch vorgestellt? Gut.« Er begann, ein Büschel Petersilie klein zu hacken. »Alles, was du tun musst«, sagte er zu Brigitte, »ist, die trockenen Zutaten zu zermahlen und sie mit der Petersilie in einer großen Schüssel zu mischen. Ein Spritzer Olivenöl, Pfeffer, Salz – das ist alles. Verteil es hierdrin an die Leute.« Er stellte einen Stapel kleiner Plastikschüsseln neben den Mörser. »Mit ein bisschen Pita-Brot.«

Sie starrte ihn an wie das Kaninchen die Scheinwerfer. Er schnippte die Finger. »Komm schon. Du kriegst das hin. Tate und ich stehen vorne und filmen dich.«

Sie setzte ein Lächeln auf, schob die Ärmel hoch und zupfte die Schürze zurecht. »Wie viel von den trockenen Zutaten?«

»Immer ein paar Esslöffel. Wir machen mehrere Portionen.« Cam stellte die Kamera auf, über die Tate einen Schirm hielt, um sie vor dem Regen zu schützen.

Sie folgte Cams Anweisungen, legte konzentriert die Stirn in Falten. Eigentlich war es nicht schwer.

»He, Brig«, rief Cam von hinter der Kamera. »Vergiss nicht zu lächeln.«

Sie blickte ihn finster an.

Der Regen ließ nach, doch die Wolken blieben grau und dicht – Kartoffelbrei, den man zu lange hatte stehen lassen.

Als ihnen die Harissa-Zutaten ausgingen, half Cam Brigitte bei gebratenem Halloumi mit Rucola. Sie fragte sich, was für Familien Maree Carver bei diesen Rezepten im Sinn hatte. Die Zwillinge und Ella verweigerten alles Grüne, und Aidan hielt Koriander für exotisch.

Immer noch nichts von Maree Carver oder Koch Gary. Cam rief beide noch einmal an, ohne Erfolg.

»Wie freundlich waren sie Donnerstag im Bateau House?«, fragte Brigitte.

»Willst du andeuten, sie marinieren dort gerade etwas ganz Besonderes?«

»Cam!«

»Du hast eine schmutzige Phantasie, Brigitte Serra.«

Sie lachte nicht. »Cam, du meinst doch nicht ...«

Er schüttelte den Kopf. »Sei nicht albern. Sie kommt nur divenhaft spät, wie schon beim Abendessen. Sie ist eine Primadonna.« Er zupfte den Halsriemen ihrer Schürze zurecht und ging wieder zu Tate hinter die Kamera.

Brigitte briet Halloumischeiben in einer Pfanne mit dickem Boden. Langsam hatte sie den Dreh raus.

»Pass auf, dass sie nicht zu heiß wird«, rief Cam.

»Ja, Cam.« Sie drehte den Käse mit einer Bratzange um: goldbraun, perfekt. Sie servierte ihn auf einem Rucolabett.

Kumiko kam mit einer Tüte Bioäpfel vorbei. Sie ließ die Äpfel fallen und umarmte Brigitte. »Wie geht es dir? Wie geht es Aidan?«

Brigitte fiel in Kumikos pythonartiger Umklammerung das Atmen schwer. »Uns geht's gut.«

»Wirklich?« Kumiko lockerte ihren Griff und sah Brigitte so forschend ins Gesicht, als würde sie eine neue Spezies unter einem Mikroskop untersuchen.

Brigitte bot ihr eine Schüssel Halloumi mit Rucola an und steckte einen Zahnstocher hinein.

»Das ist gut, Brig«, rief Cam. »Wie wär's mit einem Lächeln, Kumi? Das Essen ist *so* lecker.«

Tate kam angeschlendert, um Kumiko zu begrüßen. Sein gewelltes Haar war im Regen lockig geworden. Brigitte konnte verstehen, warum Cam ihn für den Job ausgesucht hatte.

»Du hättest gestern kommen sollen«, sagte Kumiko zwischen Halloumibissen zu Brigitte. »Matt Elery.«

Brigittes Herz schlug einen Purzelbaum.

»*Da* hab ich dich gesehen«, sagte Tate zu ihr. »Im Buchladen.«

Brigitte ignorierte ihn und beschäftigte sich mit dem Umstellen von Schüsseln.

»Er war so nett«, schwärmte Kumiko. »Und hat tolle blaue Augen.«

Brigitte fühlte sich erröten.

»Aus dem Weg, Kumi und Tate«, rief Cam. »Ihr steht im Bild.«

Kumiko streckte ihm die Zunge heraus.

»Das kommt ins nächste Gip TV Promo-Video.«

Brigitte machte sich an den nächsten Schwung Halloumi.

»He, Barbie«, rief Cam ihr zu. »Hier kommt Ken.«

Sie hob den Kopf und sah Aidan über den Platz kommen. Bei ihm war ein stämmiger Mann, einen Kopf kleiner als er, der einen schwarzen Anzug trug. Auf einem Bauernmarkt, um alles in der Welt. Seine Arme standen seitlich ab wie bei einem Affen. Verspiegelte Sonnenbrille, blonder Stoppelschnitt, Kaugummi im Mund, ein bisschen zu breitbeinig. Die Zwillinge schleppten sich hinter den Männern her, den Blick fest auf ihre iPods gerichtet. Was zum Teufel hatte Phoebe da an? Einen engen Jeansrock, der kaum über ihren Hintern ging. Das würde später Ärger geben. Ella hielt Aidans Hand und plapperte.

Als sie den *Achtung, fertig, kochen!*-Stand erreicht hatten, bückte sich Aidan, um unter das Zelt zu schauen. »Na, das sieht man ja auch nicht alle Tage.« Er stützte sich auf den Klapptisch und lächelte leicht, unter seinen Augen lagen tiefe Schatten.

Während sie die Pfanne schüttelte, dachte Brigitte an das Zusammenzucken, ihre Bewegung geriet zu heftig, und ein Halloumistück hüpfte über den Rand.

»Sag mir noch gleich, warum du hier bist«, sagte Aidan.

»Gehört anscheinend zu Gottes Plan.« Er sah nicht belustigt aus. *Da sind wir schon zu zweit.* »Ich vertrete Maree Carver«, sagte sie.

»Die Fernsehköchin?« Aidan runzelte die Stirn, und ihr wurde kalt: Er wusste *genau*, wo Maree Carver war, konnte es aber nicht sagen. Er wandte sich an seinen Begleiter. »Brig, das ist Detective Steve Williams von der Mordkommission. Er leitet die Ermittlung.«

Sie erkannte ihn wieder – der Typ, der durchs Wasser gewatet war.

Er schüttelte ihre Hand und betrachtete sie von oben bis unten. Sie warf Aidan einen Seitenblick zu, er verdrehte die Augen.

»Nicht mit Constable Brandon verwandt. Oder dem Fährmann – und den darf man nicht bezahlen, bevor man nicht auf der anderen Seite ist.« Williams lachte über seinen eigenen Witz. »Ist ein bisschen wie Tasmanien hier unten.«

»Ich muss bald zur Arbeit«, sagte Aidan. »Kann ich die Kinder bei dir lassen?«

Brigitte sah sich um, sah den Stand an, sah Cam und Tate an. »Okay.« Sie zuckte die Achseln, konnte schlecht *nein* sagen. »Willst du mal probieren?« Sie stieß einen Zahnstocher in eine Scheibe Halloumi.

»Was ist das?«

»Halloumi.«

»Ja, aber was ist das?«

»Gebratener Käse.«

»Lieber nicht, danke.«

»Ich probiere mal«, sagte Williams und nahm den Kaugummi aus dem Mund.

Aidan kam hinter den Tisch und bückte sich, um sie zu küssen. »Sei vorsichtig.«

Brigitte zeigte auf die umliegenden Stände. »Weswegen?«

Er runzelte wieder die Stirn.

Cam sah den beiden Polizisten nach, als sie zum Parkplatz gingen. Brigitte stieß ihm den Ellbogen in die Seite.

»Gucken ist erlaubt«, sagte er.

Sie warf Tate einen Blick zu, der einen Manila-Umschlag durchforstete.

»Trägt er je Uniform?«, fragte Cam.

»Wie lange müssen wir hierbleiben?«, maulte Phoebe, die auf dem Boden hinter dem Zelt im Schneidersitz saß. »Das ist langweilig.«

»Sitz nicht so«, sagte Brigitte. »Ich kann deinen Schlüpfer sehen.«

Phoebe ignorierte sie und widmete sich wieder dem Spiel auf ihrem iPod.

»Kann ich ein bisschen Geld haben?«, fragte Finn.

Brigitte seufzte und gab ihm zehn Dollar aus ihrem Portemonnaie. Phoebe sprang auf und hielt ebenfalls die Hand hin.

»Bleibt auf dem Markt«, sagte Brigitte, als sie gingen.

»Ist gut, Mum«, rief Finn über die Schulter zurück. Phoebe wandte sich nicht um.

»Jetzt zum Fisch«, sagte Cam.

»Fisch!«

»Warmer Plattfisch mit Spinatsalat.«

Als er den Fisch aus der Plastiktüte holte, zog sie die Nase kraus. »Den fasse ich nicht an. Er stinkt.«

Cam schüttelte den Kopf. »Das ist Fisch.« Er schnitt ihn in bissengroße Stücke, wischte sich die fischigen Hände an einem Geschirrhandtuch ab und warf es ihr zu.

Sie wich zurück und ließ es fallen. Tate lachte, sie sah ihn wütend an, während sie mit spitzen Fingern das Tuch aufhob.

Sie goss ein wenig Olivenöl in die Pfanne und würzte und briet den Fisch.

»Du brauchst deine Notizen nicht mehr«, sagte Cam zu Tate, und er legte sie auf den Tisch.

Joe und Sylvia tauchten auf.

»Wo ist Maree Carver?«, fragte Joe.

*Divenhaft spät*. »Noch nicht da.«

Joe gab Brigitte eine schnelle Lektion über die Zubereitung von Plattfisch. Er meinte, Cam habe ihn falsch aufgeschnitten – das Messer war nicht scharf genug gewesen. Sylvia verdrehte die Augen und wanderte zu Gregs einheimischen Pflanzen hinüber.

Ella zog an Brigittes Schürze.

»Nicht jetzt, Ella. Mummy hat zu tun.«

»Schon gut«, sagte Cam von hinter der Kamera. »Lass sie helfen. Das sieht niedlich aus. Gib Mummy den Spinat, Ella.«

Detective Sergeant Ray Perry – *Raubein-Ray* – kam, um ein Stück Fisch zu probieren. »Schreckliche Sache gestern.« Seine Stimme war heiser wie bei einem kettenrauchenden Radiojockey.

»Kommt der andere Mann von deiner Arbeit heute?«, unterbrach Ella. »Aus dem Buchladen.«

Brigitte stieß das Öl um und wischte die Lache mit dem Geschirrtuch auf.

»Kann ich ein Eis haben?« Ella legte den Kopf schief und lächelte. »Zwei Kugeln?«

Brigitte kniff die Augen zusammen. Sie packte den Griff der Bratpfanne, um den Fisch von der Flamme zu nehmen, er war heiß und verbrannte ihr die Finger. Sie fluchte leise und wedelte mit der Hand.

»Alles in Ordnung?«, fragte Ray.

»Bestens.«

»Haben ewig keine Wasserleiche gehabt.« Er schnalzte mit der Zunge und schüttelte den Kopf.

*Könnte es sein ...* »Cam«, rief sie, während sie sich das Geschirrtuch um die Hand wickelte, »versuch noch mal, Maree Carver anzurufen.« Eine Ecke des Tuchs hing in der Flamme, als es anfing zu brennen, warf sie es auf den Tisch. Der Wind raschelte in den Bäumen und fegte um die Zelte.

Cam zeigte und winkte mit den Armen. Tate rannte auf sie zu.

Das Geschirrtuch setzte die Tischdecke und Tates Notizen in Brand, Flammen schossen am Zelt hoch und griffen schnell auf das oben befestigte Schild über.

Cam schrie, dass Brigitte und Ella da rauskommen sollten, jemand sollte die Feuerwehr rufen. Während Gregs einheimische Pflanzen in Flammen aufgingen, machte sich Ray auf die Suche nach einem Feuerlöscher.

## 8

Brigitte stellte Kumiko auf Lautsprecher, während sie im Badezimmerschrank nach Calendula-Creme suchte.

»Kein schwacher erhöhter Puls oder kalte, feuchte Haut?«, fragte Kumiko. Der Sanitäter am Bauernmarkt hatte dazu geraten, auf Anzeichen und Symptome von Schock zu achten, und Informationsblätter verteilt. »Schnelle Atmung, Benommenheit, Übelkeit?«

»Nein.« Brigitte trug die Creme auf die Bratpfannenverbrennung in ihrer Hand auf.

»Blässe im Gesicht, unter den Fingernägeln oder an den Lippen?«

Sie schaute in den Spiegel. »Nur Schamesröte.« Und die Furcht vor Cams Witzen: *Ist es heiß hier drinnen, oder ist Brigitte Serra gerade reingekommen? Versteckt die Streichhölzer …* Das würde ihn monatelang amüsieren.

Sie nahm das Telefon mit in die Küche, rührte die Nudeln auf dem Herd um und hörte das Schrappen von Hubschraubern, als Finn in die Küche gestürmt kam. »Irgendwas ist los in Paynesville!«, rief er.

»Muss aufhören, Kumi. Wir sehen uns im Büro.« Sie legte auf.

»Können ich und Phoebe gucken gehen?«, fragte Finn.

Brigitte sagte, sie werde mitkommen, drehte den Herd ab und rief Ella.

Harry stand vor seinem Haus und betrachtete die Hubschrauber der TV-Sender am Himmel. Er schloss sich Brigitte und den Kindern an.

Vom Park aus sahen sie die Presse – lokal und überregional – und die Schaulustigen, die das Ufer von Paynesville bevölkerten.

»Herrgott im Himmel«, sagte Harry beim Anblick der Autos, Transporter, Reporter und Kameracrews.

Die Fähre lag am Festland. Brigitte konnte Jeremy erkennen, wieder ganz die Rampensau, sprach er zu einem faszinierten Publikum aus Fahrgästen.

»Was ist denn passiert, Mummy?«, fragte Phoebe, die dicht neben Brigitte stand.

In ihrer Tasche summte das Handy. Eine Nachricht von Cam: *Nachrichten gesehen?*

Während sie zum Fährenwartehäuschen gingen, öffnete sie die Webseite von *The Age* – die neuesten Nachrichten. Harry las über die Schulter mit.

*Promiköchin tot in East Gippsland Lake aufgefunden.*

»Oh, mein Gott«, sagte sie.

»Was?«, fragten die Kinder einstimmig.

Sie brachte sie mit einer Geste zum Schweigen und las weiter.

*Die Frau, die nahe dem kleinen Fischerort Paynesville in Gippsland tot aus der Wasserstraße zwischen Lake Victoria und Lake King gezogen wurde, ist als die bekannte Fernsehköchin Maree Carver identifiziert worden. Die Fünfunddreißigjährige, Star der beliebten Kochsendung* Achtung, fertig, kochen!, *hatte sich zu Dreharbeiten für einen Werbespot für ihr neues Kochbuch in Gippsland aufgehalten.*

*Ms. Carvers Familie, darunter ihr Mann Michael Gorr und die beiden kleinen Kinder, wurden gestern benachrichtigt.*

*Mr. Gorr sagte, er und seine Kinder gingen durch die Hölle. »Wir sind am Boden zerstört. (Ich) versuche gerade nur, irgendwie weiterzumachen«, sagte er.*

Das Handy klingelte. Cam. »Du hattest recht. Schrecklich, schrecklich, schrecklich. Mir ist richtig übel.« Er schniefte. »Bei dir alles okay?«

»Alle in Ordnung.«

»Ich kann nicht glauben, dass sie ertrunken ist. Ich hätte sie ins Hotel zurückbegleiten sollen.« Es klang, als würde er weinen.

»Ist jemand bei dir?«

Eine Pause, dann ein geschnieftes »Ein Freund ist auf dem Weg«. Mehr bekam er nicht heraus.

Finn wollte übersetzen, aber Brigitte sagte nein und machte sich auf den Heimweg. Im Gehen rief sie Aidan an.

»Wie geht's deiner Hand?«, fragte er.

»Du hättest mir das mit Maree Carver sagen müssen.«

»Das sollte eigentlich erst morgen bekannt werden.«

»Darum geht es nicht.«

»Du weißt, dass ich nichts zu Ermittlungen sagen darf.«

»Das hier ist was anderes.«

Zippy kam auf der Straße auf sie zu gerannt, er musste wieder durch das kaputte Gartentor geschlüpft sein. Brigitte legte auf, packte Zippy am Halsband und schleppte ihn nach Hause.

Sie hatten den Fernseher im Wohnzimmer angelassen. Nachrichten auf Channel 9. Ein fönfrisierter, stark geschminkter Reporter stand mit ernstem Gesichtsausdruck vor dem Bateau House und versuchte, die botoxbehandelte Stirn zu runzeln, aber es entstanden keine Falten. »Die Nachricht hat uns alle bei Channel 9 schwer getroffen«, sagte er. »Maree war ein beliebtes Mitglied unseres Teams in Melbourne. In Gedanken sind wir bei ihrer Familie und Freunden. In den sozialen Medien hat es bereits Unmengen von Trauerbekundungen gegeben, und im Studio erreichen uns immer mehr Nachrichten ihrer trauernden Fans.«

Ein Bild von Maree Carver erschien auf dem Bildschirm. Sie sah jünger aus als auf dem Kochbuch. Ihre helle Haut war geschminkt, um sie natürlicher wirken zu lassen. Model-Lächeln, graugrüne Augen, das Haar lose zurechtgemacht. Ein Foto, das sicher ihr Agent zur Verfügung gestellt hatte. Eine klassische Porträtaufnahme: die Hand lässig unter dem Ohr, der Ellbogen auf den anderen Unterarm gestützt, der auf einer Bank oder Stuhllehne lag, die aus dem Bild herausgeschnitten worden war. Weiches Licht. Ein Kleid oder Oberteil mit U-Boot-Ausschnitt, schwarz, Satin oder vielleicht Samt, rahmte ihr Schlüsselbein ein.

Der Reporter sagte: »Laut Detective Senior Sergeant Steven Williams von der Mordkommission untersucht die Polizei die Todesumstände und bittet jeden, der Maree am Donnerstagabend gesehen hat, sich bei Crime Stoppers zu melden.«

Brigitte ging in die Küche und holte sich einen Drink.

## 9

»Mach die Tür zu«, sagte Aidan, als Brigitte ins Schlafzimmer kam.

Sie legte den Kopf schief. »Aber die Kinder sind doch da.«

Kein Lächeln. Er trug eine graue Hose und ein Hemd – Arbeitskleidung.

»Warum bist du so angezogen?«

»Nachtschicht. Der verdammte Ray hat sich krankgemeldet. Angeblich leidet er immer noch unter den Nachwirkungen von altem Fisch auf dem Bauernmarkt.«

Sie betrachtete ihre Füße.

»Ich krieg keine Vertretung für ihn.« Er bückte sich vor etwas, das neben dem Schrank stand.

Sie trat heran, um zu sehen, was es war. »Was um –«

Er legte einen Zeigefinger auf seinen Mund.

*– alles in der Welt macht ein hässlicher Stahltresor in unserem Schlafzimmer?*

»Die Kombination ist Ellas Geburtstag«, sagte er, während er am Schloss drehte. »30-10-9.«

Er holte einen blauen Plastikkasten von der Größe einer Familienschachtel Müsli aus dem Tresor. »Die Munition schließen wir später in den Schuppen ein –«

»Was für Munition? Wovon redest du?«

»Im Moment liegt sie oben auf dem Schrank.« Er richtete sich auf, legte den Kasten aufs Bett und klappte ihn auf.

Beim Anblick der schwarzen Pistole im Schaumstoff holte sie Luft. »Ist das deine Arbeitswaffe?«

»Nein.«

»Wo kommt die her?«

»Das ist egal, und sie kommt wieder weg, sobald diese Ermittlung –«

»Oh Gott.« Sie schlug die Hand vor den Mund. »Maree Carver ist nicht ertrunken, oder?«

Er sah sie an, eine tiefe Furche zwischen den Augenbrauen, und betrachtete dann wieder die Waffe im Kasten. »Das ist eine Halbautomatik, das heißt nur, dass sie selbst lädt. Hier, schau.« Er zeigte auf etwas an der Pistole.

Sie wollte es nicht sehen, wandte den Kopf halb ab und schaute nur aus dem Augenwinkel hin.

»Harry kommt gleich und passt auf die Kinder auf, wir können auf der anderen Seite der Insel ein bisschen schießen üben, bevor ich zur Arbeit muss.«

»Aidan, du machst mir Angst.«

»Alles gut, Brig. Sie liegt nur eine Weile hier im Safe.«

»Sag mir, was hier vor sich geht.«

»Reine Vorsichtsmaßnahme.« Er klappte den Kasten zu. »Jetzt zieh dir eine Jacke und Stiefel an.«

Sie schüttelte den Kopf. »Nein.«

»Doch.« Er sprach bestimmt – seine Polizistenstimme – und berührte ihre Wange. Sie tat, was er wollte.

Aidan kam mit zwei professionell aussehenden Ohrschützern um den Wagen herum. »Gehörschutz. Pistolen sind lauter als Flugzeugmotoren und können permanente Hörschäden verursachen.«

Es war ihm ernst, er machte keine Witze – kein *Sag meinem kleinen Freund Hallo*. Er gab ihr eine Schutzbrille. Lass mich raten, dachte sie, Patronensplitter können zum Verlust des Augenlichts führen.

Sie waren auf der Rückseite der Insel, wo die Wege aus Schotter waren und nur wenige Häuser standen. Im Schatten der Eukalyptusbäume, Kiefern und Teebäume wucherte Farn. Der Himmel war wolfsgrau, das Wasser hatte die gleiche Farbe wie die Pistole, kleine weiße Schaumkronen tanzten auf den Wellen.

»Geh immer davon aus, dass die Waffe geladen ist.« Der Wind zerzauste ihm die Haare, als er das Schiebeding oben auf der Pistole zurückzog. »Wenn du die Pistole weglegst, sieh immer nach, dass der Verschluss offen steht, damit man sieht, ob die Waffe leer ist.« Er legte die Pistole neben eine Schachtel mit Munition auf die Kühlerhaube. »Und richte sie niemals auf etwas, auf das du nicht schießen willst.« Er drehte sie, sodass der Lauf in Richtung Wasser zeigte.

Brigitte verschränkte die Arme unter der Brust und zog die Schultern nach vorne. Aidan sagte, sie solle die Pistole nehmen. Sie schüttelte den Kopf und trat einen Schritt nach hinten.

»Es ist okay. Sie ist nicht geladen«, sagte er.

»Aber du hast gerade gesagt, man soll immer davon ausgehen, dass –«

»Halt sie einfach kurz, Brig.« Er lud Munition in einen rechteckigen Metallcontainer.

Sie seufzte, löste die Arme, trat nach vorne, hob mit zwei Fingern die Waffe hoch und hielt sie auf Armeslänge von sich wie einen rohen Fisch.

»Halt sie richtig, Brigitte. Das ist kein Spielzeug, du darfst sie nicht aus Versehen fallen lassen.«

Murrend packte sie die Waffe, die verbrannte Stelle tat weh. Das Ding war nicht so kalt oder schwer, wie sie gedacht hatte.

»Und erinnere dich, was ich gesagt habe, dass du sie nie auf etwas richten darfst, auf das du nicht schießen willst.«

Sie richtete die Waffe auf das Wasser, sie hatte auf ihn gezielt.

Er nahm sie ihr ab und zeigte ihr, wie man den Metallcontainer, das »Magazin«, unten in den Griff einführte. Als er erklärte, wie der Verschluss nach vorne springt und die Patrone in die Kammer schiebt, schweiften ihre Gedanken ab. »Jetzt ist die Waffe geladen und bereit.« Er sah sie an.

Sie nickte und schluckte, ihr Mund war trocken. Er erwartete doch nicht ernsthaft, dass sie damit schoss?

Er machte vor, wie man die Waffe halten musste, die Daumen auf derselben Seite. »Der Verschluss fliegt nach jedem Schuss zurück, also kreuze nie die Daumen dahinter.«

»Würde das die Daumen brechen?«

»Sie glatt wegfetzen.«

Das sollte ihr Mut machen?

Er ging ein paar Schritte über den groben Sandstrand. Sie folgte. Er stellte sich auf, die Füße schulterbreit voneinander entfernt, die Arme ausgestreckt, die Waffe fest in beiden Händen haltend.

»Was, wenn du ein Boot triffst?«

»Hier draußen sind keine Boote.«

»Oder einen Delfin?«

»Sei nicht albern.«

Er erklärte, wie er das Ziel ins Visier nahm – das Korn sollte in der Mitte der Kimme liegen. Sie hatte keine Ahnung mehr, wovon er redete, konnte ihn unter den Ohrschützern und über den Wind und ihren Herzschlag hinweg kaum hören. »Siehst du die grüne Plastiktüte da im Wasser?«

*Nein*. Sie kniff die Augen zusammen. »Oh, ja.« Sie senkte das Kinn auf die Brust und verschränkte wieder die Arme, als er den Finger auf den Abzug legte.

»Stell dir vor, du legst den Finger auf etwas Zerbrechliches wie Glas«, sagte er. »Sanft. Nicht am Abzug reißen.«

Sie hielt die Luft an.

Peng! Sie machte einen Satz, und ein winziger, erstickter Schrei entfuhr ihr. Die Plastiktüte verschwand.

Er schoss noch vier Mal und drehte sich dann zu ihr, die Waffe immer noch aufs Wasser gerichtet. »Jetzt bist du dran.«

Sie fühlte sich heiß und kalt werden, wie sonst immer auf dem Wasser. Sie atmete ein paarmal flach, ihre Knie begannen zu zittern. »Ich kann nicht.«

»Doch, du kannst.«

»Nein, Aid.« Sie schüttelte den Kopf.

»Du bist eine mutige Frau, Brig.«

»Nein, bin ich nicht.«

»Du hast so viel Scheiße überlebt, als du jung warst. Hast drei Kinder bekommen. Das hier ist nichts.«

Der Boden schien unter ihr zu schwanken, als wäre sie

auf einem Boot. Sie riss die Ohrenschützer und den Augenschutz herunter, das Band verfing sich und riss ihr eine Haarsträhne aus. Es war ihr egal – sie wollte die Dinger nur noch loswerden.

Aidan runzelte die Stirn. »Alles in Ordnung?«

»Nein!« Der Wind fegte sie fast um, als sie sich umwandte und zurück zum Auto marschierte, unter ihren Füßen knirschten Kiefernzapfen.

Zitternd saß sie auf dem Beifahrersitz und beobachtete Aidan, der die Munition aus der Pistole entfernte. Wütend auf sich selbst, weil sie sich so albern benahm, auf ihn, weil er sie dazu zwingen wollte; in ihren Ohren klangen die Schüsse und die Einsamkeit der Insel nach.

Er stieg ein, beugte sich zu ihr und umarmte sie, küsste sie auf die Stirn, strich ihr über das Haar. »Schon gut. Wir versuchen es ein andermal.«

»Nein.« Sie schüttelte den Kopf. »Das machen wir nicht.«

Er hielt sie fester, sein Atem strich heiß über ihre Wange.

»Was ist los, Aidan?«

»Mach dir keine Sorgen, ich schicke heute Nacht den Streifenwagen über die Insel.«

*Mach dir keine Sorgen!* »Weswegen?«

»Die haben sonst nichts zu tun.«

»*Weswegen?*«

»Wie gesagt – reine Vorsichtsmaßnahme.«

## 10

Als die Kinder im Bett lagen, schlug sie ein Buch auf, das ihr Tate, der neue Produktionsassistent, empfohlen hatte: *Wolkenatlas*, das als Tagebuch eines Schiffsreisenden um die Mitte des neunzehnten Jahrhunderts herum begann.

Sie konnte sich nicht konzentrieren. Sie stellte den Fernseher an, senkte die Lautstärke und lockte Zippy zu sich aufs Sofa. Blätter raschelten flüsternd am seitlichen Fenster und warfen ihre Schattenfinger auf die Gardinen. Zippy stellte die Ohren auf. »Das ist nur ein Ast«, sagte sie und tätschelte seinen warmen Kopf. Er leckte ihre Hand.

Ein Auto bog in ihre Sackgasse ein – zu dieser Nachtzeit ungewöhnlich. Bestimmt die Streife, die Aidan geschickt hatte. Sie ging zum Vorderfenster und spähte durch die Lamellen der Jalousie, doch das Auto war außer Sichtweite am Ende der Sackgasse. Rückscheinwerfer leuchteten in der Dunkelheit wie Zigarettenglut. Bremslichter. Weiße Lichter. Zurücksetzen. Zippy bellte, blieb aber auf dem Sofa. Sie hielt die Luft an.

Das Auto stoppte vor ihrem Haus. Weiß und blau: das Inbild von Sicherheit. Sie stieß die angehaltene Luft aus, drehte die Heizung hoch und setzte sich wieder aufs Sofa.

Das Telefon klingelte. Ihre Mutter, Joan. Die wissen wollte, ob es ihr gut ging. »Das Mädel aus der Kochshow, wie schrecklich.«

»Ja, das war –«

»Und das warst doch nicht etwa du, die ich da in einem Werbespot gesehen habe, oder doch?« Die Prioritäten wieder in der richtigen Reihenfolge, keine Nachfragen, wie es Aidan oder den Kindern ging.

»Ich hatte nicht daran gedacht, dass ihr da oben Gip TV empfangt.«

»Warum warst du in einem Werbespot?«

»Lange Geschichte.«

Joan sprach mit tiefer Stimme. »Erzähl.«

»Die Schauspielerin ist nicht gekommen, ich musste einspringen.«

Joan räusperte sich. »Aber du hast keine Ausbildung.«

»Für das Regionalfernsehen brauche ich keinen Abschluss in Theaterwissenschaften.« Sie betrachtete ihre Fingernägel, knibbelte an einem angerissenen.

»Du bist kein Mitglied der Medien-, Entertainment- und Künstlergewerkschaft.«

»Nach meinem Mitgliedsausweis hat auch keiner gefragt.«

»Wirst du noch mehr davon machen?«

Sie wollte gerade *nein* sagen, erzählte dann aber doch von den Bauernmarktspots. Joan riet, sich eine Agentin zu suchen. Während sie weitere Schauspieltipps gab, hörte Brigitte Eis prickeln und leise gegen Glas klirren. Sie unterdrückte ein Gähnen. »Ich muss aufhören, Mum.«

»Hast du in letzter Zeit mit deinem Bruder gesprochen?«

Sie hatte vergessen, ihn anzurufen.

»Ich glaube, du solltest mit ihm sprechen. Er klingt komisch.«

»Was meinst du mit komisch?«

»Ich weiß auch nicht. Ruf ihn an und finde raus, was da los ist. Mir sagt er sowieso nichts.« Das Schnappen eines Feuerzeugs, das Einatmen von Rauch. »Also, soll ich dir die Nummer meines Melbourne-Agenten geben?«

*Melbourne-Agent*, als hätte sie mehr als einen. »Tut mir leid, schlechter Empfang, das liegt am Wind, ich kann dich kaum hören.«

»Ich kann dich hören. Brigitte?«

»Bist du noch da?«

Nachdem sie ihre Mutter abgeklemmt hatte, versuchte sie es bei ihrem Bruder. Keine Antwort. Sie hinterließ eine Nachricht und lud ihn fürs Wochenende ein. In der Küche klingelte das Festnetztelefon.

»Alles in Ordnung?«, fragte Aidan.

»Ja.«

»Hab's auf dem Handy versucht.«

»Joan hat angerufen.«

»Ich habe die Streife über die Insel geschickt.«

»Ich weiß. Aber sie fährt nicht über die Insel. Sie steht vor der Tür.«

Zippy wanderte herein, auf der Suche nach ihr.

An Aidans Ende der Leitung raschelte etwas. »Danke.«

»Was?«

»Nichts. Nur Carla. Wir sehen uns morgen früh.«

Als die Themenmusik am Ende von *Law and Order: SUV* erklang, fing Zippy an zu bellen und sprang vom Sofa, Brigitte hörte ihn an der Hintertür kratzen. Sie sprang auf und lief zum Vorderfenster. Der Streifenwagen stand noch da. Sicherheit. Sie ging nachsehen, weswegen Zippy sich so aufführte. Wahrscheinlich ein Koala.

Als sie eine dunkle Gestalt auf der Veranda sah, blieb sie wie erstarrt stehen. Wie lange dauerte es, den Tresor zu öffnen, die Pistole aus dem Kasten zu holen, einen Stuhl zu besorgen, um die Munition vom Schrank zu holen, die Waffe zu laden? Drei Minuten? Vier?

Die Gestalt hielt eine Flasche Wein in der Hand. Verdammt, bloß Harry. Sie knipste das Verandalicht an, hielt Zippy am Halsband fest und schob die Tür auf. Der Geruch von Holzrauch und Mückenspiralen lag in der Luft.

Zippy hörte nicht auf zu bellen.

»Pscht, du Racker, ich bin's nur.« Harry wischte sich die Schuhe an der Matte ab. »Aid sagte, ich soll nach dir sehen.« Er trug einen Overall, ein dunkelblaues Sweatshirt und eine neongelbe Mütze.

»Du hast mich fast zu Tode erschreckt.«

»Tut mir leid.« Er nahm die Mütze ab, reichte ihr die Flasche und folgte ihr. »Draußen steht ein Polizeiauto.«

»Ja. Aidan ist übervorsichtig.« Sie nahm zwei Gläser aus dem Schrank.

»Man kann nie vorsichtig genug sein, Liebes.« Harry rieb die Hände zusammen. »Bisschen kühl da draußen.«

»Herbst.«

Er hob den Blick, betrachtete ihr Gesicht und setzte sich an den Küchentisch.

Zippy lag vor der Hintertür und leckte sich. Ein Koala grunzte wie ein Schwein. Brigitte, die eben den Wein einschenkte, zuckte zusammen und goss einen Teil daneben. Zippy knurrte.

»Alles in Ordnung, Liebes?«, fragte Harry.

Sie nickte. »Verdammte Koalabären.« Sie ging zum Spülbecken und holte ein Tuch, um den verschütteten Wein aufzuwischen. »Wusstest du, dass sie genau die gleichen Fingerabdrücke haben wie Menschen?«

»Blödsinn.«

»Es ist wahr. Nicht mal Experten können unter dem Mikroskop Unterschiede erkennen. Das hat mir Aid erzählt.« Sie setzte sich an den Tisch und trank Wein in großen Zügen.

»Es sind keine richtigen Bären.«

»Ich weiß.« Sie hatte angefangen, Koalas Bären zu nennen, weil es Spaß machte, Aidan damit auf die Palme zu bringen. »Wo warst du, bevor du auf die Insel kamst, Harry?«

»Hier und da. Melbourne, New South.«

»Wegen der Arbeit?«

»Ja, meistens. Hab in einem Schlachthof gearbeitet, als Verkäufer, alle möglichen Jobs und Drecksarbeiten gemacht.«

»Für Drecksgeld«, sagte sie lachend und trank. Gott sei Dank gab es Wein.

»Und dann habe ich mit Booten angefangen.«

Sie wunderte sich, dass er keine Partnerin gefunden hatte, fragte aber nicht nach. »Glück gehabt mit der Partnersuche im Internet?«

Er lief rot an.

»Also ja!«

»Nicht wirklich.« Er schüttelte den Kopf. »Nur ein Date. Letzten Donnerstag.«

Sie zog die Augenbrauen hoch. »Du warst also gar nicht bei deiner Mutter?«

Er wurde noch röter.

»Wie lief's?«

»Nicht so mein Typ.«

»Und was ist dein Typ, Harry?«

»Keine Ahnung. Einfach jemand Nettes.« Er blickte seine Hände an. »Und klein.«

»Klein!« Sie lachte.

»Na ja, nicht klein – du weißt schon.« Er hob den Kopf und sah ihr in die Augen. »Einfach nicht stämmig oder stabil.«

»Kennst du Carla Flanagan?«

»Die neue Polizistin?«

Sie nickte.

»Ja. Warum?«

»Was hältst du von ihr?«

»Ganz okay.«

»Findest du, sie ist attraktiv?«

»Vermutlich schon.« Er zuckte die Achseln. »Aber ein bisschen groß. Stabil.«

Sie lachte wieder.

Harry hielt die Flasche über ihr Glas. »Mehr Wein?«

»Scheißen Koalas in den ... Wo gehen die eigentlich hin?«

Zippy war eingeschlafen. Im Traum zuckte er mit den Pfoten. Sie strich abwesend mit einem Finger über den Rand ihres Glases, dachte an Aidans Albträume. Er hatte ihr nie genau gesagt, was darin vorkam: nur, dass es mit der Razzia in Laurie Hunts Haus zu tun hatte. Die Mordkommission hatte einen Hinweis erhalten, dass sich dort ein Mann aufhielt, der wegen verschiedener Drogenmorde gesucht wurde – sie waren nicht auf der Suche nach Hunt. Irgendwas war schiefgegangen, sie waren zu früh reingestürmt. Hunt hatte Aidans Partner Drew Borchardt getötet und dann auf Aidan geschossen, der das Feuer erwiderte. Weil Hunt mit irgendeinem Polizisten verwandt war, wurde das Ganze im Stillen abgewickelt, in den Nachrichten keine Namen genannt.

Brigitte erinnerte, wie sie an jenem Morgen zwei uniformierten Polizisten die Tür geöffnet hatte. Eine Erinnerung innerhalb einer Erinnerung: Aidan hatte zwei Jahre zuvor auf derselben Türschwelle gestanden und ihr mitgeteilt, dass ihr erster Mann, Sam, im Dienst erschossen worden war. Die beiden Polizisten hatten den gleichen bestürzten Gesichtsausdruck gehabt wie zuvor Aidan.

Die Zeit faltete sich wie ein Papierfächer zusammen.

Sie erinnerte sich seltsamerweise daran, dass ihr an jenem Morgen, als Aidan angeschossen wurde, auffiel, wie mild es für einen Herbsttag war; es wäre ein schöner Tag für einen Ausflug in den Park mit den Kindern gewesen. Und dann war sie losgestürzt, alles verschwamm, der Geruch von Desinfektionsmittel, das grausame Licht und die bleiche Farblosigkeit im Krankenhaus. Das dumpfe elektronische Dröhnen und das Piepen des Monitors und der Maschinen, die Aidan am Leben hielten.

Sie zitterte. Zippy wimmerte. »Wovon träumen sie wohl, Harry?«

»Keine Ahnung.« Er betrachtete ihren Finger auf dem Glas. »Wahrscheinlich vom Katzenjagen.«

»Auf der Insel sind keine Katzen erlaubt. Verdammtes Koalaschutzprogramm.«

»In einem früheren Leben.«

»Glaubst du an Reinkarnation?«

»Blödsinn.« Er drückte den Kopf auf den Hals, sodass sich drei Kinnfalten bildeten.

»Ich glaube, manche Seelen haben eine Verbindung und werden über die Zeiten immer wiedergeboren.« Wo mochte Maree Carvers Seele jetzt sein?

»Echt?«, fragte Harry. »Klingt wie *Wolkenatlas*.«

»Das hast du gelesen!« Sie war beeindruckt.

»Wenn du tot bist, bist du tot, Liebes. Wie Tom Waits sagt: ›Dirt in the ground‹.«

»Ich wusste gar nicht, dass du Tom Waits magst, Harry.«

Er legte den Kopf schief. »Gibt viel, was du von mir nicht weißt.«

Als der Wein alle war, schob Brigitte ihren Stuhl zurück und holte eine weitere Flasche aus der Vorratskammer. Auf dem Rückweg hielt sie kurz an der Frühstücksbar an, drückte den Knopf auf ihrem Handy, wischte mit dem Finger über den Bildschirm, suchte in ihrem Musikordner nach Tom Waits und verband das Handy mit den Lautsprechern.

»Das Lied kam in *12 Monkeys* vor«, sagte Harry.

»Gott, den Film hatte ich völlig vergessen.« Sie setzte sich neben ihn. »War das der mit Gwyneth Paltrows Kopf in einer Kiste?«

»Nee. Das ist irgendwas anderes mit Brad Pitt.«

Sie öffnete die Flasche und schenkte ein. »›Goin' Out West‹ war in *Fight Club*.«

»Stimmt – die Barszene. Ich liebe den Film.«

»Ich liebe Brad Pitt.«

»Als ich jung war, haben die Leute immer behauptet, ich sähe aus wie er.«

Sie senkte den Kopf und schrubbte an einem Fleck auf dem Tisch herum, bemüht, nicht zu lachen. Zum Glück hatte sie den Mund nicht voller Wein. Sie räusperte sich. »›Underground‹ war in *Robots*.«

»Da hast du mich erwischt.« Harry nippte am Wein. »Stammt die Narbe auf deiner Stirn von dem Autounfall, als du jung warst?«

Sie konnte sich nicht erinnern, ihm davon erzählt zu haben, vielleicht hatte Aidan es getan. Sie schüttelte den Kopf.

Der Wind trieb plötzlich einen Regenschauer gegen die Hintertür. Das Licht flackerte, sie sahen sich an. Zippy zuckte im Schlaf. Weitere Böen klatschten gegen die Tür, dann wurde der Regen zu einem steten Guss.

»Ich finde es ziemlich unheimlich, Harry.«

»Ja.«

»Ich glaube nicht, dass sie ertrunken ist.«

»Nee.«

»Aid macht sich Sorgen wegen irgendwas, aber er will mir nicht sagen, was. Er verhält sich so, als wären wir in Gefahr, aber warum sollten wir das sein?«

»Alle sind ein bisschen mit den Nerven runter.«

»Das Polizeiauto vor der Tür, die Pistole.« Mehr als ein bisschen runter.

»Wie ist der Schießunterricht eigentlich gelaufen?«

»Ich konnte nicht. Bin durchgedreht. Blöd.«

»Du bist nicht blöd, Brig.« Er trank sein Glas aus. »Die Waffe kann nicht in die Hände der Kinder gelangen?«

»Nein. Sie ist im Schlafzimmer weggeschlossen.«

»Wird schon werden. Aidan kriegt das hin.« Harry berührte ihre Schulter.

# 11

Der Fotokopierer im Materialraum funktionierte nicht. An der Vorderseite blinkte ein Lämpchen. Kein Papier mehr? Verstopft? Jedes Mal, wenn Brigitte das verdammte Ding benutzen wollte, ging etwas schief. Sie öffnete alle Klappen. Jede Menge Papier, keine Verstopfung. Sie drückte einige Knöpfe, das Lämpchen blinkte weiter. Sie würde Kumiko zu Hilfe holen müssen.

Aidans Stimme dröhnte durch das Büro, als er die anderen begrüßte: »Cam, Kumiko, Johnno ... und?«

»Tate«, sagte Tate.

»Der Feuerteufel fotokopiert gerade«, sagte Cam.

»Nein, tue ich nicht.« Brigitte stand in der Tür. »Der Kopierer funktioniert wieder nicht.«

»Komisch, er stellt immer nur dann den Dienst ein, wenn du ihn benutzt. Du hast ihn nicht in Brand gesteckt, oder?«, fragte Cam. »Ich hatte eigentlich allen gesagt, sie sollen die Streichhölzer verstecken.«

*War ja klar.* Brigitte ignorierte ihn und wandte sich an Aidan, der ebenfalls grinste. »Was machst du hier?«

»War in der Nähe. Hast du Zeit zum Mittagessen?«

Sie sah Cam an.

»Ein schnelles Mittagessen«, sagte er. »Du musst heute Nachmittag zwei Voiceovers schreiben.«

»Eine Stunde«, sagte Aidan. »Du willst hier ja keine Betriebsprüfung, oder?«

Der Himmel draußen war grau. Als Brigitte und Aidan in den Zivilwagen der Polizei stiegen, lief eine Horde Jugendlicher an ihnen vorbei.

»Scheiß Itakerbulle«, sagte einer. »Eigentlich hättest du im See liegen sollen.«

Brigitte runzelte die Stirn, Aidan ignorierte die Schmähung. Ein anderer Jugendlicher spuckte auf die Windschutzscheibe. Aidan stellte das Wasser und die Scheibenwischer an. »Immer schön, den Respekt der Bevölkerung zu genießen.«

Er ließ den Motor an, blinkte und fuhr auf die Straße.

»Wie kommt die Ermittlung voran?«, fragte Brigitte.

»Welche?«

Sie warf ihm einen Seitenblick zu.

»Hängt von den Testergebnissen morgen ab.«

Auch sie konnte »Polizeisprech« spielen. »Und welche Ergebnisse hat die Obduktion des Rechtmediziners zur Todesursache ergeben?«

»Ist noch nicht fertig.«

»Und die Forensik?«

»Das ist nicht *CSI*, Brig.«

»*Law and Order*? *Navy CIS*?«

Er lachte nicht. »Unglaublich, dass du den Mist immer noch guckst.«

Sie versuchte es erneut: »Sie sind im Moment ziemlich mies drauf, McNulty.«

»Das war *The Wire*.«

»Ich weiß.« Auch ein Titelsong von Tom Waits. Das musste sie Harry sagen. »War McNulty Italiener?«

»Ire.« Er wechselte die Spur und sah in den Rückspiegel. »Williams stellt mobile Schutzeinheiten auf und gibt seinem Einsatzkommando Befehle.«

»Warum bist du nicht verantwortlich?«

»Nicht mehr bei der Mordkommission. Das Ende der Nahrungskette.«

Sie war nicht sicher, ob in seiner Stimme Sarkasmus oder Trauer lag.

Als er am Stadtrand über die rote Ampel fuhr, hielt sie sich am Sitz fest. Er nahm die Straße am Fluss und hielt an einer einsamen Uferstelle unter einem großen Eukalyptusbaum.

»Salat mit Käse oder mit Schinken?« Er öffnete den Gurt und angelte eine Plastiktüte von der Rückbank.

»Käse.«

»Der neue Bäcker ist nicht schlecht. Ich habe dir auch einen Orangensaft mitgebracht.«

Sie sah zum Fluss hinunter. Das Wasser schäumte flussaufwärts weiß über eine steinige Stelle hinweg und wurde dann dunkelgrün. Wie tief war es? Wie kalt? Sie zitterte und drehte sich zu Aidan um. Auch er starrte den Fluss an, sein linkes Augenlid zuckte leicht. Sie nahm ihm die Plastiktüte aus der Hand, stellte sie auf den Boden und küsste ihn. Als sie die Augen aufmachte, waren seine schon offen – und auf den Eukalyptus gerichtet. Sie runzelte die Stirn, als er ausstieg und auf etwas zuging, das wie eine Take-away-Schachtel aussah. Er warf sie in einen Mülleimer und kam dann wieder die Uferböschung hoch.

»Was war das?«, fragte sie, als er sich wieder ins Auto setzte.

»Nichts. Nur Müll.« Er holte eine Flasche Desinfektionsmittel aus dem Handschuhfach und rieb sich die Hände ein.

Wieder wippte er mit dem Bein. Sie legte die Hand darauf. Er ließ die Türschlösser zuschnappen, sie verstand das als Aufforderung und küsste ihn wieder, leidenschaftlicher, legte ihm die Hand in den Schritt.

»Nicht«, sagte er.

»Was du brauchst …« Sie fummelte an seinem Hosenknopf herum, zog den Reißverschluss auf und steckte die Hand hinein.

»Hör auf, Brig.«

»… ist ein bisschen Ablenkung.« Sie senkte den Kopf und

zog mit der freien Hand an dem Hebel, der seinen Sitz nach hinten klappen ließ.

Sie hielt einen Moment inne und sah ihn an. Seine Augen waren geschlossen, die Lippen leicht geöffnet. *Jetzt wird nicht gezuckt.*

Als seine Erregung – und ihre eigene – zunahm, bewegte sie immer schneller Hand und Mund. Ihr Rock rutschte hoch, sie öffnete die Beine so breit, wie es der enge Wagen erlaubte. Sie führte seine Hand zwischen ihre Schenkel, und ihre Ängste begannen zu schmelzen. Sex machte immer alles besser. Ihr Knie knallte gegen das Radio.

»Stopp.« Aidan zog die Hand weg. Sie hörte nicht auf, da stieß er sie von sich.

Das Auto ruckte, ihr Kopf schlug gegen das Lenkrad.

»Scheiße!« Aidan trat auf die Bremse. Zu spät. Sie hatte die Automatik auf »Drive« geschoben, und der Eukalyptus hatte dem Auto bereits Einhalt geboten. »Brigitte!«

Während er ausstieg und den Schaden begutachtete, zog sie ihre Kleidung zurecht und hielt die Orangensaftflasche neben die blasssilberne Narbe auf ihrer Stirn.

»Ein Schweinwerfer kaputt, Stoßstange verbeult.« Das Auto wackelte, als er sich auf den Fahrersitz warf. »Und wie soll ich das erklären?«

»Bist du hier unten nicht der Boss? Du brauchst nichts zu erklären.«

Sie erwartete ein quietschendes Lachen, zumindest ein halbes Lächeln, doch er schüttelte den Kopf – die Sorgenfalten würden bald dauerhaft sein.

»Warum hörst du nie zu?« Er klappte den Sitz hoch.

Die Schärfe in seiner Stimme tat fast ebenso weh wie das Zusammenzucken. Sie zog sich in sich zurück und schaute aus dem Fenster.

Er schlug einen weicheren Ton an, doch es war zu spät. »Ist dein Kopf in Ordnung?«

Sie nickte und kitzelte den oberen Gaumen mit der Zunge, was angeblich verhinderte, dass die Tränen die Augen erreichten.

## 12

Brigitte und Ella betraten unter Türklingeln die Metzgerei und wurden von Mike, dem Metzger, begrüßt. Brigitte zog die Nase kraus. Sie hasste den Geruch, das Fleisch, das Blut auf Mikes Schürze. Das geruchlose, vakuumverpackte Fleisch im Supermarkt war ihr viel lieber, zu Mike kam sie nur, um billig Knochen für Zippy zu kaufen.

»Was Neues über die Tote im See?«, fragte Mike.

Hieß nicht so ein Roman von Raymond Chandler? Brigitte schüttelte den Kopf.

»Aus irgendeinem Grund hat die Polizei alle Ladenbesitzer befragt.«

»Das ist Routine. Sie sammeln alle Informationen, die sie kriegen können.«

»Zeitverschwendung.«

»Wieso?«

»Der Täter war nicht von hier.«

»Was wollen Sie andeuten?«

»Mord. Ich denke, der Ehemann war's.«

Mike hatte offensichtlich mehr Chandler gelesen und mehr *CSI* gesehen als sie.

»Wollen Sie Hundeknochen?«

Sie nickte.

»Hab Rump Steak da. Premium Black Angus Weiderind. Ganz mager.«

»Okay, dann bitte auch noch ein Kilo davon.«

»Viel billiger, wenn Sie's en gros kaufen. Für neunzig Dollar gebe ich Ihnen sieben Kilo.«

»Das klingt nach viel.«

»Haben Sie eine große Tiefkühltruhe? Zehn für Hundert.«

Sie verzog den Mund.

»Billiger kann ich's nicht machen, zehn Dollar das Kilo.« Er begann, Steaks aufzustapeln. »Kommen Sie zur Ratssitzung wegen der Fährpreise?«

»Ich glaube nicht, dass ich es schaffe.«

Er zwinkerte und schliff das Messer am Stahl.

Brigitte nahm *Wolkenatlas* und eine Schüssel Maischips mit nach draußen und setzte sich zum Lesen auf die Veranda. Im zweiten Teil wurde das Tagebuch aus dem neunzehnten Jahrhundert um 1930 von einem Komponisten gefunden. *Getrennte Geschichten, unterschiedlicher Stil, aber irgendwie verbunden?* Zippy lag zu ihren Füßen. Das letzte goldene Sonnenlicht strömte durch die Eukalyptusbäume am Gartenzaun. Die Kinder nahmen mit ihrem Insektenkescher Käfer gefangen. Auf dem Herd brutzelte ein Rumpsteak vor sich hin. Häuslichkeit. Joan wäre entsetzt.

Der nervtötende bunte Vogel, den sie Cheeky getauft hatte, hockte auf der Sofalehne. Er machte zwei Hüpfer und flatterte auf sie zu. Sie schrie und scheuchte ihn fort. Zippy hob den Kopf und bellte, aber nichts konnte Cheeky vertreiben – außer einem Maischip. Sie warf damit nach ihm und wusste, dass er sie gleich wieder attackieren würde, um Nachschub zu bekommen.

Zippy hörte Aidans Wagen als Erster und stellte die Ohren auf, lange bevor er über die Kieseinfahrt knirschte. Wie irre bellend rannte er los.

Aidan fluchte, als er von Zippy gegen das kaputte Gartentor geschubst wurde. Cheeky setzte zu einem erneuten Sturzflug auf Brigittes Kopf an. Sie warf ihm den nächsten Chip zu.

»Eins mit der Natur«, sagte Aidan, als er auf die Veranda trat.

Sie sparte sich die Frage, was er in seiner Tasche habe.

Ella kam über den Hof gerannt und folgte ihm ins Haus.

Brigitte hörte ihn sagen, »Hier riecht es aber gut.«

Ella sagte: »Der Ehemann hat die Tote im See getötet.«

»Was?«

Ein Krachen aus der Küche, Aidan fluchte, Ella kicherte.

Brigitte legte das Buch weg und ging ins Haus. Aidan hüpfte barfuß vor dem Kühlschrank herum. Die Tiefkühltür stand offen, auf dem Boden lag ein Paket mit halb gefrorenen Steaks.

»Was hast du Ella erzählt?«

»Nichts. Sie hat Mike tratschen gehört.«

»Was ist das da in der Kühltruhe?«

»Premium Black Angus Weiderindsteak.«

»Ich dachte, wir wollten weniger rotes Fleisch essen.« Er hörte auf zu hüpfen und begutachtete seinen Fuß. »Lass das nicht Phoebe sehen.«

»Warum nicht?«

»Sie ist Vegetarierin?«

»Das wird nicht anhalten.«

»Sei nicht so streng mit ihr. Sie ist ein gutes Kind.« Er hob die Steaks auf, legte sie in die Kühltruhe zurück und packte alles so, dass es genau passte. »Warum so viele?«

»Sonderangebot von Mike. Mager und billig.« Sie zog die Augenbrauen hoch. »So mag ich meine Männer.« Das brachte ihr ein halbes Lächeln ein, während er ein Bier aus dem Kühlschrank nahm. »Also nichts Neues?«, fragte sie.

»Morgen gibt's in Melbourne eine Pressekonferenz.«

»Willst du nicht runter?«

»Nein. A propos, was macht dein Kopf?«

*Touché.* »Funktioniert.« Sie hob die Hand, in der er das kalte Bier hielt, und legte sie an die Beule. »Wenigstens hast du das früher immer gesagt.«

Er ließ es unkommentiert, entzog sich und ging ins Wohnzimmer.

Sie probierte das Fleisch und verzog das Gesicht. Zäh wie Leder. *Verdammter Mike.* Sie hörte das Sofa ächzen und Aidan den Fernseher anstellen.

Der Reporter sagte: »Laut Detective Senior Sergeant Steven Williams von der Mordkommission hat die Untersuchung des Todesortes ergeben, dass die Promiköchin Maree Carver einem Mord zum Opfer gefallen sein könnte.«

Brigitte spuckte das unzerkaubare Fleischstück in den Mülleimer und lief ins Wohnzimmer.

Auf Maree Carvers Agenturbild folgte ein Interview mit Steve Williams am Ufer von Paynesville. »Die Umstände des Todes von Maree Carver sind verdächtig. Es könnte sich um Mord handeln.« Der Wind zerrte an seinem Hemd, zerzauste aber nicht den Stoppelschnitt. »Maree Carver hat am Donnerstag, den 7. März, mit dem Team des Lokalsenders Gip TV im Bateau House Restaurant an der Esplanade von Paynesville zu Abend gegessen. Von da war es nur ein kurzer Fußweg von etwa dreihundertfünfzig Metern bis zum Mariner's Cove Hotel, wo sie untergebracht war. Gegen 22.30 Uhr lehnte sie das Angebot eines Gip TV-Angestellten ab, sie zum Hotel zu begleiten, und sagte, sie könne gut alleine gehen. Ms. Carver hatte etwas Alkohol getrunken, aber allen Aussagen nach nicht übermäßig. Anwohner haben mir versichert, dass sie sich normalerweise nachts hier in der Gegend sicher fühlen. Doch wir wissen nicht, was Maree Carver in dem Zeitraum zwischen dem Verlassen des Restaurants und der Entdeckung ihrer Leiche in der McMillan Strait zugestoßen ist.«

Schnitt zu Aufnahmen von Polizeiwagen und Absperrband, das am Ufer im Wind flatterte. Danach erklärte Maree Carvers verzweifelter Ehemann, Michael Gorr, warum er seine Frau nicht als vermisst gemeldet hatte, als sie Donnerstagabend nicht auf seine Anrufe reagiert hatte. »Sie war beruflich viel auf Reisen und ging oft nicht ans Telefon. Ich habe mir nichts dabei gedacht«, sagte er. »Freitagmorgen habe ich immer wieder auf ihrem Handy angerufen.«

Und zurück zu dem Reporter. »Mr. Gorr, der seine Frau, mit der er zehn Jahre verheiratet war, als seine ›beste Freundin‹ beschreibt, sagte aus, dass er dachte, ihr Handy habe keinen Empfang oder einen leeren Akku.

Laut Detective Williams ist Mr. Gorr nicht tatverdächtig, und die Polizei hat im Moment noch keine konkrete Spur. Er dankte den Anwohnern für ihre große Hilfsbereitschaft und Kooperation und wies darauf hin, dass jeder, der sich zur Tatzeit in der Nähe aufgehalten hat, sich an Crime –«

Aidan zappte weiter zu *Big Bang Theory*.

»Mein Gott, was ist ihr bloß zugestoßen?«, fragte Brigitte entsetzt.

»Keine Ahnung. Der Fall gehört der Mordkommission.«

»Wurde sie vergewaltigt?«

»Ich habe gesagt –«

»Was ist mit den Überwachungskameras?«

Er seufzte. »Was soll damit sein?«

»Gibt es auf der Fähre nicht welche? Vielleicht haben die aufgenommen, wie sie vorbeiging oder so.«

»Ich sage Williams Bescheid, dass du zur Verfügung stehst, falls die Mordkommission noch Hilfe braucht.«

Sie runzelte die Stirn.

»Es werden nie alle Details bekanntgegeben, um den Verdächtigen ins Stolpern zu bringen.«

»Es *gibt* einen Verdächtigen? Ihren Mann?«

»Ich habe dir gesagt –«

»Du *weißt* doch etwas.«

Er schmiss die Fernbedienung aufs Sofa und verließ den Raum.

## 13

Auf der Titelseite von *The Age* am Samstag: *Tod von Maree Carver – Verdächtige Umstände*. Brigitte hob den Kopf, als Aidan in Jeans und einem Flanellhemd in die Küche kam – sein Freizeitoutfit.

Sein Blick fiel auf die selten benutzten Angeln in der Ecke. »Kommt Ryan heute zu Besuch?«

»Ich habe ihn eingeladen, aber er hat nicht zurückgerufen.«

»Ich dachte, er kommt vielleicht zum Angeln.«

»Ich dachte, du hasst angeln.«

»Die Menschen ändern sich.«

Sie starrte das Ende der Leine an, wo der Haken im Licht glitzerte.

»Keine Sorge«, sagte er mit einem kurzen Blick auf die Zeitung. »Sie werden sie bald haben.«

Einen Moment lang dachte sie, er würde Fische meinen. Und dann glaubte sie ihm nicht. Sie war ziemlich sicher, dass Salzwasser keinen einfachen Tatort abgab. Sie hatte in einem von Sunnys Aromatherapie-Workshops gelernt, was hydrophobe und hydrophile Substanzen sind. Öl – hydrophob, also wasserabweisend – und, wie sie annahm, Blut waren die einzigen Substanzen, die im Wasser überdauern konnten. Vielleicht hatte der Täter – oder die Täterin – sich irgendwo geschnitten. Oder Maree hatte ihn beim Angriff gebissen. Aber wenn der Ehemann nicht gestand und sich an Marees Kleidung oder unter ihren Fingernägeln oder sonstwo kein Blut des Mörders fand, hatten sie nichts in den Händen.

Sie faltete die Zeitung zusammen und hätte Aidan gern gefragt, was passiert, wenn sich das Blut des Täters mit dem des Opfers vermischt, wollte ihn aber nicht wieder in Rage bringen. Wenn es zu einer Vermischung gekommen war, würde die Kriminaltechnik es wahrscheinlich nicht analysieren können. Das Doppelte von nichts.

Sie ging zu ihm und legte ihm die Hände auf die Schultern. »Du wirst immer mehr zu einem Inselbewohner.«

»Als wir uns kennengelernt haben, hatte ich auch ein Flanellhemd an«, sagte er. »Damals hast du dich nicht beschwert.«

Die Tote-Promis-Party in der Cocktailbar in der Stadt. Niemand hatte herausbekommen, als wer er verkleidet – oder eher nicht verkleidet – gewesen war: Jeff Buckley. Und sie war Marilyn Monroe gewesen. Sie erinnerte sich, wie heiß sie auf ihn gewesen war. Gott, sie hatte ihn so sehr gewollt. *So sehr wie Matt?* Blöder Gedanke.

»Ich freue mich auf den Fisch zum Abendessen.« Sie stellte sich auf die Zehenspitzen, um ihn auf den Mund zu küssen, doch er wandte das Gesicht ab, und der Kuss landete auf der Wange.

***

Ella trug ein albernes Baby-Dior-Kleid, das Joan geschickt hatte. Finn hatte sein verdrecktes blauweißes Rugbytrikot an, roch nach Schweiß und einem nach dem Spiel verschlungenen Hotdog. Als sie an Bord der Fähre gingen, senkte sich der Geruch von Jeremys Desinfektionsmittel darüber.

Die Countrymusik fehlte. Jeremy erzählte Brigitte, dass Scott frei hatte.

Durch das Südfenster des Passagiersaloons sah Brigitte Harrys Fischerboot in die Wasserstraße gleiten. Ella stürmte nach draußen, um zu winken, und Brigitte hielt die Luft an. Der Schwimmunterricht durfte nicht länger aufgeschoben werden. Brigitte blieb mit Finn auf der Bank neben der Stahlkiste mit den Rettungswesten sitzen, Zippy lag zu ihren Füßen.

Finn wollte zum hundertsten Mal wissen, ob sie *den* Schuss gesehen hatte: das ungelenke Tor in letzter Minute, mit dem Traralgon eins zu null besiegt worden war. Er rieb sich das im Fallen verdrehte Knie, als der Ball seinen linken Fuß nach *dem* Schuss verlassen hatte. Sie strubbelte ihm durch die Haare, und er ließ seinen Kopf an ihre Schulter sinken. Er fühlte sich größer an – kräftiger, als er aussah –, als sie einen Arm um ihn legte. Er wurde erwachsen, was sie gleichzeitig froh und traurig machte. Und sie kam sich alt vor.

Fast ein Jahrzehnt, seit die Ärzte ihn als winziges, mageres, blutbesudeltes Etwas aus ihr herausgezogen hatten. Er hatte mehr einem der geschlachteten Kaninchen geähnelt, die in Mikes Metzgerladen hingen, als einem Baby. Nachdem man sie nach dem Kaiserschnitt wieder zusammengenäht hatte, brachte eine Krankenschwester sie zu den Zwillingen auf die Neugeborenen-Intensivstation. Finn war der Kleinere, Schwächere. Seine Haut war erschütternd durchsichtig, wie eine Schicht Papier-Birke. Um ihn warm zu halten, hatte man ihm ein Mützchen über den Kopf gezogen. Die Ärzte erlaubten Brigitte, Phoebe zu halten, aber Finn war zu empfindlich. Sie hatte sich vorgestellt, er würde auseinanderfallen wie eine kaputte Puppe. Sie musste sich damit begnügen, seinen Rücken zu streicheln und seine puppengroße Hand durch die Löcher in der Plastikkrippe zu halten. Um sie herum kreischten Alarmtöne los, wenn etwas schiefging oder ein Baby nicht mehr atmete. Code Blues. Bis heute wusste sie die Namen der Babys, die es nie nach Hause geschafft hatten.

Am Morgen der Geburt der Zwillinge hatte sie Sam gesagt, dass etwas nicht stimmte. Die Babys bewegten sich nicht genug. Er meinte, sie würde sich das einbilden, sei wie immer hypochondrisch. Er war zur Arbeit gegangen – es war wichtiger, sich um die Toten zu kümmern als um die Lebenden, die er zur Hälfte erschaffen hatte –, und so war sie alleine ins Krankenhaus gefahren und sofort dabehalten worden.

Lichter und umherhastende Menschen – besorgte Gesichter – verschwammen, als man sie auf einer Trage in den OP brachte. Es war Abendessenszeit, in den Krankenhauskorridoren mischte sich der Geruch von Braten mit dem von Desinfektionsmitteln. Der Anästhesist brüllte sie an, sie solle aufhören zu zittern – es gelang ihm nicht, das Narkosemittel in ihren Rücken zu spritzen. Die Zeit lief davon. Kein Gedanke mehr an den Geburtsplan, Aromatherapieöl oder entspannende Musik. Eine Krankenschwester rief Sam an, und erst hatte Brigitte gedacht, er sei noch rechtzeitig gekommen – dass er es sei, der mit Kittel und Mundschutz neben dem Tisch saß, auf den man sie hob, von der Hüfte abwärts betäubt. Doch es war Ryan, der ihre Hand hielt, während Blut auf den Sichtschutz spritzte, den man über ihrer Brust aufgehängt hatte.

Wo war die Zeit geblieben? Sie erinnerte sich, wie langsam sie auf der Neugeborenen-Intensivstation vergangen war. Mit der Wanduhr hatte irgendetwas nicht gestimmt, die Zeiger, wie bei einem Bild von Dalí, reichten nicht ganz an die Ziffern heran, sodass man nie genau sagen konnte, wie spät es wirklich war.

Sie umarmte Finn fester, strich angetrockneten Schlamm von seinem Trikot. Die Fähre stieß gegen den Anleger, sie zupfte an Zippys Leine. Finn humpelte voraus. Ella kam angehüpft und griff nach seiner Hand, er versuchte, sie abzuschütteln, doch sie ließ nicht locker, und eigentlich hatte er nichts dagegen. Brigitte lächelte sie von hinten an – stolz. Es waren gute Kinder. Sie nahm die vergessene Rugbytasche von der Bank und folgte ihnen, beim Aussteigen winkte sie Jeremy zu.

»Schönes Wochenende«, rief er. Als er über die Brücke auf dem Oberdeck stapfte, wirkten seine Arme unbeweglich, standen leicht vom Körper ab wie bei einem Pinguin.

Sie gingen den Steg entlang auf Harrys Anleger zu, Brigitte, auf der linken Seite, versuchte Zippy davon abzuhalten, die schwarzen Schwäne anzugreifen, die sich aus dem Wasser wagten.

Sie kniff die Augen zusammen und schirmte mit der Hand das Licht ab. Neben Harry am Steuer stand Phoebe in der Bootskabine. Aidan und Steve Williams saßen hinten auf den Bänken. Aidan schob seine Kappe zurück und lächelte. Er wirkte entspannt, seine Wangen waren rosig.

»Hey Brig!«, rief Steve strahlend. Er hatte einen Sonnenbrand. »Sieh mal, was wir zum Abendessen haben.« Er griff in einen Eimer und zog einen Fisch am Schwanz heraus, ließ ihn aber über die Seite fallen, als das Tier zappelte. Sie verzog das Gesicht und blieb am Anfang des Anlegers stehen – näher ging sie nie ans Wasser. Zippy bellte. Sie tätschelte seinen Kopf.

Als das Boot den Anleger fast erreicht hatte, warf Aidan ein Seil über einen Pfeiler und zog es heran. Er legte eine Hand auf die Steuerbordseite – nein, Backbord, Brigitte konnte sich nie merken, welche Seite welche war – und sprang auf den Anleger.

»Im Sturm tut's jeder Hafen«, sagte Brigitte. Das hatte Joan immer gesagt, mit einer Flasche in der Hand. Jahrelang hatte Brigitte es für eine Eselsbrücke gehalten, um sich die Teile eines Boots merken zu können.

Eine Windbö kräuselte die Wasseroberfläche, und das Sonnenlicht glitzerte silbern auf den Wellen. Steve zog ein Taschentuch hervor und hielt es sich an die Nase. Er ließ es zu Boden fallen, Brigitte konnte nicht sehen, ob er es wieder einsteckte. *Eklig*. Er streifte die Angelhandschuhe ab, nahm den Eimer, stolperte über ein Seil, fluchte und verlor einen zweiten Fisch.

Aidan hielt Phoebe eine helfende Hand hin, während Harry das Boot vertäute. Steve krabbelte auf den Anleger – nicht so elegant wie Aidan, seine Beine waren nicht lang genug.

Aidan ging zu Brigitte, nahm sie in die Arme und wollte sie küssen – das Bier zeigte Wirkung.

Sie schob ihn weg. »Du riechst nach Fisch und Bier.« Und Zigaretten.

»Ryan schon da?« Er tätschelte Zippy, der hechelte und sabberte und mit dem Schwanz gegen sein Bein klatschte.

Brigitte schüttelte den Kopf. »Vielleicht heute Abend.«

Steve – Spiegelbrille, das Gesicht rot vor Sonnenbrand, auf den Armen Sommersprossen wie ein Verbinde-die-Punkte-Bild – zeigte ihnen auf einem alten Kartentisch im Hof, wie man einen Fisch entschuppt. Brigitte und Aidan rümpften die Nase und tranken Bier.

Harry sah ihnen von der Verandacouch aus zu, seine Füße lagen auf dem Tisch, belustigt schüttelte er den Kopf. »Und du willst sicher keine Hilfe?«

Steve ignorierte seinen Ratschlag über das richtige Messer. Als er sich ans Ausnehmen und Filetieren machte, wandte Brigitte den Blick ab.

»Du brauchst ein Uncle-Henry-Filetiermesser, Kumpel«, sagte Harry. Er hob zu einer Geschichte an, wie er und Jeremy einen sterbenden Delfin in einem Geisternetz gefunden hatten, den Harry mit seinem Uncle-Henry-Messer aus seinem Elend erlöste. Brigittes Eindruck, dass Harry und Jeremy sich kaum kannten, war offenbar falsch gewesen: Harry sagte, sie hätten früher zusammen gearbeitet.

Brigitte wollte die Einzelheiten der Delfintötung nicht wissen und ging zum Haus, um nach den Kindern zu sehen. Sie hörte ein Flügelflattern. Cheeky.

»Verdammt!«, schrie Steve und verscheuchte den Vogel.

Brigitte drehte sich in der Tür um und bekam mit, wie Steve das Steakmesser fallen ließ, in der Spitze seines Zeigefingers klaffte ein Schnitt. Sie ging ein Pflaster besorgen.

Die Kinder schauten im Wohnzimmer fern. Sie stellte das Gerät ab und schickte sie zum Spielen nach draußen.

Als sie im Badezimmerschrank kramte, klingelte ihr Handy. Joan. Hysterisch. Wahrscheinlich betrunken. Sie konnte kaum verstehen, was Joan sagte: Ryan, Krankenhaus, Tabletten. Ihr Gesäß fand den Rand der Badewanne. »Ist Ryan okay?«

Mehr über das Krankenhaus, versuchten Selbstmord, ein paar Schluchzer.

»Hör auf!«

»Warum schreist du mich an?«

»Zwei Dinge: Ist er okay? Welches Krankenhaus?«

Weiteres Schluchzen. »Ich hatte dir gesagt, du sollst ihn anrufen.«

»Zwei Dinge, Mum!«

Es gab noch mehr Melodrama, bevor sie die zwei Dinge erfuhr.

Draußen vor dem Mülleimer tippte Phoebe mit einem Kricketschläger auf den Boden, Steve war Werfer – den aufgeschlitzten Finger ignorierend – und Aidan, Finn und Harry waren in Mannschaftsaufstellung. Ella kniete auf der anderen Seite des Gartens und kratzte den Ameisen Straßen in den Dreck, das Baby-Dior-Kleid voller Schmutz.

Steve rannte mit ausgestreckten Armen rückwärts, um den Ball zu fangen, den Phoebe in die Luft geschlagen hatte. »Aus!«

Phoebe behauptete, sie sei noch nicht bereit gewesen. Steve warf den Ball in die Luft, fing ihn auf und sah Brigitte an, die auf der Veranda stand. »Wo ist mein Pflaster?«

Sie lehnte sich mit wackligen Beinen an den Türrahmen.

»Oh Gott. Was ist denn los?«

Sie rief nach Aidan.

»Ich fahre dich hin«, sagte Aidan, während er am Hahn zwei Wassergläser füllte.

»Du hast getrunken.«

»Ein paar Bier auf Harrys Boot. Eins, seit wir zu Hause sind. Das geht schon.« Er stellte ihr ein Glas hin und trank aus dem anderen. »Williams ist der Einzige, der besoffen ist.« Er sah in den Garten hinaus.

»Ich bin okay.«

»Ich fahre dich.« Seine Polizistenstimme. »Harry kann ein paar Stunden auf die Kinder aufpassen. Er hat nur ein Bier getrunken.«

»Ich muss über Nacht bleiben.«
»Bei Rosie?«
Sie runzelte die Stirn. »Bei Kerry.«
»Ich ruf sie an, während du packst.«

Die Fähre war voll besetzt. Jeremy lächelte, kam angeschlendert und wollte wissen, wo sie hinwollten.

»Brigs Bruder in der Stadt geht's nicht so gut«, sagte Aidan. »Ich bring sie hin.«

»Das ist ja nicht schön.« Jeremy stellte das Lächeln ab, Besorgnis an und beugte den Kopf, um Brigitte ansehen zu können. »Tut mir leid, das zu hören.«

Sie nickte.

»Was Neues?«, fragte Jeremy Aidan.

»Von was?«

»Maree Carver.«

»Nein.«

»Irgendwelche Verdächtigen?«

»Ein paar Personen von Interesse, glaube ich, aber das ist keine lokale Ermittlung.«

»Ja, die wichtigen Sachen überlässt man am besten der Großstadtpolizei, wie?«

Brigitte sah Aidan die Zähne zusammenbeißen, unter seinem Hemd spannten sich die Muskeln an.

»Was ist mit dem Ehemann?«, fragte Jeremy.

Aidan schüttelte den Kopf und verschränkte die Arme.

»Ich hab neulich Abend ferngesehen«, sagte Jeremy. »Stimmt es, dass die Polizei in den Steckdosen bei Verdächtigen Wanzen einbaut?«

»Klar.« Die Wanzenfrage war eine der häufigsten Polizeifragen, die Aidan zu hören bekam. »Und in der Decke. An Stellen, auf die man nie kommen würde.«

Jeremy verschränkte die Arme und nickte.

Am Infowagen der Polizei auf der Esplanade stand ein übergewichtiger, grauhaariger Mann mit einem Kaffeebecher in der Hand hinter einem jungen Paar mit einem Eis schleckenden Kleinkind in einer pinken Kinderkarre in der Schlange. Blumensträuße und -kränze türmten sich am Ufer und um das Bateau House herum auf. Die meisten Parkplätze waren von Wagen besetzt, die zum Medienrummel gehörten. Neben Reportern und Maskenbildnern standen Schaulustige und schossen Fotos vom Tatort. Brigitte schloss die Augen.

## 14

Wenn du mich liebst, kommst du rein, sagte Matt. Die warme Seidigkeit seiner Haut an ihrer war unerträglich; sie verspürte den Drang, in seine Schulter zu beißen, legte stattdessen nur das Kinn darauf. Ein Delfin – von einem glitzernden Wassernebel umhüllt – bog sich vor dem Mond, ein perfekter weißer Kreis. Wieder sprang der Delfin, doch er war in einem grauen, abgenutzten Netz gefangen. Ein drittes Auftauchen, der Delfin schlug im Netz um sich, ein Messer steckte in seinem Rücken. *Wenn du mich liebst, wenn du mich liebst, wenn du mich liebst* ... Das Wasser raute auf, riss sie mit sich und stürzte auf sie herab. Matt war verschwunden, er hatte sie im Netz gefangen zurückgelassen, der kalte, schleimige Delfin schlug auf sie ein. Sie hustete und trat und kämpfte, bis sie keine Luft mehr hatte. *Rotes Licht auf Glas. Der Rettungsring rettet Leben.* Ich liebe dich, sagte Aidan. Er küsste sie auf die Stirn und zog den Reißverschluss des Leichensacks über ihr zu.

Sie öffnete die Augen, hustete, rieb sich über das Gesicht und griff nach der Wasserflasche in ihrer Tasche.

»Fast da«, sagte Aidan, während er blinkte und auf die Victoria Parade abbog. »Soll ich dich in der Haltezone absetzen und dann einen Parkplatz suchen?«

Sie schüttelte den Kopf. »Die ist nur für Patienten.« Sie war nicht sicher, ob sie überhaupt da reingehen konnte, und schon gar nicht allein.

Sie parkten den Wagen und machten sich gemeinsam auf den Weg. Der Verkehr grummelte, eine Klimaanlage surrte, von irgendwoher hörte Brigitte Baulärm. Als sie auf den Haupteingang zugingen, senkte sie den Blick. Der graue Asphalt war von Zigarettenstummeln übersät.

Vor der Automatiktür erstarrte sie, konnte nicht weitergehen. *Der letzte Halt vor Saint Peter's*, hatte ihr Vater gesagt, als er im Sterben lag, oder war es ein Lied? Aidan legte eine Hand auf ihren Rücken und schob sie weiter. Er musste die Nase voll haben von ihren dummen Phobien. Leise schloss sich die Tür hinter ihnen und brachte den Stadtlärm zum Verstummen.

Die Panik trat in ihrem Bauch um sich wie ein wildgewordener Fötus und ließ Eiswasser über ihre Arme strömen. Auslöser war der Geruch. Desinfektions- oder Reinigungsmittel? Der Geruch von Tod und Sterben. Sie hatte viel Zeit im Krankenhaus verbracht, war dort fast gestorben – zwei Mal. Sam war auf dem Weg ins Krankenhaus gestorben, Aidan und Finn und Phoebe wären fast dort gestorben. Die Wahrscheinlichkeit, dort zu sterben? Ziemlich hoch, schätzte sie. Gott, sie musste weinen, konnte nicht anders. Sie kitzelte den oberen Gaumen mit der Zungenspitze und durchsuchte ihre Tasche nach Taschentüchern.

Aidan half ihr, einen Sitzplatz zu finden, sie wartete und starrte die glänzenden *Gute-Besserung*-Ballons im Laden an, während er am Empfang fragte, wo Ryan lag.

»Möchten Sie eins?«

»Mein Gott!« Sie zuckte zusammen und sah einen Mann in einem Hasenkostüm vor sich stehen.

»Nein, der Osterhase.«

Er hielt ihr seinen Korb voller Ostereier hin, doch sie schüttelte den Kopf.

Als der Osterhase gegangen war, versuchte sie es mit Bauchatmung und Zählen – durch die Nase einatmen, durch den Mund aus. Atmen, atmen, atmen, eins, zwei, drei ... *Bloß raus hier*. Sie stand auf und lief im Empfangsbereich auf und ab.

Ryan schlief, war blass und an Schläuche und Kabel angeschlossen, über dem Gesicht lag eine Sauerstoffmaske. Die Intensivstation summte, als wäre sie am Leben, ein Bienenschlag. Der Herzfrequenzmonitor piepte wie das Sonar eines U-Boots oder diese alten Pong-Arkadenautomaten. Die Ärztin berichtete, dass Ryan Schlaftabletten – Benzodiazepin – und Alkohol geschluckt hatte, aber wieder auf die Beine kommen werde. Man hatte ihm den Magen ausgepumpt, jetzt wurde er über einen Tropf mit Flüssigkeit versorgt.

Sie kannte den Ablauf. Und wusste genau, was er beim Aufwachen fühlen würde: den schlimmsten Kater seines Lebens.

»Ein Nachbar hat ihn durchs Fenster auf dem Boden liegen sehen und einen Krankenwagen gerufen.« Das Namensschild der Ärztin schlug gegen die Knöpfe ihrer Bluse. »Glück gehabt.«

Brigitte geriet ins Treiben und hörte ihren eigenen Herzschlag laut in ihren Ohren dröhnen, während die Stimme der Ärztin schwächer wurde. Sie musste hier raus – in den Empfangsbereich mit dem Osterhasen, auf die Straße mit den Abgasen, einfach nur weg von hier. Sie würde morgen wiederkommen, wenn Ryan, wie die Ärztin gesagt hatte, wieder wach wäre.

Sie eilte aus dem Zimmer, hielt inne und sah zurück. Warum hatte sie ihn nicht angerufen? Doch, hatte sie. Zumindest Nachrichten hinterlassen. Warum war sie nicht hartnäckiger gewesen? Was war passiert? Warum war Rosie nicht da? Die Panik ebbte ab, Schuldgefühle nahmen zu. Sie holte Luft, ging zurück zu ihm, strich eine sandfarbene Haarsträhne aus seinem Gesicht und küsste ihn auf die Stirn. Seine Haut war trocken, dunkle Ringe lagen um seine Augen wie bei einem Waschbären. Sie hätte auf Joan hören sollen. Sie zog einen Stuhl heran, setzte sich und hielt eine Zeitlang seine Hand.

Sie kreiste die Schultern, dehnte den Hals, lehnte sich gegen die Metallwand des Aufzugs und sehnte sich nach einer heißen Dusche. Aidan stand dicht vor der Tür, den Rücken zu ihr.

Als er erstarrte, runzelte sie die Stirn.

Er entschränkte die Arme und fing an, hektisch auf die Stockwerkknöpfe zu drücken.

Sie stieß sich von der Wand ab.

Er drückte noch schneller auf die Knöpfe.

»Aidan. Was ist los?«

»Ich krieg keine Luft.«

Im zweiten Stock öffnete sich die Tür, und er rannte hinaus. Sie folgte ihm, als er in großen Sprüngen die Treppe hinunterlief.

Als er in dem Hof zwischen dem alten und dem neuen Teil des Krankenhauses anhielt, holte sie ihn ein. Über seiner Lippe glänzte Schweiß.

»Willst du dich setzen?« Sie berührte seinen Arm.

Er wich zurück, verschränkte die Hände hinter dem Kopf. »Verdammt noch mal, lass mich doch einfach mal in Ruhe!«

Er hätte ihr genauso gut eine Ohrfeige geben können. Sie blinzelte, machte einen Schritt zurück, nickte langsam. Seine Augen wirkten dunkel, fast schwarz, glänzten. »Gut. Ich komme gleich wieder«, sagte sie.

Sie machte sich auf die Suche nach einer Toilette, sah noch einmal zurück, er lief im Hof auf und ab.

Im alten Teil des Krankenhauses fiel blaues UV-Licht aus der offenen Tür des Toilettenraums. Auf dem Fensterbrett der Kabine lag eine Spritze. Mit dem Kopf in den Händen saß Brigitte auf der Toilette. *Scheiß-Krankenhäuser.* Sie blieb vielleicht zehn Minuten lang so sitzen – bis sie jemanden hereinkommen hörte.

Als sie in den Hof zurückkehrte, saß Aidan ruhig auf einer der Betonbänke und schrieb eine Nachricht oder E-Mail auf seinem Handy. Als er sie sah, steckte er das Gerät weg.

»Willst du darüber reden?«, fragte sie.

Er schüttelte den Kopf, schweigend gingen sie zum Wagen zurück.

## 15

Kerry machte Urlaub an der Gold Coast, hatte aber nach Aidans Anruf dem Nachbarn Bescheid gesagt, dass er den Serras den Ersatzschlüssel geben solle. Es wurde dunkel, Regen trommelte auf Kerrys verrostetes Blechdach über der Veranda, als Aidan abfuhr. Brigitte winkte. Die Scheinwerfer huschten über Öllachen auf der nassen Straße. Er hatte ihr keinen Abschiedskuss gegeben. Sie schniefte, drehte sich um und ging ins Haus.

Während sie im Gästezimmer ihre Schuhe auszog, dachte

sie an Aidans Reaktion im Krankenhaus, die Angst des in die Ecke getriebenen Tieres in seinen Augen. Nur eine Panikattacke? Ungewöhnlich für ihn, aber verständlich. Er hatte mindestens genauso viele Gründe wie sie, Krankenhäuser zu hassen.

Ein Zug ratterte pfeifend durch den Bahnhof Clifton Hill, Verkehr rauschte, eine Katze miaute. Sie hörte die Stimmen von Menschen auf der Straße.

Ihre Schultern sackten nach unten, die Müdigkeit ließ die Spannung in ihren Muskeln schmelzen. Im unteren Rücken zuckte Schmerz auf. Das Bild eines kalten, stählernen OP-Tisches kam ihr in den Sinn: die Rinne um die Ränder herum, in die Flüssigkeiten abliefen, an einem Ende der Haken für den Auffangeimer. Niemals würde sie das wieder auf sich nehmen, komme was wolle. Der Schmerz kam nicht zurück. Es konnte nicht sein. Es lag nur am langen Sitzen, an der Kälte. Das war alles.

Auch ihr Magen schmerzte – wahrscheinlich der Hunger, sie hatte seit dem Bissen von Finns Hotdog beim Rugby nichts mehr gegessen, vor einer Ewigkeit.

Ihr Atem kondensierte auf der Fensterscheibe, als sie den Vorhang beiseite zog und die Wange an das Glas drückte. Sie betrachtete das einzige andere Haus in der Straße, das nicht renoviert worden war, das Haus, das Sam und ihr und dann einige Jahre lang ihr und Aidan gehört hatte. Auf der Veranda, wo erst Aidan und dann die beiden uniformierten Polizisten mit schlechten Nachrichten gestanden hatten, schien Licht. Als Sam noch lebte, hatte das Licht viele Nächte lang vergeblich für ihn gebrannt. Aidan war immer nach Hause gekommen oder hatte angerufen, wenn es später wurde. Die einst von Brigitte gestrichene Haustür war immer noch kirschrot, im Zwielicht hatte sie die Farbe von Portwein.

Als sie durch den Flur ins Wohnzimmer ging, verfing sich ein Dielensplitter in ihrer Socke. Weil sie aus Kerrys Wärmepumpenheizung nicht schlau wurde, stellte sie die alte Gasheizung an. Der Geruch von heißem Staub füllte den Raum.

Es fühlte sich seltsam an. Nicht still, aber leer. Wann war sie das letzte Mal allein gewesen? Sie wusste es nicht. Um Gesellschaft zu haben, stellte sie den Fernseher an und bekam gerade den Schluss eines Berichts über Maree Carver mit. Eine Reporterin stand in Paynesville in der Nähe vom Bateau House am Ufer, das blonde Haar regte sich kaum im Wind. »... bevor ihre Leiche in diesen See geworfen wurde. Die Mordkommission hat die Ermittlungen aufgenommen. Die Bewohner sind aufgerufen, sich mit Informationen an Crime Stoppers zu wenden.«

Die Medien ließen die Geschichte in Dauerschleife laufen. Maree Carvers schönes Gesicht auf den Bildschirmen und Titelseiten brachte Auflage. Wäre eine hässliche Großmutter oder ein alter Fischer das Opfer gewesen, lägen jetzt nur wenige Blumenkränze am Ufer von Paynesville.

Zurück zum Nachrichtensprecher im Studio. »Nach der Pause: Die Besatzung eines russischen Raumfahrzeugs ist nach fünfmonatiger Mission auf der Internationalen Raumstation sicher in Kasachstan gelandet.«

Werbung für Magnum-Eis folgte. Brigitte knurrte der Magen. Ihr Handy klingelte: »Kiss You All Over« – sie hatte immer noch nicht herausgefunden, wie der Klingelton zu ändern war. Ohne aufs Display zu schauen, nahm sie den Anruf an und wollte Aidan gerade sagen, dass er beim Autofahren nicht telefonieren solle. Es war Petula, die Leiterin von Opapas Altenheim. Brigitte drehte sich der Magen um, Petula rief nie an.

»Eddie geht es leider schlechter, Liebes.«

»Ist er okay?« Brigitte ging in die Küche und setzte sich an den verkratzten Holztisch. Ihre Knochen knirschten auf dem harten Stuhl. Kerry sollte sich wirklich Kissen besorgen.

»Lungenentzündung. Wir haben ihn ins Krankenhaus bringen lassen. Mit deiner Mutter habe ich schon gesprochen, aber du musst hinkommen, um das Organisatorische zu besprechen.«

»Ich bin gerade in Melbourne. Welches Krankenhaus?«

Petula sagte es ihr, und Brigitte versprach, in fünfzehn Minuten dort zu sein.

Wieder klingelte ihr Handy. Joan. Sie ließ den Anrufbeantworter angehen, sie würde sie sowieso bald genug sehen. Sie schlüpfte in ihre Schuhe und rief ein Taxi, das sie zum Krankenhaus zurückbrachte.

Sie saß an Opapas Bett. Er sah bereits wie ein Geist aus: spitze Knochen und scharfe Schatten, die Hautfarbe so gelblich grau wie Pressfleisch.

Sie nahm seine Hand, sie war kühl, durchscheinend und trocken – sie musste an die Zwillinge in der Neugeborenen-Intensivstation denken. Papier-Birke. Geburt und Tod.

Wo war er jetzt? Irgendwo zwischen dieser Welt aus schlaffer Haut und bröckelnden Knochen und der nächsten, in der er sich wieder mit Nana darüber kabbeln würde, wo der Kochsherry geblieben war? Brigitte dachte an das gerahmte Foto von Nana, das immer auf Opapas Nachttisch gestanden hatte. Nana war darauf etwa zwanzig, auf einer Party oder vielleicht bei dem Tanzabend, auf dem sie sich kennengelernt hatten. Sie war von einem schwer zu beschreibenden Schimmer umgeben: ein überirdisches Leuchten, wie es heutzutage per Photoshop auf Models und Promis in der Kosmetikwerbung geworfen wurde. Warum hatte Brigitte nie gefragt, ob Opapa dabei gewesen war, als das Foto aufgenommen wurde? Sie stellte sich vor, wie er auf Nana zuging, seinen Humphrey-Bogart-Hut abnahm und sie um einen Tanz bat – breite Schultern im doppelreihigen Anzug. Superman. Nana, lächelnd, perlweiße Zähne, glänzende Augen, leuchtende Haut – ein seidiges Kleid, an der Schulter von einer Brosche gehalten. Eine griechische Göttin. Da wäre Opapa jetzt: in dem Foto, mit Nana tanzend, von ihrem Licht erleuchtet.

»Es ist okay, wenn du jetzt loslassen willst, Opapa«, flüsterte sie. Hatte er so etwas jemals zu ihr gesagt, bei seinen täglichen Besuchen nach dem Autounfall? Nein, er hatte sie niemals aufgegeben. Und er würde auch jetzt nicht einfach loslassen. Alter Dickkopf.

Sie schloss die Augen und sah einen jüngeren, kräftigeren Opapa neben einem zerschundenen Mädchen sitzen.

Krankenschwestern kamen und gingen: drehten Opapa um, verabreichten Morphium, saugten Speichel aus seinen Luftwegen. Keine Maschinen oder Alarmglocken hier. Es ging jetzt nur um sein Wohlbefinden. Und ums Warten.

Nach etwa einer Stunde flüsterte Brigitte: »Ich muss jetzt gehen, Opapa, aber ich komme morgen wieder.« Sie stand auf und rieb sich den Rücken. Sie küsste Opapa auf die Stirn und sagte ihm, dass sie ihn liebe. Dann ging sie nach unten und machte das Gleiche bei Ryan. Im Hof hockten ein dicklicher tätowierter Mann und eine dünne junge Frau zusammengekauert und rauchend auf der Betonbank, auf der Aidan gesessen hatte – nicht eine Ewigkeit her, wie es sich anfühlte, sondern früher am selben Abend. Unter dem Krankenhauskittel der Frau schauten Insektenbeine hervor. Der Mann blies Rauch aus und fluchte. Seine Zähne waren schwarz. Als Brigitte an ihnen vorbeieilte, fuhr ein Krankenwagen auf die Einfahrt der Notaufnahme.

Als sie durch das Foyer des alten Gebäudes hastete, rutschte sie auf dem Kachelboden aus, fiel aber nicht hin.

Die verschmutzte Luft draußen kam ihr vor wie eine frische Brise. Braune und gelbe Ulmenblätter klebten auf dem Fußweg und glänzten im Schein der Straßenlichter. Eine Plastiktüte, durch den Regen zu nass und schwer, um weggeblasen zu werden, knatterte im Wind und sammelte im Rinnstein Dreck auf.

Ob Matt noch in der Nähe wohnte?

## 16

Am nächsten Tag sah Opapa noch schlechter aus. Eine gelblicher Ascheton. Ab und zu flatterten seine Augenlider, als würde er aufwachen.

Brigitte gähnte und rieb sich das Gesicht. Nach einer unruhigen Nacht in Kerrys durchgelegenem Gästebett verbrachte sie den Tag im Krankenhaus und hörte sich Joans Geplapper über den neuesten Promiklatsch aus den Zeitschriften an, die sie im Kiosk kaufte, wenn sie nicht im nebenan gelegenen Café fettarme Milchkaffees und Gourmetmuffins holte.

Brigitte suchte in ihrer Tasche nach etwas zu lesen. Ganz unten ertastete sie ein Buch: *Tot im Wasser*. Wie zum Henker hatte sie es da vergessen können? Ein Mordfall quasi vor der Haustür, Zurückweisung durch den Ehemann, der Selbstmordversuch ihres Bruders, das Sterben des Großvaters – die Nachlässigkeit war nachvollziehbar.

Sie warf ihrer Mutter einen Blick zu: Joan war in eine Publikation vertieft, auf deren Titel *Exklusiv: Teeniemama Jem-*

*ma enthüllt, ob sie immer noch mit Tyler streitet und ob sie sein Baby mit Khloe getroffen hat!* stand. Brigitte strich mit den Fingern über den Hochglanzeinband von *Tot im Wasser*, blätterte mit dem Daumen die Seiten durch, holte Luft und warf einen Blick hinein. *Brigitte, es war der größte Fehler meines Lebens, Dich gehen zu lassen. Matt x.* Und eine Handynummer. Sie klappte das Buch zu und stopfte es zurück in ihre Tasche.

»Willst du nicht mal Ryan besuchen?«, fragte sie.

Joan hob den Kopf. »Ich bin noch nicht bereit dafür«, sie holte tief Luft und umklammerte die Kunstperlenkette an ihrem Hals, »meinen Jungen so zu sehen.«

Brigitte wandte den Kopf ab und verdrehte die Augen. Sie brauchte Bewegung. Sie stand auf und reckte die Arme über den Kopf, um den Rücken zu dehnen.

»Brigitte! Ich glaube, er atmet nicht mehr!«

Sie fuhr herum, hielt einen Finger unter Opapas Nase und nickte.

Joan schrie und stieß den Stuhl um, als sie zu der Klingel neben dem Bett hastete. *New Idea*, ein halber fettarmer Himbeermuffin und dessen Einwickelpapier fielen zu Boden.

Ohne Eile kam schließlich ein Pfleger. Er hörte Opapas Brust mit einem Stethoskop ab und rief einen Arzt. Joan wurde hysterisch und rannte aus dem Zimmer.

Der Arzt erklärte den Tod, stellte den Totenschein aus und fragte Brigitte, ob sie eine Weile mit Opapa allein bleiben wolle. Sie nickte, und der Arzt ließ sie allein.

Sie zog einen Stuhl heran und faltete die Hände im Schoß.

Nach langem Schweigen sagte sie, »Erinnerst du dich daran, wie Ryan und ich als Kinder mit dir angeln waren und ich in einen Angelhaken getreten bin?« *Er geht in den Fisch rein, kann aber nicht wieder raus. Clever, wie?*, hatte Opapa gesagt, während er versuchte, sie zu beruhigen. Sie waren auf dem ersten Anleger – genau dort, wo sie in *jener* Nacht mit Matt gesessen hatte. *Aber dein Fuß ist kein Fisch*, hatte Opapa gesagt und die Leine durchgeschnitten. *Der Haken kann nicht zurück, er muss nach vorne*. Er schob den Haken aus dem weichen Fleisch heraus. »Du hast mich brüllend nach Hause getragen, und Nana hat es mit Jod und einem Pflaster in Ordnung gebracht. Damals dachte ich, alles könne so in Ordnung gebracht werden.« Sie konnte sich nicht mehr an den Schmerz des Eindringens erinnern, nur an den des Herausziehens.

»Ich glaube, Aidan will mich nicht mehr, Opapa.« Sie seufzte. »Was soll ich tun?«

Sie betrachtete Opapas – jetzt entspanntes – Gesicht zum letzten Mal und wurde von einer ungewöhnlichen Ruhe erfüllt. Wie seltsam, aus dem Gebäude heraus hörte sie draußen Vögel zwitschern, so nah an der Stadt.

Draußen vor dem Fenster regnete es, war aber sonnig. Das Sonnenlicht schien die Tropfen einzuhüllen, sie sahen aus wie Schnee. Eine Sozialarbeiterin kam herein und bot ihre Unterstützung an. Brigitte hob abwehrend die Hand. Sie wollte noch eine Weile länger dem Regen zusehen.

***

Ryan war auf eine normale Station verlegt worden. Er saß im Bett, sein Gesicht war fast so weiß wie das Kopfkissen, der Blick abwesend. Auf dem Nachttisch stand neben einem Wasserkrug und einer Schachtel mit Taschentüchern ein Geschenkstrauß aus lila und weißen Blumen: *Alles Liebe, Mum* stand auf der Karte.

Die Ruhe, die Brigitte in Opapas Zimmer verspürt hatte,

wurde von Zorn vertrieben – irrational und vor allem gegen sich selbst gerichtet, weil sie nicht mehr Mitgefühl für ihren Bruder verspürte. Als es andersherum gewesen war, nach ihrem »Zusammenbruch«, war er für sie da gewesen. Trotzdem hätte sie ihm am liebsten eine Ohrfeige gegeben und ihn angebrüllt, er sei vierzig – wirklich zu alt für diesen egoistischen Scheiß. Und er hätte an Opapas Bett bei ihr sein müssen. Sie entkrampfte die Fäuste, strich ihren Rock glatt, setzte sich an sein Bett und fragte, wie er sich fühlte.

Mit krächzender Stimme entschuldigte er sich.

Sie schenkte ihm ein Glas Wasser ein. In ihren steifen Schultern und dem Zucken eines Augenlids machte sich das Bedürfnis nach Schlaf bemerkbar.

»Rosie ist weg. Und hat Georgia mitgenommen«, sagte Ryan.

»Warum hast du mir nichts davon gesagt?«

»Sie meint, ich sei ein schlechter Vater.«

Und hatte er etwa gedacht, seine Aktion werde helfen? »Du weißt, dass das nicht stimmt.«

»Es stimmt.«

»Sei nicht albern.«

»Ich darf sie nicht mehr sehen.«

Eine Krankenschwester kam herein, maß Ryans Puls und Blutdruck und trug etwas in die Tabelle am Ende des Krankenbettes ein.

»Sie hat denen gesagt, ich sei Alkoholiker und nicht in der Lage, auf Georgia aufzupassen.« Er begann zu weinen und verschüttete Wasser auf die Bettdecke.

Brigitte nahm ihm das Glas ab. »Wem gesagt?«

»Sie hat eine einstweilige Verfügung beantragt, Brigi.«

Sie reichte ihm die Taschentücher. »Das hier war doch ein Unfall, oder?«

Er zuckte die Achseln. »Ich war ziemlich besoffen.«

»Oh, mein Gott, Ryan!« Joan stand mit mascaraunterlaufenen Augen in der Tür. »Wie konntest du mir das antun?«

Gott sei Dank fuhr in einer Stunde ihr Zug.

Als Ryan schlief, verließ Brigitte das Krankenhaus. Auf der Straße, mit einem Klumpen aus Schmerz, der sich zwischen Brust und Kehle festgesetzt hatte, rief sie Aidan an und sagte ihm, dass Opapa gestorben war. Es war Stoßzeit, der Verkehr verstopfte die Straßen. Sie hielt sich das eine Ohr zu, um Aidan hören zu können, als eine alte Straßenbahn auf dem Weg zu den Docklands vorbeiratterte. Er sagte, er werde kommen, aber sie versicherte ihm, es gehe ihr gut.

Sie machte sich auf den Weg in ihr altes Viertel.

## 17

Vieles hatte sich verändert in der Brunswick Street, vieles war gleich geblieben. An der Ecke zur Gertrude Street kotzte ein St.-Patrick's-Day-Feiernder an die gekachelte Wand der Kneipe. Seine Freunde schwankten auf der Suche nach dem nächsten Irish Pub weiter. Brigitte hatte das Datum aus dem Blick verloren. Sonst zog sie die Kinder immer grün an und bestellte einen Babysitter, wenn Aidan nicht arbeiten musste, damit sie ausgehen und dunkles Bier trinken konnten. Es war der einzige Tag im Jahr, an dem er sich eher irisch als italienisch benahm.

Sie wich einer Frau in einem gepunkteten Kleid aus, die aus einem Bio-Pizza-Laden kam und an beiden Beinen und am Hals wild tätowiert war. Der Pizzaladen war früher das Tätowierstudio unter Matts alter Wohnung gewesen. Sie hob den Kopf, erwartete halb, Matt oder zumindest die Erinnerung an ihn am Fenster stehen zu sehen. Nur beige Vorhänge und eine Häkelgardine.

*Es war der größte Fehler meines Lebens, Dich gehen zu lassen.* Sie winkte ein Taxi heran und bat den Fahrer, sie zum nächsten Getränkeladen zu fahren.

Kerrys Haus war kalt und roch latent nach Feuchtigkeit und Schimmel. Und Leere. Brigitte schenkte sich Wein ein und stellte den alten Heizlüfter und die neue Nick-Cave-CD an.

Als »Kiss You All Over« erklang, rannte sie in die Küche, bemüht, den Wein nicht zu verschütten. Sie konnte das Handy in ihrer Tasche nicht finden, stülpte sie um, und der Inhalt purzelte auf den Tisch: Portemonnaie, Quittungen, Stifte, Bonbons, Wasserflasche, *Tot im Wasser* und ihr Handy – beim letzten Klingeln. Aidan.

»Klingt so ruhig bei dir«, sagte sie. Ein Kinderpflaster klebte auf dem Buchdeckel. »Sind die Kinder im Bett?«

»Beinahe.« Im Hintergrund lachte ein Kookaburra. »Hast du die Nachrichten gesehen?«

Glaubte er, sie habe Zeit dafür?

»Alles in Ordnung bei dir?«

Sie trank einen Schluck Wein. »Morgen um halb elf kommt der Mann vom Bestattungsinstitut.«

»Ich bin um zehn da. Wie geht's Ryan?«

»Ganz gut, glaube ich.«

»Gut. Versuch zu schlafen.«

Sie starrte das Buch an, das einsame Fischerboot, das auf dem gemalten See trieb.

»Brig?«

»Ja.« Sie riss das Pflaster ab. »Gute Nacht.« Sie legte auf.

Er hatte nicht mal nach Opapa gefragt! Sie trank den Wein aus und schenkte nach.

Das Geräusch des durch den Regen rauschenden Verkehrs und eine in der Ferne heulende Sirene vermischten sich mit Besteckgeklapper von nebenan. Bevor sie das Buch aufschlug, wischte sie sich an ihrem Jeansrock die Hände ab. Sie sprach Matts Botschaft lautlos mit, während sie sie erneut las, zog mit der Fingerspitze seine saubere, altmodische, kursive Handschrift nach.

Sie klappte das Buch zu, dann wieder auf, trank noch mehr Wein, blätterte um. Es war Ethan gewidmet. Seinem Sohn? In den Danksagungen am Ende war nur sein Vater erwähnt, keine Ehefrau oder Familie. Wer teilte sein Leben? Die Autorenbiografie gab nicht viel her: *Matt Elery wohnt in Melbourne. Er hat als Literaturdozent, Journalist, Lektor, Herausgeber und Restaurantkritiker gearbeitet.* Tot im Wasser *ist der fünfte Band der Reihe um Detective Robert Moore* (kein Wunder, dass ihr der Name bekannt vorgekommen war).

Sie betrachtete das Autorenbild: ein gutes Foto von Matt und seinen intelligenten Augen. Blaue, blaue Augen. Als sie das Glas zum Mund hob, zitterte ihre Hand.

Sie las das erste Kapitel. Der Protagonist, Robert Moore, war natürlich ein misanthropischer Detective mittleren Alters mit einer zerbrechenden Ehe, ein paar Kindern, mit denen ihn wenig verband, einem Alkoholproblem und einem brillanten, logischen Verstand. Warum schrieben Krimiautoren nie über gesunde, ausgeglichene Polizisten mit glücklichen Familien? Es war reine Fiktion, trotzdem zitterte sie, als aus einem fiktiven See, der ganz wie Lake King klang, eine Leiche gezogen wurde.

Auf Seite zehn erinnerte sich Moore zurück an das erste Mal, dass er eine Pistole abgefeuert hatte. Er war Linkshänder, hatte sich aber darauf trainiert, mit beiden Händen schießen zu können. Auf Seite elf stand *der Geruch von Kordit*.

Aidan hatte ihr beigebracht, dass Kordit schon seit dem Zweiten Weltkrieg nicht mehr in Munition verwendet wurde, trotzdem lag in jedem Kriminalroman, den sie je gelesen hatte (zugegebenermaßen nicht viele), nach einer Schießerei immer der Geruch von Kordit in der Luft.

Im dritten Kapitel stellte sich die im See gefundene Leiche als Moores Frau heraus. Brigitte las bis Kapitel fünf weiter und trank dabei die Weinflasche leer, dann legte sie das Buch beiseite. Matts Stil erinnerte sie an die Kriminalgeschichte in *Wolkenatlas*, aber sein hölzerner Protagonist enttäuschte sie. Einer ihrer Literaturlehrer an der Uni hatte ihr erzählt, dass Romanfiguren immer zu einem Drittel aus Fiktion, zu einem Drittel aus jemandem, den der Autor kannte, und zu einem Drittel aus dem Autor selbst bestanden. Worauf hatte sie gehofft? Ein Drittel von Matt, irgendetwas von seiner Essenz? Sie trank den letzten Tropfen im Glas. Vielleicht eine Sexszene mit einer Figur, die ein Drittel Matt war, um heute Nacht im Bett daran denken zu können? Sie sah die leere Weinflaschc an – sie hätte zwei kaufen sollen.

Sie machte sich auf die Suche nach etwas anderem Trinkbaren. In Kerrys Schränken war nichts Gutes zu finden. Eine Flasche Kochsherry. *Völlig egal, jeder Sherry ist zum Trinken da.* Sie lächelte über Opapas Stimme in ihrem Kopf. Außerdem entdeckte sie noch eine verstaubte Flasche Vintage Port, die zu teuer aussah, um sie einfach so zu öffnen. Ryan hätte sie geöffnet, und Joan hätte sie bereits zur Hälfte geleert. *Im Sturm tut's jeder Hafen*: der Fluch der Familie.

*Armer Ryan. Verdammte Rosie, die alte Hexe.* Sie schniefte. Das Schniefen verwandelte sich in einen Schluchzer. Und dann noch einen, und noch einen, als der Klumpen aus Schmerz zwischen Brust und Kehle sich endlich löste. Sie lehnte sich gegen den Küchenschrank und verbarg das Gesicht in den Händen.

Als keine Schluchzer mehr übrig waren, wischte sie sich die Augen ab und schenkte sich ein kleines Glas Kochsherry ein. Schwankend setzte sie sich an den Tisch, hob ihr Glas auf Opapa und trank. Opapa hatte sich geirrt mit dem Sherry, sie rümpfte die Nase. Oder vielleicht doch nicht – der zweite Schluck war nicht mehr so schlimm.

Ihr Handy lag neben *Tot im Wasser*. Nick Cave sang »Push the Sky Away«. Sie wusste noch die ersten vier Ziffern von Matts Nummer, tippte sie langsam ein und hörte dann auf. Natürlich konnte sie ihn nicht anrufen.

Noch ein paar Schluck Sherry.

Was wäre so schlimm daran, ihn anzurufen? Mal wirklich? Sie schlug das Buch auf und gab die ersten acht Nummern in ihr Handy ein. Nur mal einem alten Freund Hallo sagen. *Jemand, den ich ...* Sie drückte den Anruf weg.

Die Wanduhr zeigte Viertel vor neun. Sie trank den Sherry aus und wählte alle zehn Ziffern von Matts Nummer, schnell, hoffend, dass er nicht drangehen würde.

Als er beim dritten Klingeln abnahm, setzte kurz ihr Herz aus.

»Hi. Hier ist Brigitte Weaver.« Sie hatte ihren Mädchennamen seit sechzehn Jahren nicht mehr benutzt. Sie redete sich ein, bei »Serra« hätte er vielleicht nicht gewusst, wer sie war.

»Brig! Ich habe mir Sorgen um dich gemacht! Nach dem, was da unten mit Maree Carver passiert ist. Bist du okay?«

»Alles gut.«

»Die Polizei hat mich nach dir befragt.«

»Wirklich?«

»Weil ich dich kenne, haben sie gesagt.«

*Verdammt*. Aidan wusste also, dass sie Matt gesehen hatte.

»Albern, aber ich habe nicht gesagt, dass ich dich in dem Buchladen getroffen habe«, sagte er. »Ich hoffe, ich bekomme keinen Ärger.«

Sie zögerte, wieder fragte er, ob es ihr gutginge.

*Nein, nein, nein, jetzt nicht weinen.* »Mein Großvater ist heute gestorben.«

»Das tut mir furchtbar leid.«

Verlegenes Schweigen.

»Ich bin in Melbourne«, sagte sie. »Und ... ich dachte nur ...«

»Ist deine Familie bei dir?«

»Nein. Ich bin allein.« Sie spielte mit einer von Kerrys Papiermachéfrüchten herum. »Ich mache besser weiter.«

»Nun, schön, von dir zu hören.«

»Gleichfalls.«

»Pass auf dich auf.«

Erneutes Schweigen.

»Tschüs, Matt.«

Sie legte auf, legte die Birne in die Schale zurück und ging duschen.

Als sie im Schlafanzug aus dem Badezimmer kam, fand sie eine Nachricht auf dem Handy: Matts Adresse in Northcote.

## 18

Die Straßen sahen aus wie mit Silber überzogen, aber es war nur Regen. Tropfen rieselten auf die Windschutzscheibe des Taxis – kleine Sternenexplosionen in den Rückscheinwerfern des vor ihnen fahrenden Autos. Der Taxifahrer hielt vor einem viktorianischen Haus mit blauem Wellblechdach und Palisadenzaun. *Immer im Taxi vor seine Tür: Gab es da nicht so ein Lied? Paul Kelly?* Das Türlicht brannte. Brigitte bezahlte und zog sich vor dem Aussteigen die Kapuze ihres beigen Mantels über die Haare.

Das Tor quietschte beim Öffnen. Sie hielt inne und warf einen Blick zurück zum Taxi. Noch konnte sie sich umentscheiden, der Fahrer saß im Wagen und schaute auf sein Handy. Sie schloss das Tor hinter sich, zögerte wieder und ging dann auf die Haustür zu.

Sie dachte an ihre letzte Begegnung (vor der im Buchladen): Vor fünf Jahren hatte er sie im Krankenhaus besucht, nach ihrem Zusammenbruch. Damals hatte sie ihm nichts mehr zu sagen gehabt. Warum also war sie jetzt gekommen? *Nur mal schauen* – noch einmal? Wegen des Kochsherrys?

Ein dicker Regentropfen platschte vom Vordach auf ihre Nase und verschmierte wahrscheinlich ihr Make-up. Sie klingelte, zog die Kapuze herunter und wischte den Regen vom Mantel. Das Taxi fuhr ab, die Reifen ließen das Wasser aufspritzen. Brigitte trat von einem Fuß auf den anderen, die hohen Absätze von Kerrys Stiefeln klickten auf dem Treppenabsatz. Sie waren eine Nummer zu groß, ihre Füße rutschten darin. Sie steckte die Hände in die Taschen. Die Finger in der rechten ertasteten eine Muschel und einen Lutscher, der Ella beim letzten Kinobesuch nicht geschmeckt und den sie in ein Taschentuch gespuckt hatte. In der linken Tasche fuhr sie mit dem Daumen über ihren Ehering. Der Alkohol verlor langsam seine Wirkung. Sie hätte im Schlafanzug bei Kerry bleiben sollen. Und sie hätte sich nicht die Beine rasieren sollen.

Vielleicht funktionierte die Klingel nicht. Gut. Sie wollte sich gerade abwenden, da hörte sie innen Schritte. Ein Licht ging an und fiel durch das Glasfenster über der Tür. Ein Schlüssel wurde umgedreht. Die Tür geöffnet. Er lächelte, das Licht von hinten umrahmte ihn golden. Er trug ein langärmliges schwarzes Shirt und ausgeblichene Jeans. Wärme und die vertrauten, tröstlichen Gerüche von Weichspüler und Essen strömten aus dem Haus.

Außerdem roch sie, dass er ebenfalls getrunken hatte, als er sie höflich umarmte, sie hereinbat und die Tür hinter ihr schloss. Das Gefühl, beinahe zu ertrinken. Sie schob ihn etwas von sich, *höflich*, und blickte auf seine Socken hinab – im schwachen Licht konnte sie nicht erkennen, ob sie schwarz oder dunkelblau waren.

»Hast du Hunger?«, fragte er.

Sie schüttelte den Kopf.

»Ich habe Suppe auf dem Herd, wenn du welche möchtest.«

Manche Menschen sind Ernährer, manche werden ernährt. Er war immer ein Ernährer, ein Kümmerer gewesen.

Er ging durch einen schmalen Flur voraus – abgezogene Dielen, John-Brack-Drucke, ein Spiegel mit vergoldetem Rahmen, Stuck, nach rechts gingen zwei Zimmer ab.

Im Wohnzimmer standen ein rotes Ledersofa und ein mit Gobelin bezogener Sessel, auf dem Boden lag ein schokoladenfarbiger Flokatiteppich. Brigitte knibbelte am Träger ihrer Handtasche herum. Matt stellte den Retro-Plattenspieler leiser – dieselbe Musik, die sie bei Kerry gehört hatte. Sie legte ihre Tasche aufs Sofa und fummelte an ihren Mantelknöpfen.

Er nahm ihr den Mantel ab und hängte ihn in den Flur.

»Was zu trinken?«, fragte er.

Sie zuckte die Achseln. »Was trinkst du?«

»Was Starkes.« Er nahm den leeren Tumbler vom Couchtisch und ging durch einen offenen Durchgang.

Sie folgte ihm und betrat ein angeschlossenes Arbeitszimmer, das früher als Esszimmer genutzt worden wäre. Die Regale reichten bis an die Decke und waren vollgestopft mit Büchern, quer über der Computertastatur auf dem Schreibtisch lag eine rote Katze.

Brigitte betrachtete die aufgestellten Fotos. Alle schienen dasselbe Kind zu zeigen. Ethan? Ein blauäugiges Baby in einem gelben Strampler in den Armen einer Frau, deren Gesicht nicht im Bild war; ein weißblondes Kleinkind mit Ponyfrisur beim Spielen im Park; ein Vorschüler in einem Pavillon auf der Royal Melbourne Show; ein Schuljunge mit einer Mütze der Grundschule Northcote. Das neueste Foto war in Matts Wohnzimmer aufgenommen worden – der Junge saß mit der roten Katze auf dem Schoß auf dem roten Sofa. Er schien etwa so alt zu sein wie die Zwillinge.

Die Katze zuckte mit den Ohren. Brigitte streichelte sie – auf dem Halsband stand »George«. Georges Fell sträubte sich. Sie hoffte, Aidan hatte Zippy nicht überfüttert. Jede Wette, dass er mit den Kindern zum Abendessen in den Pub gegangen war und sie Limonade hatte trinken lassen. Was zum Teufel machte sie hier?

Matt kam mit zwei sehr vollen Whiskygläsern zurück. Eins gab er Brigitte, entschuldigte sich, dass kein Eis mehr da war, und wies in Richtung Wohnzimmer.

Er setzte sich in den Sessel, sie hockte sich aufs Sofa, ganz an die Kante.

»Wie fühlst du dich?« Ein besorgtes Lächeln.

Sie zuckte die Achseln, traute ihrer Stimme nicht.

»Es ist sehr traurig, einen geliebten Menschen zu verlieren.« Er schwenkte sein Whiskyglas.

»Mein Bruder ist auch im Krankenhaus. Versuchter Selbstmord.«

»Oh, Brig.« Er stand auf und wollte zu ihr kommen, doch als sie abwehrend eine Hand hob, setzte er sich wieder in den Sessel.

Sie trank das halbe Glas aus und zeigte auf die Fotos im Arbeitszimmer. »Wie alt ist dein Sohn?«

»Gerade zehn geworden.«

»Lebt er bei seiner Mutter?«

Er nickte. »Ich kann kaum glauben, dass du drei hast.«

»Ich auch nicht.« Sie trank noch einen Schluck und ließ sich etwas weiter in das Sofa hineinsinken.

Sie erzählte ihm von den Zwillingen und Ella und dem Leben auf der Insel, dabei zog sie mit den Fingerspitzen die Nähte auf der Sofalehne nach. »Und ich habe den perfekten Job als Skriptschreiberin für den lokalen Fernsehsender.«

Er sah beeindruckt aus. »Schreibst du immer noch Geschichten?«

Sie schüttelte den Kopf.

»Schade. Du warst sehr gut.«

Nein, war sie nicht. Die Naht hatte sich an einer Stelle aufgelöst, sie strich den Faden glatt. »Ich vermisse die Stadt.«

»Weiß Aidan davon?«

Niemand wusste davon.

Matt nippte seinen Drink und nickte und hörte sich an, was sie alles an der Stadt vermisste: die Geräusche, die Geschäfte, die Anonymität, anständigen Kaffee, Katzen. Er räkelte sich, die Beine breit, die Hand mit dem Drink auf der Sessellehne, den anderen Arm über die Rücklehne drapiert. Er war schon immer ein guter Zuhörer gewesen. Ernährer und Zuhörer.

»Die Insel fühlt sich nicht nach Zuhause an.«

»Muss komisch sein im Moment da unten.«

Sie runzelte die Stirn und legte den Kopf schief. Der Raum legte sich mit ihr schief und begann dann, sich zu drehen.

»Arme Maree Carver. Ihre Familie tut mir wirklich leid.« Er schüttelte den Kopf. »Einfach grauenhaft. Die Kehle aufgeschlitzt ...«

Einen Moment lang hielt der Raum an. *Sie geben nie alle Details bekannt, um den Verdächtigen in die Falle zu locken.* Sie erstarrte, umklammerte das Glas, blickte zum Flur hinüber, sah ihren Mantel dort hängen. Das Geräusch eines Lasters, der durch die Victoria Street rumpelte, dröhnte durch das Haus.

»Ich kann nicht fassen, dass sie in den Nachrichten alle schrecklichen Einzelheiten verbreitet haben.«

*Die Nachrichten! Na klar!*

»Die Berichterstattung war geradezu wollüstig.« Er schüttelte den Kopf. »Ihre armen Kinder.«

Sie nickte und schluckte den letzten Whisky hinunter, fast hätte sie laut gelacht über ihre Dummheit.

Eine Weile saßen sie schweigend da, verlegen, hörten Nick Cave über Prostituierte und Meerjungfrauen singen.

Als Matt aus dem Zimmer ging, spielte sie russisches Roulette gegen sich selbst: Falls auf ihrem Handy eine Nachricht von Aidan war, würde sie sofort gehen. Sie kramte das Telefon aus der Tasche – drehte die Revolvertrommel. Keine neuen Nachrichten.

Matt kam mit der Whiskyflache zurück, aber als er nachschenken wollte, legte sie ihre Hand über ihr Glas.

»Nur einer noch«, sagte er. »Als Schlaftrunk.«

Sie seufzte, als bliebe ihr keine Wahl, und zog die Hand weg.

»Hätte nicht gedacht, dich noch mal zu sehen. Nachdem du mich im Café versetzt hattest«, sagte er, als er sich gesetzt hatte und die Flasche auf den Couchtisch stellte, dessen eine spitze Ecke immer noch mit einer Kindersicherung aus Plastik geschützt war. »Erinnerst du dich noch an die Nacht auf der Insel, als wir schwimmen gegangen sind?«

Sie sah auf zu dem gerahmten Nick-Cave-Poster an der Wand, als versuchte sie, sich zu erinnern. Als hätte sie deswegen nicht immer noch Albträume. »Als ich fast ertrunken bin? Und du mich allein gelassen hast?«

»Du bist nicht fast ertrunken.« Er tat es mit einem Lachen ab. »Und ich habe dich niemals allein gelassen.«

Sie starrte in ihr Glas. »Wieso hast du nach dem Autounfall nicht nach mir gesucht?« Warum fragte sie das? Sie hatten das schon besprochen. Ihre Worte waren undeutlich.

Matt beugte sich nach vorne. »Ich habe nach dir gesucht. Sehr lange, sogar noch, nachdem Detective ...« Er suchte in der Zimmerecke nach Sams Namen. »Dein erster Mann mich gewarnt hatte, es zu lassen.«

Er log.

»Willst du wirklich die Wahrheit wissen?«

Sie wusste die Wahrheit, nickte aber trotzdem.

»Ich dachte, du wolltest nicht gefunden werden.«

Diesmal hielt sie ihn nicht davon ab, zu ihr aufs Sofa zu kommen. Er roch nicht mehr nach Bergamotte und Zimt. Der schwere, würzige Moschusgeruch, der von seiner Haut ausging, musste synthetisch sein – sie nieste.

»Weil du zu jung warst«, sagte er. »Und mich nicht wirklich geliebt hast.«

Er hatte sie aufgegeben, das wusste sie. Sie war zu verkorkst gewesen. Es war lange her. Es hatte keine Bedeutung mehr. Sie wollte nach Hause. Sie wollte ihr Glas auf dem Couchtisch abstellen, verfehlte, und es fiel auf den Flokati.

»Macht nichts.« Seine Stimme schien aus weiter Ferne zu kommen.

Sie starrte das Glas an, konnte ihren Blick nicht scharfstellen. Sie hätte den Whisky nicht so schnell trinken sollen. Oder den Kochsherry oder den Wein. Sie spürte seine Hand auf ihrem Rücken, er strich ihr über die Haare.

»Ich habe erst wieder etwas von dir gehört, als all die Jahre später dieser andere Detective, dein Aidan, aufgetaucht ist.«

Sie schob seine Hand weg. »Es gab ein Baby.« *Halt den Mund, Brigitte! Halt sofort den Mund!* Sie drehte sich um und sah ihm in die Augen, sein Gesicht verschwamm zu zweien. »Bei dem Autounfall habe ich es verloren.«

»Ich weiß.«

Wie konnte er davon wissen?

»Aidan hat es mir gesagt.«

Sie schüttelte den Kopf. Aidan hatte ihr nie gesagt, dass er davon wusste.

»Er wusste alles, Brig. Irgendwie hat er die Puzzleteile zusammengesetzt. Zumindest die, die er zusammensetzen wollte.«

Ihre Augen wurden zu Schlitzen: Was redest du da?

Er zog die Augenbrauen hoch: Du weißt genau, wovon ich rede. *Wenn irgendwer fragt, kannst du sagen, dass ich letzte Nacht bei dir war?* Worte, die sie bereut hatte, sobald sie sie in den Telefonhörer gesprochen hatte, vor neunzehn Jahren.

»Ich hätte der Beihilfe beschuldigt werden können.« Auch seine Worte wurden undeutlich.

Sie sah auf ihre Knie herab. »Du hättest genauso gut der Fahrer des Wagens sein können.«

»Und du hättest nicht das Gleiche getan?«

»Ich habe Eric Tucker nicht getötet.«

»Halb?«

Sie hob den Kopf und sah ihn wütend an.

»Drei Viertel?«

»Du *weißt*, dass Sam es war.« Das *weißt* war ein Zischen.

Er tippte sich mit dem Finger an die Nase. »Keine Sorge, der Postmann klingelt nicht immer zwei Mal.«

Sie hatte keine Ahnung, was er damit sagen wollte, aber

war sicher, dass er nicht das Buch oder den Film mit Jack Nicholson meinte. Matt stellte sein Glas ab und ging ins Badezimmer, sie blieb zurück und starrte das Nick-Cave-Poster an. *Nimm zu einem Geist aus der Vergangenheit Kontakt auf, schon klappern alle Skelette wieder zum Vorschein.*

Als ihr Handy klingelte, schreckte sie auf. Bevor sie es in der Tasche aufgestöbert hatte, hörte es auf. Ein verpasster Anruf von Aidan. Er rief erneut an. Sie drückte den Anruf weg und warf das Handy wieder in die Tasche – die geladene Revolvertrommel.

Im Arbeitszimmer klingelte das Festnetztelefon, Matt ging dran. Nach einigen »Hallos« legte er auf. Falsch verbunden.

»Lass uns nicht mehr über die Vergangenheit reden«, sagte er.

*Die beste Idee des Abends.*

Er schwankte und stieß sich an der nicht kindergesicherten Ecke des Couchtischs das Schienbein. »Aua!« Er fiel auf dem Sofa gegen sie, lachte und rieb sich das Bein.

Und dann war irgendwie sein Gesicht zu nah an ihrem. Er küsste sie. Oder sie küsste ihn. Ihre Zähne stießen ungeschickt zusammen.

»Du hättest nicht kommen sollen, Brig.«

»Du hättest mir deine Adresse nicht schicken sollen.«

Er nahm ihr Kinn in die Hand und küsste sie, diesmal gar nicht ungeschickt, küsste sie, wie Aidan sie früher geküsst hatte. Fremd, aber vertraut. Und falsch.

Wieder klingelte sein Telefon, und sie wich zurück.

»Bloß Telefonmarketing«, sagte er.

Sie berührte sein Haar. *Völlig falsch.* Sie schloss die Augen, ihre Zungen fanden zueinander, als wären keine neunzehn Jahre vergangen. Das Zimmer hörte auf, sich zu drehen, und begann zu fallen. *Matts alte Wohnung in Fitzroy, ihre Hand hielt das Geländer umklammert, Zimt und Bergamotte, Matt steht oben an der Treppe. Eine kleine blaue Tiffany-Schachtel mit einem weißen Band.* Und sie war wieder jung, war wieder jenes Mädchen, wurde begehrt. Zusammen fielen sie im Kuss auf das Sofa zurück.

Einer von Kerrys Stiefeln flog weg, als sie ihre Beine um seine Hüften schlang. Er rieb sich an ihr. *Ganz, ganz falsch.*

»Ich habe nie aufgehört, an dich zu denken.« Sein Gesicht heiß vor ihrem.

*Oh, verdammt* – ein Krampf in ihrem Oberschenkel. Sie knirschte mit den Zähnen und ignorierte den Schmerz. Seine Hand war unter ihrer Bluse. Fühlte er ihre Narben? An den gleichen Stellen zerbrochen – betrunkene Gedanken.

»Verrückt, wenn man überlegt, was wir hätten haben können«, sagte er, atemlos, sein Mund an ihrem Ohr.

*Was soll das eigentlich heißen? Klingt wie eine Zeile aus einem Lied von R.E.M.*. Haben ist nicht das Gleiche wie begehren, dachte sie vage, während er an ihren Jeansknöpfen herumfummelte.

*Oh, Gott.* Seine Finger in ihr, so nass.

»Gott, ich will dich vögeln«, sagte er.

Sie stöhnte und spannte den Rücken an, sehnte sich nach ihm. Eine schmerzhafte Sehnsucht, wie es sie nur im Traum gibt – nach etwas, das nie sein sollte. Begehren, haben, fallen, ertrinken. *Wenn du mich liebst, kommst du rein.*

Telemarketinganrufe waren doch so spät gar nicht mehr erlaubt? »Stopp.« Sie entzog sich.

»Niemand wird es erfahren.« Er versuchte es erneut, doch sie stieß ihn zurück, und er setzte sich auf.

Sie zog den Rock zurecht, strich sich über die Haare und räusperte sich. »Es tut mir leid.«

Ihr Lippenstift war über sein Gesicht verschmiert. Sie sah, was ihr im Buchladen nicht aufgefallen war: die Falten um seine Augen, die grauen Haare zwischen den blonden. Das Foto im Buch musste vor einigen Jahren aufgenommen oder bearbeitet worden sein. Sie sah auch, was ihr vor neunzehn Jahren nicht aufgefallen war: die Herablassung hinter dem Charme.

Er holte tief Luft und sah auf zur Decke. »Ich weiß«, sagte er. »Dir ist urplötzlich eingefallen, wie sehr du deinen Mann und deine Kinder liebst.« Er verschränkte die Finger und atmete aus. »Die haben Glück.«

Sie wusste nicht, ob er wütend oder traurig war. *Er wendet sich oben an der Treppe ab, die kalte Blausteinwand, ihr Schlüssel auf der untersten Stufe, als sie zum letzten Mal geht.* War sie nach Hause gelaufen, oder hatte sie ein Taxi genommen? Sie wusste es nicht mehr. Wie lange hatte er gewartet, bis er die Tiffany-Schachtel zurückgebracht hatte?

Sie hatte damals im Krankenhaus, ein halbes Jahrzehnt war das her, recht gehabt: Sie hatte ihm nichts mehr zu sagen. Es hatte allein am Kochsherry gelegen.

Als er aufstand, blinzelte sie und wandte den Blick von seiner Erektion ab.

Er ging aus dem Zimmer, kam mit Decken und einem Kissen zurück und legte sie aufs Sofa. »Falls du dich anders entscheidest, die erste Tür links.«

In Matts Küche hingen getrockneter Knoblauch und Chilischoten von der Decke. Auf der Arbeitsbank waren an die hundert Gewürze aufgereiht. Eine teuer aussehende Kaffeemaschine und eine altmodische Waage, wie Nana eine gehabt hatte, standen neben einem Block mit professionell wirkenden Messern. Brigitte trank ein Glas Wasser und meinte sich übergeben zu müssen.

Sie schloss die Hintertür auf und trat hinaus auf den kleinen gepflasterten Hof. Sie lehnte sich an die Hauswand, mit dem Einatmen der frischen Luft ließ die Übelkeit nach. Der Regen hatte aufgehört, der nächtliche Stadthimmel war aschfahl. Unter einem Mini-Basketballreifen lehnte ein Kinderroller am Holzzaun. Sie dachte daran, Finn durch die Haare zu wuscheln und ihm einen Kuss auf den Kopf zu drücken. Sie wollte Ella in den Arm nehmen und Phoebe noch fester halten. Vor allem sehnte sie sich nach Aidan.

Sie kehrte ins Wohnzimmer zurück, holte ihr Handy aus der Tasche, Matts Sohn ließ sie nicht aus den Augen. Eine Sirene kreischte die Separation Street entlang, als sie ihr Telefon mit einer Fingerbewegung aufweckte. Das Nummerndisplay war bereits geöffnet, Aidan ganz oben auf ihrer Kontaktliste. *Kein Wunder, dass die Dinger Smartphones heißen.* Ihre Hände zitterten. *Es ist nichts passiert.* Opapa war gestorben, Ryan im Krankenhaus, sie sehr betrunken, trotzdem war nichts passiert. *Was für eine Willenskraft und Selbstkontrolle, Brigitte, du hast einen Orden verdient. Schade nur, dass es schon eine Heilige Brigitta gibt.*

Sie nahm das Handy mit nach draußen, zögerte, rief ihn dann an.

»Hallo, Schatz.« Was zum Teufel tat sie da? Sie nannte ihn nicht *Schatz*, sie nannte nie jemanden *Schatz*. »Ich habe gerade gesehen, dass du angerufen hast. Das Handy war auf lautlos gestellt.« Sie gab sich alle Mühe, nüchtern zu wirken, aber es gelang nicht.

»Ich hab Kerrys Festnetz angerufen.«

»Wirklich?« Ein bisschen zu fröhlich – ihre *Das ist ja toll, was du heute im Kindergarten gemacht hast*-Stimme. »Ist wohl nicht richtig aufgelegt.«

»Nein. Es klingelt.«

»Ich sehe nach. Vielleicht muss ich eine Störung melden.«

Schweigen.

Sie konnte Matt an ihrer Haut und ihren Haaren riechen: Gewürze und Moschus und Schweiß. Sie wollte duschen. Sie wischte sich über den Mund. Irgendwer warf nebenan Flaschen in den Recyclingeimer.

»Ich liebe dich«, sagte sie.

Er legte auf. Sie stand eine Weile in der Kälte.

Auf der Toilette sitzend sah sie im Licht von Matts Badezimmerlampe ihre feuchte Unterhose glitzern. Beschämt wischte sie sie mit Toilettenpapier ab.

Im Regal stand eine Flasche von Calvin Kleins Obsession for Men. Als sie ihre Hände wusch, kam die Übelkeit zurück. Sie sah furchtbar aus: das Haar zerzaust, das Make-up verschmiert, die Augen blutunterlaufen. *Aidan weiß es.* Jetzt wollte sie sich wirklich übergeben. Sie ließ sich auf die Knie fallen und kotzte sich die Seele aus dem Leib. Reine Flüssigkeit, nichts Festes. Wenn jetzt Matt reinkäme und sie in die Schüssel reihern sähe wie ein dummer Teenager nach der Schulabschlussfeier. *Verrückt, was er hätte haben können.*

Sie spülte und legte ein, zwei Minuten lang den Kopf auf dem Sitz ab. Seine Toilette war viel sauberer als ihre zu Hause. Sie riss am Toilettenpapier, wischte sich den Mund ab und setzte sich gegen den Unterschrank des Waschbeckens, zitternd, die Arme um die angezogenen Beine geschlungen.

Aidan konnte ihr Handy nachverfolgt haben oder so etwas. Sie war wie immer albern, paranoid. Es war spät, er hatte einfach müde geklungen. Sie war müde. Natürlich wusste er nichts. Und außerdem war *nichts passiert*. Genau wie sie *nichts* gesehen hatte, als man Maree Carvers Leiche aus dem Wasser hob – nur das rote Blinklicht der Fähre, das in den Glastüren vom Bateau House reflektiert wurde.

Nachdem sie ein Taxi bestellt hatte, legte sie die Decken und Kissen auf Matts Sofa zurecht. Sie zog den Mantel an und schlich auf Zehenspitzen durch den Flur. Aus seinem Schlafzimmer drang leises Schnarchen.

Sie wartete an der Straße auf das Taxi, ohne noch einmal zurückzublicken. Der Regen setzte wieder ein, fiel in Böen, schimmerte im Licht der Straßenlaternen.

Auf Kerrys Küchentisch, wo sie es zurückgelassen hatte, lag neben der Schale mit Papiermachéfrüchten *Tot im Wasser*. Sie ließ die Schlüssel und ihre Tasche fallen und rannte ins Badezimmer.

Unter der Dusche wusch sie sich die Haare, putzte ihre Zähne und schrubbte jede Spur von Matt und seiner Obsession mit Kerrys Himbeerduschgel ab.

Sie schlief den grausam unruhigen Schlaf der Gewissensbeladenen und Betrunkenen. Im Traum betrachtete sie alte Fotos von sich in einem Album und wünschte sich, noch immer so auszusehen. Dann lief sie neben Opapa eine Straße entlang, an dem Pub in Clifton Hill vorbei, in dem Ryan und sie früher oft getrunken hatten. Phoebe rannte über die Straße – sie war klein, trug den roten Mantel, den sie als Fünfjährige gehabt hatte. Licht erfasste sie. Scheinwerfer. Ohne Geräusch fuhr ein Wagen über sie hinweg und hielt nicht an. Brigitte rannte zu ihr, ohne zu schreien. Sie hielt Phoebes schlaffen Körper im Arm und schrie Opapa zu, ihr zu helfen. Doch er war verschwunden.

Wimmernd wachte sie auf.

Der vergangene Abend kam ihr nicht sofort wieder in den Sinn. Zuerst war er verschwommen – schwarz-weiß, abstrakt, doch schnell stellten sich die Bilder scharf und nahmen grelle Farben an. *Oh nein, nein, nein, ich habe ihn geküsst.*

*Noch mehr? Nein, nur ein Kuss. Nichts sonst. Oh, Scheiße, Scheiße, Scheiße.* Es war zu warm, sie strampelte die Decke von sich. Bauchatmung reichte nicht. Sie legte sich die Hände über Mund und Nase, atmete Kohlendioxid ein und wünschte sich Valium herbei.

Sie tappte durch Kerrys Haus – hielt sich mit hämmerndem Schädel an der Wand fest – und trank in der Küche zwei Gläser Wasser.

Auf ihrem Handy war eine Nachricht an Aidan, die sie sich nicht erinnern konnte geschickt zu haben: *Gute Nacht, mein Liebling. Du bist mein Licht. Ich liebe dich so sehr xxx.* Er hatte nicht geantwortet.

Es war 5 Uhr 32. Zu früh, um ihre Familie anzurufen und zu fragen, ob alles okay war, und Aidan daran zu erinnern, die Kinder an den Händen zu nehmen, wenn sie die Straße überquerten.

## 19

»Kommt heute Morgen sonst noch jemand?« Der Trauerredner – Brigitte hatte seinen Namen vergessen – trank Tee aus einer Tasse mit einer Kookaburra-Illustration darauf.

Sie sah ihn über die Schale mit Papiermachéobst hinweg an. Er hatte schlaffe weiße Haare, Lippen wie Rosenknospen und eine Brille. »Mein Mann wird gleich hier sein.« Sie warf einen Blick auf ihr Handy. Weder neue Nachrichten noch verpasste Anrufe. Sie rutschte auf dem harten Stuhl herum und schenkte sich starken Kaffee in ihren Becher, auf dem ein blauer Vogel abgebildet war. Unter der Tasse stand *Prachtstaffelschwanz*.

»Keine Eltern oder Geschwister?«

»Mein Vater starb, als ich klein war, meine Mutter schafft es heute nicht, und mein Bruder ... dem geht es nicht gut.«

Der Trauerredner faltete die glatten, weißen Hände auf dem Tisch zusammen und sagte, sie sollten bald anfangen. Seine Stimme war wohltönend, tröstlich. Er roch leicht nach Lavendel.

»Kann ich kurz versuchen, meinen Mann zu erreichen?« Sie griff zum Handy.

Der Trauerredner nickte und lächelte mitfühlend.

Aidan kam nie zu spät. Sie hielt die Luft an und gab nicht auf, bis er abnahm.

»Schaff's heute nicht«, sagte er.

Sie hatte wieder das Gefühl, sich übergeben zu müssen.

»Was Dringendes bei der Arbeit.«

Sie biss sich auf die Unterlippe. »Aber …« Heute nicht zu kommen war etwas, was Sam getan hätte.

»Eine neue Entwicklung im Carver-Fall.«

»Ich dachte, du hast damit nichts zu tun.« Schweigen. »Gut. Ich regele alles selbst.«

»Okay.«

»Und ich nehme den Bus zurück, dann brauchst du mich nicht abzuholen.« Sie hoffte, er werde sagen, sie solle nicht albern sein. »Zwei Busse. Einen bis Bairnsdale und dann noch einen bis Paynesville.«

»Gut.«

Vielleicht könnte Matt kommen und ihr helfen? Sie verhielt sich irrational – Maree Carvers Mörder zu fassen hatte Vorrang. »Bis heute Abend dann«, sagte sie.

Er legte auf, und sie betrachtete stirnrunzelnd das Handy. *Er weiß es.*

Der Trauerredner räusperte sich.

»Er ist Polizist.« Brigitte machte eine entschuldigende Geste.

Der Trauerredner nickte. »Ich schaue mir normalerweise

Fotos des Verstorbenen an, um ein Bild vor Augen zu haben. Haben Sie welche?«

Sie starrte immer noch ihr Handy an. »Was? Fotos?«

»Hmm.«

»Nein, nicht dabei, tut mir leid.« Mit zitternder Hand schenkte sie Kaffee nach – *ein Tropfen Sherry wäre jetzt nicht schlecht*.

»Schon gut. Wenn es Ihnen recht ist, könnten wir vielleicht über Edward sprechen? Haben Sie ihn Opa genannt?«

»Opapa.«

Er holte ein spiralgebundenes Notizbuch und einen silbernen Kugelschreiber hervor. »Möchten Sie die Trauerfeier damit beginnen, dass Sie oder Ihre Mutter in der Kapelle nach vorne kommen und eine Erinnerungskerze anzünden?«

»Ich mache das.« Es blieb nur zu hoffen, dass Joan nüchtern genug sein würde, um wenigstens stehen zu können. »Und er wollte eine Trauerfeier am Grab.«

»Sind Sie sicher, dass Sie keine Kapellenfeier wollen?«

Sie nickte.

»Hoffentlich ist dann das Wetter gut.« Er machte sich einige Notizen und fragte, wie Opapa gewesen sei.

Wie sollte sie das beschreiben? Sie rieb sich das Gesicht, stützte das Kinn auf die Hände und überlegte. Ihr Kopf schmerzte. »Tut mir leid, es war spät gestern, ich konnte nicht schlafen.«

Der Trauerredner nickte verständnisvoll, vermutlich roch er ihre Fahne.

Opapa war nicht gereist, hatte keine Hobbys gehabt. »Er trank und rauchte gern«, sagte sie. »Und sah sich die Fußballspiele von Fitzroy an, bevor daraus die Brisbane Bears wurden.«

»Nicht Bears.«

*Was?*

»Lions. Fitzroy fusionierte mit den Brisbane Bears zu den Brisbane Lions.«

Sie nickte und trank ihren Kaffee. Wie war es wohl für Maree Carvers Familie gewesen, ihre »Lebensfeier« zu organisieren?

»Und können Sie mir noch etwas zu Opapas Geburtsort, Wohnorten, seiner Arbeit, wichtigen Ereignissen sagen?«

Sie brauchten etwa eine Stunde für Opapas frühe Jahre in Fitzroy, seine Putzjobs, Auseinandersetzungen mit dem berüchtigten Gangster Squizzy Taylor, den Krieg, die erste Begegnung mit Nana beim Tanzen.

»Fällt Ihnen noch etwas ein?«, fragte der Trauerredner. »Besondere Erinnerungen, die Sie haben?«

Brigitte erzählte ihm von ihrer alten Wohnung an der Rückseite von Opapas und Nanas Haus. Opapa hatte sie eigenhändig gebaut, aus Materialien, die er in den Hintergassen von Fitzroy aufgesammelt hatte. Weiß Gott, wie er die Klempnerarbeiten und den Strom hinbekommen hatte. Ein Wunder, dass sie nicht alle durch einen Stromschlag ums Leben gekommen waren. Nach dem Autounfall hatte er Brigitte in der Nähe und in Sicherheit wissen wollen.

Nachdem Joan und ihre Schwester Opapa ins Heim gebracht hatten, verkauften sie das Haus für fast eine Million – in den frühen Nullerjahren viel für ein Haus im Nordteil von Melbourne. Bis heute leistete sich Joan davon Brandy, Chanel No. 5 und Botox. Wo einst Nanas Geranien blühten, standen jetzt vier eierschalenfarbene Wohneinheiten, die Leuten gehörten, die in Vororten wie Templestowe oder Doncaster aufgewachsen waren.

»Und hatte Opapa irgendwelche Lieblingslieder?«, fragte der Trauerredner.

»Entschuldigung, wie war noch mal Ihr Name?«

»Kevin.«

»Er mochte Bing Crosby und Glenn Miller, Kevin.« Und dann gab es noch diesen alten Folksong, den er immer sang – sie hatte Mühe, sich an den Titel zu erinnern. Irgendwas über eine Frau, die mit einem Zigeuner davonlief, aber sie kam nicht drauf. »Aber er hat immer gesagt, bei seiner Beerdigung will er ›Rhinestone Cowboy‹.« Sie sang ein paar Zeilen des Refrains.

Kevin lächelte. Brigitte lächelte, ihre Lippen formten zitternd ein Grinsen, sie brach in Gelächter aus. Sie lachte, bis ihr Tränen über die Wangen rannen, dann legte sie den Kopf auf dem Tisch auf ihre Hände.

Kevin saß still da, bis sie sich wieder gefasst hatte. Er berührte sanft ihre Hand, und sie hätte ihm gerne von Matt gebeichtet. Er würde verstehen – er würde alles verstehen.

»Am Ende von Opapas Lebensfeier werde ich Sie bitten, nach vorne zu kommen und die Erinnerungskerze zu löschen«, sagte er.

## 20

Brigitte hatte sich geirrt. Bis Traralgon fuhr ein Zug, dann ein Bus bis Bairnsdale, dann ein weiterer Bus nach Paynesville.

Im Zug hatte sie geschlafen. Den Bus fand sie eigentlich ganz gut. Die Sitze waren mit lila Stoff mit weißen Kringeln bezogen, der Motor vibrierte angenehm durch ihren Körper. Es erinnerte sie an Ausflüge in der Grundschule. Sie lehnte den Kopf an und dachte an einen Ausflug in den Zoo zurück, wo sie von einem Emu angegriffen worden war (wegen ihrer roten Pausenbrotbox, wie ihre Lehrerin meinte). Und an einen anderen, als sie auf dem Victoria-Markt versehentlich einen Stand mit Äpfeln umstieß und der Standbesitzer sie anbrüllte. Im Schulbus hatte es immer ein Kind gegeben, dem schlecht wurde und das vorne sitzen musste, während die coolen Kinder sich auf die Rückbank quetschten. Brigitte hatte irgendwo dazwischen gesessen, etwa dort, wo sie jetzt war. Der Geruch von Tupperware, Bananen und einem Hauch Erbrochenen, aufgewischt, aber nicht vergessen. Kindheitsabenteuer – erwartungsvolles Flattern im Magen, die Aussicht auf ein Ziel. Damals hatte sie immer so getan, als würde sie auf eine Abenteuerreise gehen, von der sie nie wieder nach Hause zurückkehren müsste.

Zwischen Rosedale und Sale war der Neuigkeitswert des Busfahrens dann verflogen. Sie las eine Broschüre der Busfirma und schlug danach, mangels Alternativen, Matts Buch dort auf, wo sie aufgehört hatte. In Kapitel fünf nahm die Geschichte eine neue Wendung: Detective Robert Moore führte ein Doppelleben. Er hatte eine Affäre mit einer jüngeren Frau namens Annaleah, und das seit Jahren. *Na klar – die Namen stammen alle aus Nick-Cave-Songs!* Rückblicke, wie Moore sich in die wunderschöne, zerbrechliche Annaleah verliebt hatte, als er sie täglich im Krankenhaus besuchte, um in einem Fall von Fahrerflucht nach einem Unfall zu ermitteln, der sie im Alter von nur neunzehn Jahren an den Rand des Todes gebracht hatte. *Okay. Ganz schmeichelhaft, und amüsant.* Als sich herausstellte, dass Anneleah mit Robert Zwillinge hatte, die Identität des Vaters aber geheimhielt, hörte Brigitte auf zu feixen. Das war wirklich gruselig. Sie versuchte, den schlechten Geschmack im Mund mit einem Schluck aus ihrer Wasserflasche wegzuspülen.

Als der Bus in den Busbahnhof von Bairnsdale einfuhr, hatte der Rechtsmediziner eine Schnittwunde am Hals als

Ursache für Mrs. Deanne Moores Tod ermittelt, die ihr von einer oder mehreren Personen mit einem Messer mit gezackter Klinge zugefügt worden war. *Oh, verdammte Scheiße.* Das musste sie Aidan erzählen. Nein, bloß nicht. Aber ... Nein. Es war verrückt, und Aidan würde sauer werden, wenn sie Matt erwähnte. Durchgeschnittene Kehlen waren eine gängige Mordmethode für Krimifiguren. Nur ein witziger Zufall. Ein Zufall. Nicht witzig.

***

Der Medienzirkus hatte am Ufer von Paynesville immer noch seine Zelte aufgeschlagen. Für den letzten Teil ihrer endlosen Reise mit öffentlichen Verkehrsmitteln schleppte Brigitte ihre Tasche auf die Fähre, auf deren Ladefläche dicht an dicht Fahrzeuge standen, darunter auch ein Möbelwagen. Sie fragte sich, wer da ein- oder auszog.

Jeremy wischte die Reling ab und warf das Putztuch und das Reinigungsmittel in den Eimer, den er über den Arm gehängt trug.

Mike, der Metzger, kam als Letzter zu Fuß an Bord. Ohne die blutige Schürze erkannte Brigitte ihn zunächst nicht, sie hatte nicht einmal gewusst, dass er auf der Insel wohnte. Jeremy gab Mike etwas aus dem Eimer, und Mike überreichte ihm einen Plastikbeutel.

Jeremy sah, dass Brigitte sie beobachtete. »Knochen für meinen Hund«, sagte er und hielt den Beutel hoch. »Tut mir leid, das mit Ihrem Opa.« Er lächelte sein schiefes Lächeln.

»Danke.«

Jeremy ging weiter und wechselte ein paar Worte mit dem Fahrer eines Wagens weiter vorne: ein grüner Lexus, den sie auf der Insel nie gesehen hatte. Sie konnte nicht erkennen, ob vorne ein Fährenpass auf der Scheibe klebte, doch die rostfreie Karosserie sagte ihr, dass das Auto die Insel nur besuchte. Jeremy beugte sich vor und tauschte einen dieser komplizierten, gleitenden Handschläge aus, die bei jedem albern wirken, der nicht ganz jung oder amerikanischer Basketballspieler ist. Der dürre Arm, der aus dem Fenster hing, sah nicht danach aus, als würde er zu einem Sportsfreund gehören.

Zwei Frauen in einem roten Corolla – *Jenz* auf dem Nummernschild – hatten die Fenster heruntergekurbelt und sangen lauthals einen Meat-Loaf-Song im Radio mit. Sie sahen wie Schwestern aus, oder wie Mutter und Tochter. Brigitte verzog den Mund, ging in den Passagiersaloon und machte die Tür zu.

Schuldgefühle zwickten in ihrem Magen, als sie sich auf die Bank setzte und die Augen schloss. *Nichts passiert, nichts passiert, nichts passiert.* Sie hörte Jeremys Doc Martens die Treppe zur Fährkabine hochpoltern. Die Fähre zog an, und Meat Loaf plärrte.

Sie schlurfte die Sixth Avenue entlang, kam sich so staubbedeckt und dreckig vor, als wäre sie drei Jahre weggewesen, nicht drei Tage. Sorge mischte sich mit Vorfreude.

Zu Hause. In der Einfahrt kein Territory. Zippy kam jaulend und in Höchstgeschwindigkeit angesaust. Er sprang gegen das kaputte Tor und stieß es auf. Sie ließ sich von ihm gegen den Zaun schubsen und abschlabbern, kraulte seinen Rücken und tätschelte ihm den Kopf.

Die Fliegentür war aus der Schiene genommen und lehnte hinten am Haus. Sie brachte ihre Tasche ins Schlafzimmer, warf den Mantel über die Tür und ging in Richtung der aus dem Wohnzimmer dringenden Familiengeräusche.

Phoebe war dabei, Ella mit einem Permanentmarker Tätowierungen auf den Arm zu malen. Finn spielte mit Harry Need for Speed auf der Xbox.

»Hab dich schon wieder!« Lachend drückte Finn Knöpfe auf seinem Controller.

»Verdammte Bullen«, sagte Harry, als sein roter Bugatti Veyron von Polizeiautos mit kreischenden Sirenen umringt wurde.

Die Zwillinge sahen Brigitte an und kehrten dann zurück zu dem, womit sie gerade beschäftigt waren.

Ella quiekte und kam zu ihr gerannt. Brigitte hob sie hoch und drückte Küsse in ihr kleines Elfengesicht.

»Wo ist Aid?«, fragte sie Harry über Ellas Schulter hinweg.

»Arbeit«, sagte Harry.

»Ich dachte, er hat heute Frühschicht.«

Harry zuckte die Schultern und schien sich unwohl zu fühlen.

Ihr Magen drehte sich um. Sie setzte Ella ab und ging in die Küche, um auf Aidans Dienstplan nachzusehen, der am Kühlschrank hing. Keine Spät- oder Nachtschicht.

Harry kam in die Küche.

»Was ist mit der Fliegentür los?«, fragte sie.

»Ist abgefallen.«

»Zippy?«

»Nein. Aid. Hab versucht, sie zu reparieren, aber sie scheint kaputt zu sein.«

Brigitte stellte sich an die Tür, um die Schiene zu untersuchen.

»Hast du die Aufnahmen der Überwachungskameras gesehen?«, fragte Harry.

Sie richtete sich auf und schüttelte den Kopf.

»Es gibt Bilder von Maree Carver auf der Fähre. Sind auf

der Webseite von *The Age* zu sehen.« Harry stand hinter ihr, legte ihr eine Hand auf den Rücken. »Im Kühlschrank stehen Reste, Abendessen für dich.«

»Danke. Auch fürs Aufpassen auf die Kinder.«

»Jederzeit«, sagte er auf dem Weg nach draußen.

Sie hätte *Tot im Wasser* in den Müll werfen sollen, doch sie ging ins Schlafzimmer und legte es in die Schublade mit ihrer Unterwäsche.

*Steve Williams – ernst, im Anzug, nüchtern – sprach auf der Pressekonferenz mit Bedacht. Hinter ihm das Emblem der Victoria Police – Lorbeerkranz und fünfzackiger Stern – auf einer blauen Leinwand. »Die Bilder zeigen Maree Carver in Paynesville an Bord der Fähre gehen und auf Raymond Island wieder aussteigen.«*

*Schnitt zu den Aufnahmen von der Fähre. Auf dem Video waren schwarze, weiße und graue Formen zu erkennen – körnig, verzerrt, verfremdet. Es sah nach Wind und Kälte aus. Blasses Licht spiegelte sich auf den Wellen wider. Scott sprach kurz mir Maree Carver, als sie an Bord kam, ihr Gesicht war nur einen Sekundenbruchteil lang sichtbar, danach sah man sie nur noch von hinten.*

Armer Scott. Er musste der Letzte gewesen sein, der sie lebendig gesehen hatte. Kein Wunder, dass er stressbedingt krankgeschrieben war.

*Maree Carver trug einen hellen Trenchcoat, dunkle Leggings, Absatzschuhe, am Arm eine Handtasche. Sie durchquerte den Passagiersaloon und ging zum Bug der Fähre. Dort stand sie und sah in Richtung Insel, ihre Haare wehten im Wind. Sie zog sich die Kapuze ihres Mantels über den Kopf.*

Brigitte zitterte.

*Steves Stimme über dem Video: »Es scheinen keine weiteren Passagiere an Bord gegangen zu sein, allerdings zeigen die Aufnahmen zwei Autos auf der Fähre. Wir rufen alle, die an jenem Abend die*

*Fähre genommen haben, dazu auf, sich an Crime Stoppers zu wenden. Wir möchten von allen hören, die sich am Donnerstag, den 7. März, zwischen 22 Uhr und Mitternacht in der Umgebung von Paynesville und Raymond Island aufgehalten haben und Maree gesehen haben könnten, ebenso von allen, die wissen, um wen es sich bei den Fahrern der Autos handeln könnte. Wir möchten gerne mit dem Fahrer des Subaru und dem des dunklen Lexus sprechen, der im Video zu sehen ist und mit Maree zu sprechen scheint.«*

*Maree Carver lehnte sich über das Passagiergeländer und sprach zu jemandem im Lexus, der Fahrer war nicht im Bild.*

*»Wenn jemand etwas weiß oder glaubt, unseren Ermittlungen weiterhelfen zu können, möge er sich bitte unbedingt an Crime Stoppers wenden. Die Ermittler werten noch immer das Videomaterial aus. Wir führen außerdem Befragungen und Untersuchungen durch. Bis zum jetzigen Zeitpunkt sind bei Crime Stoppers etwa zweihundert Hinweise eingegangen, denen wir gründlich nachgehen.«*

*Wieder das Bild von Steve.*

*»Die Aufnahmen stammen von der Fähre nach Raymond Island. Maree Carver wurde gegen 22 Uhr 50 zum letzten Mal lebendig gesehen«, sagte er.*

*Video. Maree Carver verließ auf Raymond Island die Fähre. Die Aufnahmen begannen von vorne.*

*Steve nahm Fragen an. Ein Reporter stellte eine gedämpfte Frage, die kaum zu verstehen war.*

*»Nein, sie hat die Rückfahrt nicht angetreten«, erwiderte Steve.*

»Rot, rechts, zurück«, sagte Ella.

Brigitte schaute von ihrem Laptop auf und sah Ella in der Schlafzimmertür stehen.

»So findet man den Rückweg, wenn man auf einem Boot ist. Das habe ich im Fernsehen gesehen. Aber Harry sagt, es stimmt nicht. Nur in Amerika. Hier muss es rot, links, zurück heißen, weil die Bogen auf der anderen Seite einen roten Punkt haben. Aber ich finde, rot, rechts, zurück klingt besser. Du nicht?«

»Wovon redest du da bloß?«

»Von den Bogen, im Wasser.«

*Ach, die Bojen.*

Ella rannte davon, Brigitte klappte den Laptop zu und stellte ihn neben sich aufs Bett. Sie legte die Hände auf ihre Knie und betrachtete stirnrunzelnd den hellen Trenchcoat, der an der Kapuze über der Tür hing.

## 21

Ein Stoß. Eine Hand lag auf ihrer Schulter, schüttelte sie. Sie öffnete die Augen. Aidan war ein Schatten, stand vor der Tür, von hinten durch das Licht in der Küche angestrahlt. Sie blinzelte. Wieder schüttelte er sie und zerrte sie am Arm hoch.

»Dir ist nie etwas gut genug, wie?«

Verschlafen, benebelt zog sie ihren Arm weg und setzte sich auf. Sie warf einen Blick auf den Radiowecker: 23:55 Uhr.

»Der Umzug hierher, dein *perfekter Schreibjob*, ich.«

»Pscht. Du weckst die Kinder auf.«

»Wie konntest du mir das antun? Uns?«

*Was?*

Er beugte sich zu ihr herunter, sein Atem roch nach Alkohol. »Du weißt genau, wovon ich rede.«

Sie versuchte, ihn mit einem schwachen Pseudolachen abzuspeisen. »Sei nicht albern. Komm ins Bett.«

»Elery.« Der Name hing einen Moment in der Luft, dann zog Aidan sie am Kragen ihres Schlafanzugs vom Bett hoch, hielt sie so dicht vor sich, dass sie seine Augen sehen konnte –

fast schwarz, im Zwielicht glänzend wie Markasit. »Du hältst mich für einen Vollidioten.«

Sie war schockiert, erschrocken, doch dann spürte sie sein Zittern. »Hör auf, Aid. Du hast getrunken.«

»Und dich selbst hältst du für eine echt gute Lügnerin. Aber das bist du nicht. Und ich bin nicht Sam oder einer von den anderen Typen, die du verarscht hast.« Er spie die Worte aus, und sie wandte das Gesicht ab.

Er hielt sie so fest, dass sie gezwungen war, auf Zehenspitzen zu stehen. »Aidan, du tust mir weh.«

»Ich weiß, was du machst und wie du es machst. Einmal eine –« Er ließ den Satz unvollendet, stieß sie aufs Bett zurück und verließ das Zimmer.

Sie lag mit den Händen auf dem Bauch da, fühlte ihr Herz hämmern, während er in der Küche herumpolterte.

Sie spürte einen Blick. Ella stand in der Tür, ihren lila Affen in der Hand – ein vergessenes Kuscheltier, das bestimmt seit einem Jahr die Spielzeugkiste nicht verlassen hatte.

»Ich hab schlecht geträumt«, krächzte sie.

Brigitte lüpfte die Decke, und Ella kletterte zu ihr ins Bett.

»Der Lärm macht mir Angst.«

»Daddy macht sich nur was zu essen.« Sie nahm sie in den Arm.

Nach Aidans Ausbruch lag sie lange wach da und hörte dem Wind und dem Regen zu, die dem Haus zusetzten.

## 22

Aidan stand am Rand des ersten Anlegers. Hilf mir, sagte sie lautlos, und er kniete sich hin und streckte seine Arme nach ihr aus. Eine Hand rutschte aus seinem Griff, mit der anderen packte sie fester zu, doch irgendetwas zerrte sie unter Wasser, zog sie weg von ihm. Sie kämpfte sich an die Oberfläche und sah Opapa – in einem leuchtend blauen Anzug – in der Telefonzelle auf der Insel stehen. Als sie versuchte, ihn zu rufen, wurde sie wieder nach unten gezogen.

Sie hörte ein Raspeln – das Geräusch ihres Atems – und wachte auf. Hustend trat sie die Decke von sich. Der Schweiß auf ihrer Haut wurde zu Eis.

Ella schlief noch – die vollen Lippen standen leicht offen, die Brust hob und senkte sich sanft, den Affen hielt sie fest im Arm. Brigitte zog die Decke hoch und wickelte sie um ihre kleinen Schultern. Zippy beobachtete sie, er füllte fast Aidans gesamte Bettseite aus. Er leckte ihr die Hand, und sie fühlte sich sicher.

Als er vom Bett sprang und jaulte, ließ sie ihn nach draußen. Im Wohnzimmer lag auf dem Sofa eine ordentlich gefaltete Decke unter einem Kissen, auf der Frühstücksbar in der Küche stand eine Cafetière halb voll mit lauwarmem Kaffee, doch Aidan war nirgends zu sehen. Die Uhr über dem Spülbecken tickte: zwanzig nach sechs. Als sie frischen Kaffee aufbrühte, merkte sie, dass ihr Arm schmerzte. Sie schob den Ärmel hoch, sah blaue Flecken und zog ihn schnell wieder nach unten.

Sie warf sich ihren Morgenmantel über und nahm den Kaffee mit nach draußen auf die Veranda. Das frühmorgendliche Licht erinnerte sie an alte Fotos: schwarz-weiß, leicht blau eingefärbt. Vögel zwitscherten und kreischten. Eine Brise wehte durch die aufrechten Eukalyptusbäume am Zaun. Harrys Hauslicht brannte – irgendwie tröstlich. Wahrscheinlich machte er sich bereit für seinen Morgenspaziergang um die Insel.

Als sie sich auf die alte Verandacouch sinken ließ, spürte sie ein Ziehen im Rücken. Heute war der Schmerz ein alter Freund: eine willkommene Ablenkung.

Auf der Seitenlehne der Couch hockte ein kleiner blauer Vogel. Ein Prachtstaffelschwanz, wie der auf Kerrys Tasse. Er bewegte den leuchtend blauen Kopf hin und her wie ein Uhrwerk und schien sie lange anzusehen.

»Opapa?«, flüsterte sie und mahnte sich dann, nicht so albern zu sein.

Ein Kookaburra lachte, und der Prachtstaffelschwanz flog davon. Sie legte die Hände fester um die Kaffeetasse, der Dampf wirbelte vor ihrem Gesicht wie ein Gespenst.

Zippy legte ihr einen vollgesabberten Tennisball vor die Füße. Sie kannte das Spiel und verweigerte die Teilnahme, und er trottete davon, um stattdessen einen Knochen zu vergraben. Sie stellte den Kaffee auf die Veranda und schloss die Augen. So müde. In einer nahegelegenen Straße rumpelte ein Müllwagen, ein Auto sprang nach mehreren Versuchen widerwillig an, und die erste Fähre heulte.

Sie musste eine Weile eingenickt sein – bis sie Ella durch die Küche tapsen hörte. Sie ging hinein und ermahnte sie, Hausschuhe anzuziehen.

Brigitte schnitt gerade die Krusten von den Pausenbroten, als sie aufblickte und Harry sah, der auf der Veranda von einem Fuß auf den anderen trat. Mit dem Messer in der Hand ging sie zur Tür und schob sie auf. Er sagte, sie solle rauskommen und sie hinter sich schließen. Sein Ton gefiel ihr nicht, doch sie tat wie geheißen und trat nach draußen.

»Zippy«, sagte er.

Sie runzelte die Stirn.

»Hab ihn beim alten Fähranleger gefunden.«

Ein Moment. »Was meinst du damit, du hast ihn *gefunden*? Er ist hinten im Hof.« Sie blickte an Harry vorbei.

Er betrachtete seine weißen Wanderschuhe.

Sie schüttelte den Kopf, rieb sich das Gesicht und lehnte sich mit dem Rücken an die Tür. Im Haus weinte Ella aus irgendeinem Grund, und Finn kicherte. Eine Elster vollführte trällernd Kunstflüge über dem Hof. Sie hielt den Atem an und richtete sich auf. »War es ein Auto?«

Harry wich ihrem Blick aus.

»Was ist los?« Finn steckte den Kopf durch die Tür.

»Ich komme gleich.« Ihre Stimme war zu hoch und süß, kurz davor, außer Kontrolle zu geraten. »Sorg bitte dafür, dass die Mädchen mit dir im Haus bleiben.«

Finn öffnete den Mund, um noch etwas zu sagen, doch sie schnitt ihm mit der wiederholten Anweisung das Wort ab, und er gehorchte.

»Hab ihn zu mir zurückgetragen«, sagte Harry.

Sie konnte ihm nicht glauben, sie trat von der Veranda, warf das Messer ins Gras und marschierte mit flatterndem Morgenrock auf Harrys Haus zu.

»Geh da nicht rüber«, rief Harry. »Stopp!«

Sie stoppte nicht.

Das Tor schwang am oberen Scharnier. Warum zum Teufel hatte sie nicht dafür gesorgt, dass es repariert wurde? Sie trat dagegen. Ihr kleiner Zeh knackte, ihr Hausschuh flog davon. Sie hüpfte dahin, wo er gelandet war, zog ihn wieder an, trat noch einmal fester gegen das Tor, rutschte aus und landete mit dem Po im nassen Gras.

Harry kam angelaufen und hockte sich neben sie. »Es war kein Auto, Brig.«

Sie wollte aufstehen, doch Harry legte ihr fest die Hand auf die Schulter.

»Sein Hals«, Harrys Kehlkopf rutschte hoch und runter, er schien nur mit Mühe schlucken zu können, »war durchgeschnitten.«

Sie starrte ihn an, öffnete den Mund, konnte aber keine Worte formen. Sie legte die Beine übereinander und senkte den Kopf, hielt ihn in den Händen, kümmerte sich nicht darum, dass ihr Morgenrock offenstand.

»Du musst Aid anrufen.«

Sie wiegte sich langsam.

»Wenn du willst, rufe ich ihn an.« Harrys Stimme wurde ein paar Dezibel lauter.

»Nein. Ich mache das«, flüsterte sie. »Gib mir nur eine Minute.«

Sie zog sich mit dem Telefon in den kleinen Blechschuppen am Ende des Gartens zurück. Spinnen hielten ihn seit langem besetzt, dicke, staubige Spinnweben überzogen alte Kinderräder, Stühle, Schaufeln und einen kaputten Außenbordmotor, der Gott weiß woher stammte. Letzte Woche hatte sie den Kinderwagen dort hineingeschoben, hatte ihn nicht weggeben oder auf den Müllplatz bringen wollen – die Spinnen hatten ihn bisher in Ruhe gelassen. Sie ließ die Tür einen Spalt offen und rief Aidan an. Er sagte, er habe zu tun, könne nicht reden. Sie hörte Getippe.

»Zippy ist ermordet worden«, sagte sie und ließ sich auf einen Stuhl sinken. Ihre Stimme war kalt, vorwurfsvoll: Warum hast du mir nicht gesagt, dass Maree Carver auf der Insel ermordet wurde? Warum hast du das Tor nicht repariert?

»Was?« Das Getippe hörte auf.

Sie bemühte sich, die Härte in der Stimme zu behalten, es tat weh, ein vergeblicher Versuch. »Harry hat ihn gefunden.«

»Was meinst du mit ›ermordet‹?«

»Jemand hat ihm die Kehle durchgeschnitten, Aidan.«

»Bist du sicher?«

Sie packte den Kinderwagengriff.

»Ich komme so schnell wie möglich.«

»Danke.« Sie schaukelte den Kinderwagen und versuchte zu atmen.

Die verdammte Carla Flanagan fuhr den Wagen, Aidan saß auf dem Beifahrersitz.

»Du bringst die Ermittlung in Gang«, sagte er beim Aussteigen über das Autodach hinweg zu Flanagan, »und ich rede mit dem Nachbarn.«

»Interessenkonflikt. Du musst dich aus der Ermittlung raushalten.«

Er ignorierte sie und holte eine Kamera und Handschuhe aus dem Auto.

»Daddy ist da!«, quiekte Ella und rannte durch das kaputte Gartentor. Dann sah sie die andere Polizistin und hielt sich verunsichert an Brigittes Morgenmantel fest.

Aidan zwinkerte Ella zu. Er war unrasiert, sein Hemd hinten aus der Hose gerutscht. »Ich komme gleich, Süße.« Ohne Brigitte anzusehen, ging er hinüber zu Harrys Haus.

Brigitte nahm Ella bei der Hand und führte sie zur Hintertür. »Kannst du mal nachsehen, was die Zwillinge treiben?« Sie gab ihr einen sanften Schubs und schloss die Tür hinter ihr.

Brigitte und Flanagan setzten sich auf die Verandacouch und machten sich an den Papierkram: Datum, Zeit, Ort. Sie konnte Flanagans würzigen Duft riechen. Irgendwas mit Weihrauch? Sie musste jedenfalls nicht niesen. Sie schlug vor, auf Harry zu warten, weil sie die meisten Einzelheiten gar nicht kannte, doch Flanagan meinte, grobe Schätzungen würden reichen. *Weil es nur um ein Tier geht?* Brigitte versuchte, mit ihrem vor Schmerz pochenden kleinen Zeh zu wackeln, vielleicht war er gebrochen. Die Konzentration auf den Schmerz hielt sie vom Weinen ab.

Cheeky stürzte sich auf Flanagan, die ihn fluchend verscheuchte. Sie wirkte in etwa so naturverbunden wie Brigitte.

Flanagan fand schnell die Fassung wieder und setzte die Befragung fort. »Also, der Nachbar hat den Hund –«

»Zippy.«

»– am alten Fähranleger gefunden?«

*Sachliche, routinierte Polizeifragen. Sie macht bloß ihren Job. Kaltherzige Hexe.*

»Ist das korrekt?« Sie sah Brigitte fragend an.

»Ja, ich glaube schon.«

»Und ungefähr um welche Uhrzeit war das?«

Brigitte senkte den Kopf und starrte ihren grasbefleckten Morgenmantel an. »Ich weiß nicht mehr, welche Uhrzeit Harry genannt hat.«

»Harry ist der Nachbar, der den Hund gefunden hat. Wie heißt er weiter?«

»Stanton.« Sie holte tief Luft und hob beim Ausatmen den Blick zum schiefergrauen Himmel.

»Schaffen Sie es, weiterzumachen?«, fragte Flanagan.

»Ja. Aber ich brauche erst einen Kaffee. Möchten Sie einen?«

Flanagan lehnte ab, und Brigitte ließ sie mit ihrer verdammten Ermittlung allein. In der Küche schob sie einen Becher Cafetièrekaffee in die Mikrowelle, dachte daran, einen Schuss Whisky dazuzugeben. Als die Kinder das Ping hörten, kamen sie angerannt und wollten wissen, was los war.

»Warum ist die andere Polizistin hier?« Finn.

»Hast du wieder falsch geparkt, Mummy?« Ella.

Brigitte sagte, sie werde gleich kommen und ihnen alles erklären.

»Warum kannst du es uns nicht jetzt sagen?« Phoebe.

»Ich habe gesagt, gleich.«

»Warum nicht jetzt?«

»Weil ich gesagt habe …« Sie ballte die Fäuste.

Finn und Ella wichen zurück.

»Gehen wir heute in die Schule?«, fragte Phoebe.

»Nein.« Sie nahm den Kaffeebecher heraus.

»Warum nicht?«

»Weil ihr heute nicht geht.«

»Warum nicht?«

»Es reicht!« Sie knallte den Becher auf die Frühstücksbar und verbrannte sich an dem heißen Kaffee die Hand.

Finn und Ella huschten ins Wohnzimmer, doch Phoebe hielt die Stellung. »Alles in Ordnung, Mum?«

Sie schniefte, ließ kaltes Wasser über ihre Hand laufen und nickte.

»Tut mir leid, dass ich dich wütend gemacht habe.«

Brigitte ließ die Schultern hängen. Im Wohnzimmer quäkte ein Zeichentrickfilm. »Geh und guck fern.«

Phoebes Blick wärmte einen Moment lang ihren Rücken, bevor sie hinüber zu Finn und Ella ging.

Draußen stand Aidan mit verschränkten Armen auf der Veranda, und Harry saß neben Flanagan auf der Couch.

»Ich war auf meinem Morgenspaziergang, da fiel mir auf, dass da was am Wasser lag«, sagte Harry. »Erst dachte ich, es sei ein totes Känguru, dann sah ich das viele …«, er bemerkte, dass Brigitte in der Tür stand, und zögerte, »Blut um den Kopf herum.«

Sie lehnte sich an den Türrahmen, ihr war schlecht.

»Sie haben keine anderen Blutspritzer in der Nähe gesehen?«, fragte Flanagan.

Harry schüttelte den Kopf, und Flanagan machte sich eine Notiz.

»Ich habe ihn in meine Windjacke eingewickelt«, sagte Harry.

»Wann war das?«

»Etwa Viertel nach sieben.«

»Am alten Raymond-Island-Fähranleger?«

»Ja.«

»Ganz schön weit, um einen toten Hund zu tragen.«

»Wem sagen Sie das.«

»Und Sie haben ihn bestimmt dort gefunden?«

Harry runzelte die Stirn. »Ja.«

Flanagan sah Brigitte an. »Mr. Stanton ist sehr hilfreich gewesen, wir brauchen also von Ihnen keine weiteren Informationen. Wir müssen Sie nicht weiter belästigen.«

Brigitte bemerkte den Blick, den Flanagan Aidan zuwarf. »Danke.« Sie knirschte mit den Zähnen.

»Können wir gehen?«, fragte Flanagan Aidan und stand auf. Sie war einen Kopf größer als Brigitte.

»Nein, ich hab eigentlich keinen Dienst. Ich bleibe hier«, sagte Aidan.

Erleichterung.

»Fahr du zurück und gib den Bericht ins System ein.«

»Chef.« Flanagan runzelte die faltenfreie Stirn und ging zum Auto. Sie knallte die Tür zu heftig zu und fuhr zu schnell los – Kies regnete auf die Einfahrt.

Harry ließ Brigitte und Aidan auf der Veranda zurück. Aidan sah sie an, wollte sie zwingen, den Blick abzuwenden. Sie tat es nicht. Sie streckte den Arm aus und berührte seine Schulter. »Wir müssen reden.«

Er trat von der Veranda herunter und marschierte zum Schuppen. Mit einer Schaufel kam er wieder zum Vorschein und begann, etwa einen Meter vom Zaun entfernt eine Grube auszuheben.

Sie sah ihn plötzlich im Geiste in einem schwarzen Mantel ein viel kleineres Loch im Garten ihres alten Hauses in Clifton graben, nachdem Kitty überfahren worden war. Nur wenige Stunden zuvor hatte sie zum ersten Mal mit ihm geschlafen – Sam betrogen und dabei vergessen, Kitty einzuschließen. Aidan hatte recht: *Einmal eine* – was immer er hatte sagen wollen, *immer eine* –

Einige Monate nach Kittys Tod, mitten in ihrem Zusammenbruch, hatte Aidan ihnen Zippy gekauft. *Mummy, Mummy, Aidan hat uns einen Welpen geholt!* Ihre Erinnerungen an jene Zeit waren verschwommen. Die Zwillinge waren etwa in Ellas Alter gewesen, und Aidan hatte den Bungalow im Garten gemietet.

In der ersten Nacht, die Brigitte Aidan bei ihr im Haus hatte schlafen lassen, waren sie am Morgen dadurch aufgewacht, dass Zippy Aidan die Zehen ableckte, die unter der Decke herausschauten. Er hatte sein albernes quietschendes Lachen ausgestoßen und dann geflucht, weil er mit denselben Zehen im Flur in einen warmen Haufen Welpenkacke trat, als er in die Küche gehen und Kaffee kochen wollte.

»Aidan, hör auf!« Sie ging zu ihm. »Wir müssen es erst den Kindern sagen.«

Er grub wie wild, schürfte sich am Schaufelgriff die Knöchel auf, fluchte, wischte das Blut weg und grub weiter. In seinen Haaren hingen Spinnweben.

Ella kam mit bloßen Füßen aus dem Haus gelaufen. Brigitte wollte ihr sagen, sie solle Hausschuhe anziehen, hielt sich aber zurück.

Aidan lehnte die Schaufel an den Zaun, ging auf die Knie und umarmte Ella. Er flüsterte ihr etwas ins Ohr, und Ellas schmaler Rücken begann, sich mit jedem Schluchzer zu heben und zu senken. Aidan hielt sie fester und küsste sie auf den Kopf.

Brigittes Herz machte in ihrer Brust einen Satz. Sie sah auf zum Himmel, Regen kündigte sich an. Mit heiserer Stimme sagte sie: »Ich sage es den Zwillingen.«

Nachdem Harry Aidan geholfen hatte, Zippy zu begraben, hielten sie eine rasche Trauerfeier ab, denn es regnete. Unter schwarzen Regenschirmen – unter Ellas Raupe-Nimmersatt-Schirm – nahmen sie von Zippy Abschied.

## 23

»Ich will Zippy. Ich will meinen Zippy zurück«, heulte Phoebe zur Schlafenszeit im oberen Etagenbett. »Das ist unfair!«

Brigitte hielt sie im Arm, strich über ihr seidiges Haar, Phoebes heißes und nasses Gesicht an ihrem. Das Metallbettgestell quietschte unter Phoebes Schluchzern. Als die Spannung in ihrem Körper endlich nachließ, hörte Brigitte den Regen gegen das Fenster trommeln. Sie deckte Phoebe zu und war einen Moment lang über die Schönheit ihrer Tochter so erstaunt, dass es sich wie ein Schlag ins Gesicht anfühlte. Sie redeten nie über Aussehen oder Gewicht, kauften keine inhaltsleeren Frauenmagazine, die ein unrealistisches Körperbild vermittelten – Brigitte wollte nicht, dass ihre Mädchen oder ihr Junge von solchen Dingen beeinflusst wurden. Und sie sagte Phoebe nie, wie schön sie war. Sie löste eine Haarsträhne von Phoebes Wange, strich sie aus dem Gesicht und küsste Phoebe auf den Mund: etwas, das die Zwillinge in wachem Zustand widerlich fanden.

Sie kletterte die Leiter herunter und setzte sich auf das untere Bett zu Finn.

Er fragte, was *wirklich* mit Zippy passiert war.

»Wie ich dir gesagt habe. Harry hat ihn am Wasser gefunden. Es sah aus, als würde er friedlich schlafen.«

Ungläubigkeit verdunkelte seine blauen Augen.

»Vielleicht hatte er einen Herzinfarkt oder irgendeine Krankheit, von der wir nichts wussten.« Sie hätte lieber den Mund halten als lügen sollen. »Auf jeden Fall ging es ganz schnell. Er hat nicht gelitten.« Noch eine Lüge. Sie senkte den Blick.

Finn hielt dagegen, dass Zippy gesund gewesen war, er war gerade erst vom Tierarzt durchgecheckt worden.

»Schlaf jetzt, Finny.«

»Es tut *so* weh.«

»Ich weiß.« Sie hörte Aidan die Dusche anstellen.

»Aidan ist traurig, stimmt's?«, fragte Finn.

»Pscht.« Sie knipste die Lampe aus, legte eine Hand auf seine Hüfte und wiegte ihn langsam, wie früher als Baby.

Das Rauschen des Regens und der Dusche vermischte sich, und ihr kam der Text eines alten Folksongs in den Sinn, den Opapa immer gesungen hatte. Jetzt hatten die White Stripes daraus ein Lied gemacht.

*Hast du dein Haus und Heim verlassen?*
*Hast du dein Baby verlassen?*
*Hast du deinen lieben Ehemann verlassen?*
*Um mit Black Jack Davey zu ziehen?*
*Um mit Black Jack Davey zu ziehen?*

Aidan machte sich auf dem Sofa ein Bett zurecht. Er trug eine Trainingshose und ein verblichenes Nirvana-T-Shirt. Er hatte sich rasiert, die Haare waren feucht. Er schüttelte die Decke aus, steckte ein Ende davon in die Sofaritze und strich sie glatt.

»Glaubst du, es war derselbe Täter?«

»Wer?«

»Wer Zippy und Maree Carver ermordet hat.«

»Wenn ein Tier illegal getötet wird, spricht man nicht von ›Mord‹.«

Sie verschränkte die Arme. »Es ist mir egal, wie du das nennst. Und warum kannst du keine Frage von mir einfach mal beantworten?«

Er warf ihr einen Blick zu: schwarzes Eis.

»Es war kein Zufall, oder?«

»Was?«

»Dass sie es auf uns abgesehen haben?«

»Ich glaube, du hast einen Krimi zu viel gelesen.«

*Aua.*

Ella kam angewandert, rieb sich die Augen, sagte, sie könne nicht schlafen. Sie sah Aidan an. »Warum schläfst du auf dem Sofa, Daddy?«

»Ich fühle mich im großen Bett nicht wohl.«

»Streitet ihr?«

»Mummy streitet mit sich selbst.«

Ella kicherte. »Du bist albern, Daddy.«

Brigitte stimmte ihr zu und scheuchte sie ins Bett zurück. Als sie sicher war, dass Ella sich außer Hörweite befand, stemmte sie die Hände in die Hüften und sagte: »Das war Verschwendung von Polizeiressourcen.«

Er sah sie mit hochgezogenen Augenbrauen an.

»Mir nachzuspionieren.« Sie spürte, wie ihr das Blut ins Gesicht stieg.

»Musste ich gar nicht.« Er zog einen Batman-Bezug über ein Kissen. »Dein Handy hat mich aus deiner Tasche angerufen. Oder Handtasche.« Er schüttelte das Kissen auf. »Glaube kaum, dass du zu dem Zeitpunkt irgendwas mit Taschen anhattest.«

*Oh Gott.* Was hatte er gehört?

Er schlug die Decke zurück und setzte sich mit dem Kissen auf dem Schoß aufs Sofa. »Ich bin echt müde, also ...«

Sie wollte mehr an Reaktion von ihm, Gebrüll, irgendwas. »Du hast mich angelogen.« Sie riss ihm das Kissen aus der Hand.

Er griente und schüttelte den Kopf, so beschissen selbstgerecht.

»Ach, stimmt ja. Ihr nennt das ›Informationen zurückhalten‹.«

»Keine Ahnung, wovon du redest.«

»Warum hast du mir nicht gesagt, dass Maree Carver auf der Insel ermordet wurde?«

»Was für einen Unterschied macht der Tatort?«

Keinen. Aber darum ging es nicht.

»Oder dass man ihr die Kehle durchgeschnitten hatte?«

»Ich hab versucht, es dir zu sagen, aber du warst ... beschäftigt.«

Sie drückte das Kissen an ihre Brust. Er streckte sich auf dem Sofa aus und zog die Decke über seine langen Beine.

Sie warf mit dem Kissen nach ihm und ging. In der Tür hielt sie an und drehte sich um. »Es ist nichts passiert, Aidan.«

Er sah auf, nachdem er das Kissen unter seinen Kopf gelegt hatte, täuschte ein herablassendes Lächeln vor und sagte: »Ist das die Information, die du auch vor Sam zurückgehalten hast?«

Die Stille wurde vom Klingeln des Handys in ihrer Tasche unterbrochen.

»Du gehst besser ran«, sagte er. Sie nahm das Zittern in seiner Stimme war: Seine Kaltschnäuzigkeit war nichts als Bluff.

Sie sahen sich in die Augen. Sie ließ das Handy klingeln, blieb ruhig, auch wenn ihr Puls raste.

Er wandte zuerst den Blick ab. »Kannst du bitte das Licht ausmachen?« Er drehte ihr den Rücken zu.

Sie wollte sich zu ihm legen, ihren Körper an seinen schmiegen, ihre kalten Füße an seinen Beinen wärmen, seine knochige Wirbelsäule an ihrem Gesicht spüren, den Geruch seiner sauberen Haut einatmen, die Vanilleseife und das Citrus-Rasierwasser, das auch nach der Dusche noch blieb. Sie wollte ihm sagen, dass es ihr leidtat. Und dass sie traurig war und Angst hatte. Sie knipste das Licht aus.

Im Schlafzimmer hörte sie ihre Mailbox ab. Matt: *Wollte nur hören, wie es dir geht. Entschuldigung auf der ganzen Linie für Sonntagnacht. Ruf an, wenn du* – Sie löschte die Nachricht, ohne sie bis zu Ende zu hören. *Sie haben keine neuen Nachrichten.*

Ihr Herz raste immer noch, an Schlaf war nicht zu denken. Sie setzte sich aufs Bett und checkte ihre E-Mails, Facebook, Twitter, LinkedIn. Nichts Wichtiges. Sie startete eine Google-Suche: *Bedeutung von Wenn Postmann zwei Mal klingelt*. Entweder war es buchstäblich eine Referenz an postalische Gepflogenheiten oder ein alter dreckiger Witz. Oder etwas über Vergeltung und dass man nicht zwei Mal mit Mord davonkommt.

In unruhigem Schlaf – ohne ihren Hund, ohne ihren Großvater, ohne ihren Mann – ertrank sie wieder und wieder.

## 24

Als Brigitte aus dem Badezimmer kam, stand Aidan an der Frühstücksbar und bestrich Toast mit Butter und Vegemite.

Sie rieb sich die verquollenen Augen und starrte wütend

seinen Rücken an, als er das Vegemite in den Kühlschrank stellte. *Das gehört in den Schrank.* Dann wurde sie von dem Bedürfnis zerrissen, zu ihm zu laufen und ihn zu umarmen. Sie schenkte sich einen Becher Kaffee ein.

»Kannst du dich heute darum kümmern, dass jemand kommt und eine neue Sicherheitstür einbaut?«, fragte er sachlich.

»Soll die alte nicht repariert werden?«

»Nein.«

»Wegen dem, was mit Zippy passiert ist?«

»Wenn wir schon was machen, können wir besser gleich eine richtige Sicherheitstür einbauen lassen. Ray hat jemanden empfohlen, der sich auch mit automatischen Haussicherheitssystemen auskennt. Wenn er hier ist, lass dir einen Kostenvoranschlag geben. Bevor ich gehe, gebe ich dir seine Karte.« Er biss in den Toast, kaute und schluckte.

»Ich müsste zur Arbeit.«

»Arbeite zu Hause.«

Sie warf einen Blick auf die Zeitung, *The Gippsland Leader*, die auf der Frühstücksbar lag. Maree Carver war immer noch der Aufmacher, über einem Artikel über die Fährpreise, einer Anzeige für Metron Homes und einem Zwei-zum-Preis-von-einem-Gutschein von McDonald's.

Sie würde sich krankmelden – was keine Lüge war, denn sie fühlte sich krank. »Du glaubst, das hätte ich sein sollen, stimmt's?«, flüsterte sie.

Zum ersten Mal an diesem Morgen sah er sie an.

»Ich wäre eigentlich bei dem Abendessen dabei gewesen.«

»Jetzt wirst du hysterisch.«

»Und sie hatte einen Mantel wie meinen an.«

»Millionen Menschen haben solche Mäntel.« Sein Gesichtsausdruck wurde weicher, und sie dachte, er werde sie umarmen. »Sei einfach nur vorsichtig, okay?«

Sie sollte ihm von Matts Buch erzählen.

Er trug sein Frühstück und die Zeitung zum Esstisch.

»Morgen ist Opapas Beerdigung«, sagte sie.

»Ich weiß.«

Sie redete weiter, ziellos, wusste nicht, warum. »Und über Ostern kommen Ryan und Joan.«

Er hörte nicht zu. Sein Handy klingelte, er ging hinaus auf die Veranda.

Sie kaute an ihrer Unterlippe, fummelte am Gürtel des Morgenmantels herum.

Er kam wieder herein, griff nach seiner Jacke und wollte gehen.

»Vergiss die Karte nicht«, sagte sie.

Er lief ins Schlafzimmer, kam mit seiner Sporttasche zurück und kramte darin herum. In der Vordertasche fand er die gesuchte Visitenkarte, knallte sie auf die Frühstücksbar und warf auf dem Weg nach draußen die Sporttasche ins Schlafzimmer.

Stirnrunzelnd betrachtete sie den Toastrest auf dem Tisch.

Eine Minute später war er zurück. »Die haben unseren Mülleimer nicht geleert!«

Sie blinzelte ein paar Mal, war nicht sicher, welche Reaktion er von ihr erwartete.

»Kannst du die Gemeinde anrufen?«

»Sicher.« Sie nickte, und er ging wieder.

Der Typ von EG Home Security sagte ihr, sie hätten zu viel zu tun, es werde mindestens einen Monat dauern, bis ein qualifizierter Techniker raus auf die Insel kommen könne. Als sie ihm sagte, dass sie für Gip TV arbeitete und die Frau von Detective Senior Sergeant Serra war, sah er noch einmal nach, und gerade hatte es eine Absage gegeben, er werde also heute jemanden rausschicken.

Sie ging ins Schlafzimmer, um die Visitenkarte in Aidans Sporttasche zurückzustecken. Ihre Finger berührten etwas Kaltes, Metallisches in der Vordertasche. Ein goldenes Feuerzeug mit einem eingravierten »C«. Ihr Spiegelbild war in der schimmernden Oberfläche verzerrt. Sie setzte sich aufs Bett und strich mit dem Daumen über das »C«, der Nagel blieb in der Vertiefung hängen. Sie schnippte das Feuerzeug ein paarmal an und aus. *Zieh keine voreiligen Schlüsse, Brigitte.* Er kann es von überallher haben. *Colin, Connor, Carl?*

Pete von EG Home Security stand etwa eine Stunde später vor der Tür und beklagte sich über die lange Anreise und seinen schlimmen Rücken. Er fragte, ob Brigitte einen Hund habe. Sie sah ihre Hände an und schüttelte den Kopf.

»Bin letzte Woche bei einem Job gebissen worden.« Er rollte ein Hosenbein hoch und enthüllte die genähte Wunde. Er roch nach Zigaretten.

Er ließ die Schuhe auf der Matte stehen, und sie führte ihn durchs Haus nach hinten, wo er einen Zollstock zückte und die Tür ausmaß. »Wird eng werden.« Er pustete Luft in Richtung Decke, als wäre ihm alles zu schwer. »Eine Haaresbreite Luft an jeder Seite, schätze ich. Ich glaub, bevor ich anfange, brauch ich 'ne Tasse Tee.«

Brigitte setzte den Kessel auf. Ihr Handy klingelte. Pete grinste über den Klingelton. Sie sah die Nummer und drückte den Anruf weg. *Black Jack Davey.*

Als der Tee fertig war, entschuldigte sie sich und setzte sich im Wintergarten-Schrägstrich-Arbeitszimmer an ein Voice-over-Skript. Mit Zippy und *Colin, Connor, Carl* im Kopf fiel es schwer, sich zu konzentrieren.

Gegen Mittag brummte ihr Handy, als auf Facebook eine Freundschaftsanfrage von M.E. Elery einging. Sie überlegte, wofür das E stand. Doch nur wenige Sekunden lang, dann klickte sie auf »Anfrage löschen«. Sie würden weder auf Facebook noch sonst wo »Freunde« sein.

Noch ein Brummen. @MEElery folgte ihr jetzt auf Twitter.

Brigitte ging nachsehen, wie weit Pete mit der Tür war. »Hat der Tee geschmeckt?«

»Is'n bisschen trocken. Nachschub wäre mordsmäßig.«

*Unglückliche Wortwahl, Pete.* »Könnten Sie vielleicht auch heute gleich mit der Alarmanlage anfangen?«, fragte sie.

»Wollen Sie nicht erst einen Kostenvoranschlag für den Gatten?«

*Im Ernst?* Sie ballte hinter dem Rücken die Fäuste. »Nein. Machen Sie's einfach.«

»Weise Entscheidung.« Pete nickte. »Viele lassen jetzt nach dem Mord Einbruchssicherungssysteme installieren.« Er legte einen Finger an sein Kinn und sah sich um. »Macht auch Sinn, mit kleinen Kindern, ohne Hund und ...«

Sie sah ihn aus zusammengezogenen Augen an, und er hörte auf zu reden – ein paar Sekunden lang.

Am späten Nachmittag hatte Pete eine »so gut wie undurchdringliche« Sicherheitstür mit einem Dreifachschloss installiert, außerdem eine Alarmanlage.

Finn kam in die Küche und maulte, weil er Xbox spielen wollte und Phoebe ihm zuvorgekommen war und mit Ella Fernsehen schaute. »Heute stand ein Polizeiwagen vor der Schule«, sagte er.

»Hmmhm.« Brigitte nickte, machte ihm eine heiße Schokolade und sich selbst einen Tee. »Aidan ist einfach nur vorsichtig.« *Das hätte ich nicht sagen sollen.*

»Weswegen?«

»Kein Grund zur Sorge.«

Durch das Fenster sah sie Aidans Wagen vorfahren. Er stieg aus und ging zum Mülleimer. *Mist, sie hatte vergessen, bei der Gemeinde anzurufen.* Er hob den Deckel und inspizierte den Müll, schloss den Deckel und marschierte aufs Haus zu.

Sie stellte die Tasse auf die Frühstücksbar. »Die Alarmanlage wird ihn für einen Einbrecher halten und losgehen, wenn er reinkommt!« Sie rannte zur Hintertür. Pete hatte irgendwas davon gesagt, dass man das System scharf schalten müsse, damit es losging. Sie hatte keine Ahnung, was er damit meinte – sie hatte versucht zu arbeiten und bei seiner Erklärung nicht wirklich zugehört. Sie hielt den Zeigefinger über die Tastatur, konnte sich aber nicht erinnern, wie man die Anlage entschärfte. »Der Code, Finn, ich habe ihn auf die Visitenkarte geschrieben.« Obwohl Pete ihr davon abgeraten hatte, ihn aufzuschreiben. »Schau in der obersten Schublade nach!«

Er suchte, während sie ein paar Zahlen drückte.

»Gefunden!« Er kam durch den Raum geschlittert. »Lass mich versuchen.« Er drückte weitere Knöpfe.

Sie standen erstarrt, als Aidan in die Küche kam und die Sicherheitstür bewunderte. Der Code musste gestimmt haben: Der Alarm wurde nicht ausgelöst.

»Der Müll ist noch da«, sagte er.

»Sie meinten, sie würden diese Woche noch mal vorbeikommen. Ich rufe morgen wieder an.«

Er sah sie an, seine leicht gekräuselte Lippe nannte sie wortlos eine Lügnerin. Sie spürte ihre Wangen rot werden. Er murmelte etwas und ging duschen.

## 25

Sie träumte von einem Skalar in einer Plastiktüte, die halb voll mit Wasser war. Sie hatte ein Loch, das Wasser lief heraus. *Sie müssen eine andere Tüte besorgen, sonst erstickt er. Bis nach Hause schafft er's nicht,* sagte der Mann in der Tierhandlung. Sie glaubte ihm nicht. Sie legte ihren Finger auf das Loch, rannte zur Tür hinaus und auf den ersten Anleger. Er war länger, als sie in Erinnerung hatte. Und glitschig. Sie fiel. Jemand schrie. Eine Sirene heulte. Lauter. Lauter.

Als sie die Augen öffnete, huschte ein dunkler Schatten vorbei. Das Sirenengeräusch war kein Traum. Und das Schreien auch nicht – es kam von Ella, die wieder in der Schlafzimmertür stand, die Hände auf die Ohren gelegt, der lila Affe als Haufen zu ihren Füßen.

*Oh Gott, die Alarmanlage, jemand ist eingebrochen.* Brigitte warf die Decke zurück und sprang aus dem Bett. Sie nahm ihr Handy vom Nachttisch, stopfte es in die Tasche ihres Schlafanzugs und nahm dann Ella auf den Arm. Die Zwillinge rannten an der Tür vorbei.

»Es hört nicht auf!«, brüllte Finn in der Küche und drückte wild auf den Nummern herum.

Wo zum Teufel war Aidan?

Sie versammelten sich im Hof, wo der Lärm etwas weniger ohrenbetäubend war. In einem Nachbarshaus nach dem anderen ging das Licht an, wie Telefonanrufe in einer altmodischen Schaltzentrale.

»Kann ich das Haus durchsuchen?«, fragt Finn.

»Nein!«

»Die Polizei kommt gleich«, sagte Phoebe mit klappernden Zähnen.

Nein, tat sie nicht – sie müssten einen Sonderantrag einreichen, um mit der Fähre auf die Insel zu gelangen, oder die

Wasserschutzpolizei rufen. Das würde ewig dauern. Brigitte sah sich im Garten um. »Wo um alles in der Welt ist Aid?«

Harry kam mit besorgtem Gesicht in Bademantel und braunen Hausschuhen angerannt. Sie hörte ihr Handy nicht klingeln, spürte aber die Vibration in ihrer Tasche. Sie steckte sich einen Finger ins linke Ohr und versuchte, etwas zu verstehen.

Es war eine Angestellte von EG Home Security. »Ist Ihre Alarmanlage aktiviert worden?«

*Was für eine bescheuerte Frage.* »Können Sie sie abstellen?«

»Natürlich. Sind Sie Mrs. Serra?«, fragte die Angestellte.

»Ja!«

»Ich brauche Ihren Sicherheitscode, um die Anlage abzustellen. Können Sie mir bitte Ihren Code nennen?«

*Verdammt.*

»Wenn Sie den Code vergessen haben oder keine Hausbewohnerin sind, muss ich –«

Sie hielt den Hörer zu. »Finn! Wie lautet der Code?« Er sagte es ihr, sie gab ihn an die Angestellte weiter.

Als der Alarm abbrach, sackten ihre Schultern ein wenig, und ihre Nerven waren nicht mehr ganz so angespannt. Sie hatte das Handy so fest umklammert gehalten, dass ihre Finger taub geworden waren.

Die Angestellte bat sie, einen Moment zu warten, sie würde die Überwachungskameras überprüfen. Brigitte wartete und schaute zum sternenlosen Himmel auf.

»Sind Sie da?«, fragte die Angestellte. Ihr routinierter Tonfall klang plötzlich scharf. »Ich sehe eine dunkel gekleidete Person, die sich um das Äußere Ihres Hauses herumbewegt. Sieht wie ein Mann aus.«

*Oh Gott.* Harry und die Kinder wollten wissen, was passiert war, sie wedelte mit der Hand, damit sie ruhig waren.

»Bleiben Sie bitte am Telefon«, sagte die Angestellte.

Sie nickte.

»Er bewegt sich auf die Hintertür zu.«

Sie erstarrte.

»Sind Sie noch da?«

Aus der Dunkelheit tauchte Aidan auf, in schwarzer Hose und T-Shirt.

»Das ist nur mein Mann«, sagte sie zu der Angestellten. »Er ist Polizist.«

»Sind Sie sicher?«

»Ja.« Ein albernes kleines Lachen.

»Die Sicherheitsfirma?«, fragte Aidan.

Sie nickte.

Er streckte die Hand nach dem Handy aus, sie gab es ihm. »Hier spricht Detective Senior Sergeant Serra. Es scheint hier keine Notlage gegeben zu haben. Ich habe das Grundstück und die Umgebung abgesucht. Keine Eindringlinge. Nichts wurde gestohlen.« Er hörte zu und nickte. »Ja. Danke. Ihnen auch einen schönen Abend.«

Er gab Brigitte das Handy zurück. »Anscheinend ist der Alarm versehentlich ausgelöst worden.«

»Vielleicht war es ein Koalab…«

Er sah sie finster an und wandte sich dann an die Kinder, die wie ausgestopfte Eulen in einer Reihe standen. »Hat einer von euch mit der Tastatur rumgespielt?«

Als niemand antwortete, stapfte Aidan kopfschüttelnd ins Haus.

»Dann ist ja jetzt alles gut.« Harry nickte und machte sich auf den Heimweg.

Als sie die Kinder ins Bett scheuchte, warf Brigitte einen Blick ins Schlafzimmer. Aidan verschloss den Tresor.

## 26

Die Sturmwolken zogen sich in die Länge, die merkwürdigste Form, die Brigitte je gesehen hatte. Sie sahen aus wie abgemagerte menschliche Gestalten, die auf dem Rücken liegen: Menschen auf dem Sterbebett. Ihr lief ein Schauder über den Rücken.

Der Himmel spie Regen auf ihre schwarzen Regenschirme – und Ellas Raupe-Nimmersatt-Schirm –, als sich Brigittes Familie an Opapas Grab versammelte. Ohne Aidan. Ein paar Pflegekräfte und eine Handvoll Bewohner des Altenheims waren gekommen – Letztere wussten zum Teil nicht, wo sie waren – und saßen auf weißen Plastikhockern oder in Rollstühlen. Joan und Ryan standen links neben Brigitte, die drei Kinder rechts. Sie fragte sich, wie viele Hunderte von Trauergästen wohl bei Maree Carvers Beisetzung gewesen waren. Sie hatte Aufnahmen im Fernsehen gesehen: eine Riesenveranstaltung in einer wunderschönen Kirche, in durch die bemalten Fenster hereinfallendem Licht gebadet, auf der Orgel wurden »Amazing Grace« und »Ave Maria« gespielt.

Auf Opapas Sarg lagen ein Strauß roter Rosen, eine Flasche Sherry, ein Beutel Tabak, ein paar Armeeorden und das gerahmte Foto von Nana beim Tanz.

Kevin, der Trauerredner, schaute auf zum Himmel. Sah auch er die Wolkenmenschen auf dem Sterbebett? Er kam zu ihr und flüsterte, dass sie bald anfangen müssten. Brigitte sagte, sie wolle nicht ohne ihren Mann anfangen. Kevin blies in seine Hände, rieb sie und sagte, sie könnten noch fünf Minuten warten.

Der Himmel wurde dunkler, und die Wolkenmenschen zerstreuten sich. Brigittes Gesicht und Hände brannten vor Kälte. Sie spannte den Kiefer an, damit ihre Zähne nicht klapperten, und packte den Schirm fester, während sie mit den Augen den Friedhof absuchte. *Bitte, Aidan, tu mir das heute nicht an.*

Der Wind trieb eine Bö eisigen Regens gegen ihre dunklen Wintermäntel – und Joans roten Mantel. Das Foto von Nana kippte mit dem Gesicht nach unten auf den Sarg. Ryan begann zu weinen. Ein Blitz erhellte den Himmel. Jetzt weinte auch Ella und klammerte sich an Brigittes Bein. Phoebe schob sich dichter an sie heran. Brigitte sah auf ihren Kopf hinab und runzelte die Stirn – ihre Haare waren verknotet, sie hatte sie nicht richtig gekämmt.

Endlich sah sie Aidan mit seinen Eltern über den Friedhof kommen. Joan zog die Schultern gerade bei Lorenzos Anblick – Sohn von Einwanderern, Ex-Polizist aus einer Zeit, als das noch ein angesehener Beruf war –, der unter dem Regenschirm vornübergebeugt vor seinem Sohn und seiner Frau ging. Er hatte dunkle Haut, und wenn er aufrecht stand, war er fast so groß wie Aidan. Aidan teilte sich den Regenschirm mit Grace – »dieses australische Mädel«, wie Lorenzos Familie sie immer genannt hatte. Sie war irischer Herkunft, klein und so hellhäutig wie Brigittes Familie. Lorenzo und Grace nickten respektvoll und stellten sich schweigend neben ihren Sohn.

Finn machte einen Schritt zur Seite, um neben Aidan zu stehen. Aidan strubbelte ihm durchs Haar und nahm Graces Hand. Brigittes Kehle schmerzte.

»Ich bitte jetzt Brigitte, Edwards Enkelin, nach vorne zu kommen und die Kerze der Erinnerung zu entzünden, die für Einigkeit, Frieden und Dankbarkeit steht«, sagte Kevin.

Grace tupfte sich mit einem Taschentuch die Augen ab. Beerdigungen rufen Erinnerungen an vergangene Beerdigungen hervor, denen wir beigewohnt haben. Brigitte dachte an den Abschied von ihrem Vater: »Lights on the Hill« und Joan, die betrunken stolperte, hinfiel und sich den Knöchel verstauchte. Und sie dachte an Sams Beerdigung: »Into My Arms« und die Lügen, was für ein guter Ehemann er gewesen war.

Nach mehreren Versuchen wollte die verdammte Kerze der Erinnerung immer noch nicht brennen. Brigitte spürte ungeduldige Blicke im Rücken, ihre Hand zitterte, und der Wind blies ein Streichholz nach dem anderen aus. Ein Mann räusperte sich. Donner grummelte. Kevin flüsterte, sie müssten einfach so tun. Während das Wetter stetig schlechter wurde, hastete er durch Opapas Lebensgeschichte. Mehrere Regenschirme wurden umgestülpt. Einer der Altenheimbewohner stand auf, um sich vorzeitig davonzustehlen, und sein weißer Plastikhocker wurde über den Friedhof geweht.

Brigitte war fassungslos, als Kevin alle dazu einlud, Edward die letzte Ehre zu erweisen, und Joan nach vorne trat und ein selbstgeschriebenes Gedicht vortrug, während der Wind ihr golden-silbernes Haar dramatisch um ihr Gesicht fegte. In dem Gedicht ging es darum, dass ein Ende immer auch ein Anfang ist. Brigitte wischte sich die Wangen ab.

Kevin dankte Joan und bat Brigitte dann, die Kerze der Erinnerung zu löschen. Sie sah ihn mit großen Augen an.

Er formte lautlos die Worte *so tun*, und sie kam nach vorne und nahm den nicht brennenden Docht zwischen Zeigefinger und Daumen. *So etwas Bescheuertes hatte es auf Maree Carvers Beerdigung sicher nicht gegeben.*

»Wir werden diesen Ort jetzt voller bleibender Liebe und Respekt für Edward verlassen«, sagte Kevin. »Möget ihr in eurer Liebe füreinander Kraft und Unterstützung finden.«

Brigitte sah Aidan an, er sah sie nicht an.

»Und mögen eure Herzen Frieden finden.« Kevin tauschte einen Blick mit Brigitte aus, bückte sich und schloss unter einer Plastikplane seinen iPod an. »Während wir jetzt Abschied von Edward nehmen, hören wir das Lied ›Rhinestone Cowboy‹ von Glen Campbell.«

## 27

Der Wasserkocher war leer. Aidan stand vor dem Spülbecken im Weg und sortierte die Teller, die Brigitte bereits in den Geschirrspüler gestellt hatte, neu ein. Während er das dreckige Geschirr gründlich abspülte und nach Größe einordnete, trommelte sie lautlos mit den Fingern auf dem Wasserkocher herum. *Warum zum Teufel schafft man sich einen Geschirrspüler an, wenn man das Geschirr vorher noch abwäscht?* Ungeduld oder Koffeinsucht bekamen die Oberhand, und sie drängte sich an ihm vorbei.

Er hob die Hände und trat beiseite. Er sah müde, aber großartig aus. Glattrasiert, das Haar noch feucht, in einer dunkelgrauen Hose und einem hellen Hemd und Krawatte. Sein Jackett hing über einer Stuhllehne.

»Gerichtstermin?«

Er nickte.

Sie machte Kaffee und setzte sich an die Frühstücksbar.

Als Aidan seine Schlüssel und seine Geldbörse nahm, überkam sie eine Woge aus Traurigkeit und Reue. *Geh nicht.* »Armer Zippy.« Ihr Blick fiel auf die Riesentüte mit Hundekeksen neben der Tür. Sie würde sie rüber zu Jeremy bringen, für seinen Hund.

»Aha.« Aidan sah auf sein Handy.

»Kommst du zum Abendessen nach Hause?«

»Weiß nicht.«

»Es war nett von Enzo und Grace, zu Opapas Beerdigung zu kommen.«

»Sie haben dich immer gemocht.«

»Bist du okay?«

»Wegen Zippy oder Eddie?«

Verärgerung wischte die Traurigkeit und die Reue weg. Er tippte auf seinem Handy herum. »Willst du sonst über irgendwas reden?« *Über Colin, Connor, Carl beispielsweise?*

Er hörte auf, mit dem Handy zu spielen, und nahm das Jackett von der Stuhllehne.

Der heikle kusslose Abschied. Sie sah auf seine Füße. *Waren die Schuhe neu?*

»Aid ...«

»Bis dann.« Er ging, und sie ließ ihren Kopf auf der Frühstücksbar ruhen, bis ihr Handy klingelte. Es war Tate, von der Arbeit, der wissen wollte, wie es ihr ging.

»Schon mal besser.«

»Hast du Kapitel fünfzehn gelesen?«

*Als wäre das ein Scheiß-Buchclub. Wie konnte er so unsensibel sein?* »*Wolkenatlas* hat keine Kapitelnummern.«

»Nein. *Tot im Wasser*.«

»Was?«

»Der Hund. Detective Moores Hund wird getötet. Mit einem Messer.«

Eiswasser in ihren Armen.

»Du musst es Aidan sagen.«

»Jetzt bist du hysterisch.«

»Wenn du es nicht der Polizei sagst, mache ich –«

»Hör auf, Tate!«

Er brach ab.

»In Krimis wird immer irgendwer erstochen. Die Polizei würde dich auslachen.«

Sie legte auf, ging ins Schlafzimmer und holte *Tot im Wasser* aus der Unterwäscheschublade. In Kapitel fünfzehn wurde Detective Moores Hündin Sally erstochen. Der Tierarzt in der Nachbarschaft nahm eine Obduktion vor (Woher wusste der Tierarzt, wonach er suchen sollte?) und erkannte, dass die Stichwunden von einem gezackten Messer stammten – von derselben Art Waffe also wie bei dem Mord an Deanna Moore, bevor man sie in den See geworfen hatte. Der Tierarzt entdeckte auf Sallys Fell außerdem eine Substanz, von der er eine Probe an die Kriminaltechnik schickte. Brigitte blätterte einige Kapitel weiter. Die Substanz entsprach der, die man an Deanna Moores Leiche gefunden hatte: Leinöl. Weitere Übereinstimmungen wurden festgestellt, und dem Wundmuster nach musste der Mörder Linkshänder sein.

Sie blätterte zurück an den Anfang, zu dem ersten Mal, dass Moore eine Waffe abgefeuert hatte. Mit der linken Hand. *Zu offensichtlich, Matt: Moore tötet seine eigene Frau und seinen Hund. Als Nächstes kamen die Kinder dran. Dann konnte er mit Annaleah zusammen sein, doch vorher wurde er geschnappt.*

Ella kam zum morgendlichen Kuscheln herein, und Brigitte schob das Buch in die Schublade zurück. *Zufall, Zufall, Zufall.* Sie würde Tate umbringen, wenn er Aidan davon erzählte.

Auf dem Weg zur Arbeit machte sie einen Umweg und schaute bei Jeremy in der Gravelly Point Road vorbei, die ihrem Namen – Kiesstellenstraße – alle Ehre machte und den X-Trail mit Staub bedeckte. Sie schob die Sonnenbrille hoch und sah noch einmal die Adresse nach, die Harry auf einen Zettel geschrieben hatte.

Zwischen wucherndem Gras, Heide und einem Teebaum stand auf einer ordentlichen Rasenfläche ein braunes Haus mit Stülpschalung, weißen Fenster- und Türrahmen und

Fachwerk. Sie hatte Jeremy für einen Ziegelhaustyp gehalten, aber eigentlich wusste sie nichts über ihn. War er Single? Geschieden? Oder gab es eine Frau oder Freundin – oder einen Freund –, der sich um die rosa Blumen im Garten kümmerte? Hatte er Kinder?

Sie hievte die Zwölf-Kilo-Tüte Hundekekse aus dem Auto, beugte die Knie, achtete auf ihren Rücken. Sie quälte sich den Weg hoch und ließ die Tüte vor der Tür fallen. Weil die Klingel nicht funktionierte, klopfte sie. Keine Antwort. Jeremy musste bei der Arbeit sein. Und auch keine Frau, Freundin oder Freund waren zu Hause.

Sie lächelte traurig über den Klang eines jaulenden Welpen, konnte aber nicht über den Zaun spähen, weil ein Stoß Gipsdeckenplatten im Weg stand. Das Jaulen schien sowieso von nebenan zu kommen – vielleicht passte der Nachbar auf den Hund auf, wenn Jeremy bei der Arbeit war.

## 28

Über Ostern war Ryan zu Besuch. Als er von innen das Verandalicht anknipste, rief Brigitte, er solle es wieder ausmachen. Sie brauchten es nicht – der volle, runde Mond schien durch den Eukalyptus. Sie lehnte sich vor, um auf dem Tisch eine Mückenspirale und eine Zitronellenkerze anzuzünden.

»Willst du nicht doch lieber reinkommen?«

»Nein, ich will mir den Mond ansehen.«

»Freak.« Ryan kam mit einer Flasche Rotwein und zwei Gläsern aus dem Haus und brach in Geheul aus.

»Darfst du denn trinken?«, fragte sie.

Er schürzte die Lippen und schenkte ein. »Das ist das Albernste, was ich je gesehen habe«, sagte er beim Anblick des

Hello-Kitty-Einteilers, den die Kinder ihr zum letzten Muttertag geschenkt hatten.

Sie zog eine Decke über sich.

»Was hält Aidan davon?« Er gab ihr ein Glas.

»Keine Ahnung. Er ist ja nie da.« Sie schwenkte das Weinglas.

Er setzte sich neben sie. Er war immer noch blass und irgendwie kleiner ... noch nicht wieder sein fröhliches Selbst – als hätte jemand altmodisches Transparentpapier auf sein Bild gelegt und der Umriss wäre heller, die Farben weniger lebendig.

»Wie geht es dir?«, fragte sie.

»Alles gut.«

»Wirklich?«

Er nickte und zog einen Joint aus der Hemdtasche.

»Ryan Weaver, du bist ein schlechter Einfluss!«

Er zündete den Joint an der Kerze an, nahm ein paar tiefe Züge und reichte ihn an sie weiter. Sie hatte ewig nicht mehr geraucht, hustete und fühlte sich sofort benommen.

»Was ist denn los mit Aid? Was ist passiert?«, fragte Ryan.

»Nichts.« Sie sah ihn mit großen, unschuldigen Augen an.

Er kniff seine zusammen. »Blödsinn.«

Sie gab ihm den Joint zurück und betrachtete den mit leichtem Dunst umhüllten Mond. »Weniger, als du denkst.«

»Wie viel?«

Sie zuckte die Schultern. »Die Hälfte. Vielleicht drei Viertel. Nein – eher die Hälfte.«

»Du oder Aidan?« Er gab den Joint zurück.

Sie runzelte die Stirn und dachte beim Ein- und Ausatmen des Rauchs an *Colin, Connor, Carl.* »Du denkst, er war's?«

»Ich weiß gar nichts, Brigi. Ich rate nur.«

»Es war ein blöder Fehler, Ryan. Und es war nicht völlig meine Schuld.«

Er nickte langsam, wartete auf mehr, aber sie wollte ihm nichts von dem Zusammenzucken oder Aidans Launen und ganz sicher nicht von dem fehlgeschlagenen Blowjob im Polizeiwagen erzählen.

»Ach, Brigi, nicht wieder dieser Schreiberling?«

»Was meinst du mit ›wieder‹? Ich hatte ihn jahrelang nicht gesehen, bis –« Sie hustete. »*Tot im Wasser.*« *Eine lange, lange Zeit.*

»Ist das nicht der Titel seines Buches?«

»Es war nichts.« Sie gab ihm den Joint und griff nach ihrem Wein.

»Wenn du es glaubst, ist es keine Lüge.«

»Was?«

»Erinnerst du dich an George Costanza in *Seinfeld*?«

»Das Meer war wütend an jenem Tag, mein Freund.«

»Der Suppennazi.«

Sie kicherten, dann ließ sie die Schultern hängen. »Verdammt, was soll ich tun, Ryan?«

»Manche Paare überleben Ehebruch.«

»Das ist ein widerwärtiges Wort.«

»Manche werden Freunde. Platonisch.«

»Noch ein schlimmes Wort.«

»Es gibt keine guten Worte dafür, Brigi. Eine Brüderlein-Schwesterlein-Beziehung.«

»Toll. Wie du und ich.« Sie schnaubte halbherzig und trank ihren Wein.

»Du könntest versuchen, dich zu entschuldigen.« Er stand auf, ging an den Rand der Veranda, hockte sich hin und löschte den Joint im Gras.

Scheinwerferlicht huschte über die Bäume und den hinteren Zaun, Reifen knirschten langsam auf die Einfahrt.

»Ich gehe ins Bett.« Ryan legte einen zweiten Joint auf

den Tisch und ging zur Tür. »Rede mit ihm, Brigi. Seid nicht wie ich und Rosie.«

Das neue Tor wurde geöffnet und mit einem Klicken geschlossen, an ihrer Erinnerung an das Torgeräusch hingen immer noch Zippys ausgelassenes Bellen und Aidans albernes Lachen. Sie starrte die helle Kerzenflamme an, die im Wind flackerte, und erwartete, dass Aidan sie ignorieren würde und sie in Frieden weiter trinken und rauchen konnte.

Leicht schwankend kam er über die Veranda. Auch er hatte getrunken, hätte nicht fahren sollen. Er marschierte nicht an ihr vorbei ins Haus, um sich umzuziehen, zu duschen oder zu tun, was er dieser Tage sonst immer so dringend zu erledigen hatte, wenn er nach Hause kam.

»Was zu trinken?« Sie hielt die Flasche hoch, ohne ihn anzusehen.

Er ging in die Küche und kam mit einem Glas zurück.

»Kalt«, sagte sie und rieb ihre Hände aneinander.

Er nickte, setzte sich neben sie und schenkte sich Wein ein. Sie bot ihm ein Stück Decke an, doch er schüttelte den Kopf.

»Wie war dein Tag?«, fragte sie.

»Okay.«

Vielleicht könnten sie ja doch Freunde sein. Brüderlein und Schwesterlein. Meg und Jack White. Doch das Gefühl im Becken, als sein Bein ihres berührte, war nichts, das sie jemals bei Ryan empfinden wollte.

*Es tut mir leid.* Warum konnte sie es nicht einfach sagen? Sie nahm den Joint. »Du auch?«

»Wo hast du den her?«

»Gefunden.« Sie zündete ihn an und nahm ein paar Züge. »Schau dir den Mond an«, sagte sie, reichte ihm den Joint, seine Hand berührte ihre.

Er hustete. »Wo?«

Sie zeigte nach oben und lachte.

Er lachte ebenfalls. »Wie konnte ich das übersehen? Ist das ein Supermond?«

»Nein. Aber er ist wirklich toll.« Sie hatte das Gefühl zu schweben, weit weg.

»Ich sag dir noch was Merkwürdiges.« Er blies Rauch aus. »Die Nacht, in der wir mit einer Gruppe Kriminaltechniker den Carver-Tatort untersucht haben. Sie haben in der Dunkelheit nach Blutflecken gesucht.«

Sie zitterte.

»Sie haben Luminol auf den Boden und die Pflanzen am ersten Anleger gesprüht.« Er gab ihr den Joint zurück. »Wir sind fast durchgedreht, als der Baum aufleuchtete wie an Weihnachten.«

»Oh Gott.«

»Nein.« Er schüttelte den Kopf. »Das Ergebnis war irreführend. Das Luminol hat auf die Enzyme in den Blättern reagiert. Aber einige Minuten lang hat er geleuchtet. Echt irre.«

»Wow.« Ihre Gliedmaßen fühlten sich schwer an, wie mit einer zähfließenden Flüssigkeit gefüllt. Flüssiger Samt. »Am Tatort wurde kein Leinöl gefunden, oder?«

»Warum fragst du danach?«

Sie zuckte die Schultern, atmete tief den Rauch ein und blies ihn aus.

»Da unten kommt immer Leinöl vor«, sagte er. »In Bootspolitur.«

*Und Massageöl.* Sie lehnte sich an ihn und stellte sich vor, es ihm auf den Körper zu reiben, er war so warm, roch so gut. Der Mond verschwamm.

Als sie aufgeraucht hatten, lehnte sie den Kopf zurück,

streckte den Arm aus und zog seinen Kopf an ihren. Ein Kuss kopfüber. Das Gefühl zu fallen. Sie drehte sich um und setzte sich quer auf seine Oberschenkel, zog die Decke über sie beide. Sie küsste ihn, richtig herum.

»Was um alles in der Welt hast du da an?«, fragte er, als er die Arme um sie legte.

Seine Stoppel kratzten ihr im Gesicht, als die Küsse intensiver wurden. Die Decke rutschte zu Boden. Sie hielt inne, um Luft zu holen, und sagte: »Habe ich dir je gesagt, dass du aussiehst wie Jeff Buckley, Orlando Bloom und dieser Typ aus *Mad Men*, alle in einem?«

Er lachte und wickelte ihre Haare um seine Finger.

»Du bist mein Licht, Aidan. Wirklich. Die Kinder sind meine Erde, aber du bist mein Licht.«

»Du bist sehr bekifft.«

»Du auch.« Weitere Küsse. »Tanz mit mir, Aid. Mach auf dem Handy Musik an und tanz mit mir.« Sie stand auf und versuchte, ihn auf die Füße zu ziehen, doch er zog sie auf sich herunter, und ihr Einteiler war zwischen den Beinen nass und klebrig.

»Es ist zu spät zum Tanzen«, sagte er und führte sie ins Schlafzimmer.

Wieder träumte sie von dem Skalar. In der Tüte war noch ein bisschen Wasser, noch blieb Zeit. Sie sah sich hilfesuchend nach Aidan um, konnte ihn aber nicht finden. Das Wasser floss ab, ihr Fisch zerfiel in Stücke, und in ihrem Kopf hörte sie weinende Kinder.

Sie wachte auf, nackt, in die Decke verwickelt, den Geschmack von Aidan im Mund, den Geruch seines Schweißes und Rasierwassers auf ihren Schultern, doch er war nicht mehr da.

## 29

»Ich glaube, da ist nicht genug Bier im Backteig, Ryan«, sagte Joan.

»Verschwinde, Mum, ich bin hier der Koch.« Ryan warf Fischfilets in das heiße, spritzende Öl.

»Verdammte Kerle, ihr glaubt, ihr wisst alles besser.« Joan lehnte sich ans Spülbecken. »Warum ist Aidan nicht hier und hilft?«

»Er ruht sich aus. Es war spät gestern«, sagte Brigitte und setzte sich an die Frühstücksbar.

Ryan warf ihr unter hochgezogenen Augenbrauen einen Blick zu.

»Erinnerst du dich noch an Amy Collins?«, fragte Joan.

Brigitte schüttelte den Kopf.

»Doch, tust du. Aus der Schule. Sie heißt nicht mehr Collins. Sie hat zum zweiten Mal geheiratet, den Geschäftsführer irgendeiner großen Firma. Sie haben gerade ein Riesenhaus in Middle Park gekauft.«

Brigitte schenkte mehr Champagner in ihre Flöte und wurde das Gefühl nicht los, in einer Soap um eine dysfunktionale Familie festzustecken.

»Ich werde nie verstehen, warum wir immer Fisch essen müssen«, sagte Joan.

»Weil heute Karfreitag ist. Nana und Opapa haben es so gemacht, und wir machen es ebenfalls so. Das nennt man Tradition«, sagte Ryan.

»Wir sind keine Scheiß-Katholiken. A propos, ich bin sehr enttäuscht, dass Lorenzo und Grace heute nicht kommen.«

»Im Ernst?« Brigitte schnaubte lachend. »Nach letztem Jahr?«, sagte sie leise. Damals hatten sie den Karfreitag bei Ryan und Rosie verbracht. Rosie und Joan hatten sich gestritten, den Grund wusste Brigitte nicht mehr. Das sich daraus entwickelnde Geschrei und Gebrüll hatte sich in den Vorgarten verlagert und war so laut gewesen, dass die Nachbarn die Polizei gerufen hatten. Brigitte sah immer noch vor sich, wie Rosie Joan in die Rosenrabatte geschubst hatte, und den entsetzten Ausdruck auf Graces Gesicht.

Joan fing an, den gerade laufenden Paul-Kelly-Song mitzusummen.

»Hau ab, Mum.« Ryan schlug mit dem Handtuch nach ihr. »Und hör auf damit, das ist ein Weihnachtslied.«

»Es klingt so, als würde er davon singen, im Gefängnis zu sitzen.«

»Ja, aber zu Weihnachten.«

»Kennt irgendwer irgendwelche Osterlieder? Kinder?«

Die Kinder sahen Joan mürrisch an und schüttelten den Kopf.

»Was ist los mit den Kindern heutzutage? Nie zufrieden, außer wenn sie auf diese iDinger starren. Das beeinträchtigt die Sozialisation, wisst ihr das? Man muss lernen, mit dem Klempner, der den Hahn reparieren kommt, genauso unbefangen umzugehen wie mit einem Promi auf einer Gala.«

Brigitte verdrehte die Augen und bat Finn, Harry zu fragen, ob er mit ihnen zu Mittag essen wolle.

Finn brachte Harry mit, und Brigitte stellte ihn Joan vor. Er hielt linkisch eine Weinflasche in der Hand. »War mir nicht sicher, ob ihr heute was trinkt, ist ja ein religiöser Feiertag und so.«

Ryan lachte.

»Harry, Karfreitag trinken wir ausschließlich Champagner. Das ist Tradition, stimmt's, Ryan?« Joan ließ den nächsten Korken fliegen.

»Ja, Mum.« Ryan hatte den zweiten Haufen Fisch fertig und machte sich an die Pommes.

»Obwohl man nicht mehr Champagner dazu sagen darf, wenn er nicht aus der französischen Champagne kommt.«

Der Champagner, oder wie immer man ihn auch nennen sollte, schäumte über den Flaschenrand und wurde von Joan mit dem Mund aufgefangen, bevor sie Harry eine Flöte einschenkte.

Sie legte ihm einen Arm um die Taille. »Nun sieh dir mal diesen Backteig an, Harry. Findest du nicht, da muss mehr Bier rein?«

Harry, verdattert, sah ratsuchend Brigitte an, aber sie konnte ihm nicht helfen, ihn nur mit einem Schulterzucken und einem entschuldigenden Lächeln unterstützen.

Sie trank ihr Glas leer und überließ Harry seiner Verlegenheit, während sie nachsehen ging, was Aidan trieb. Sie fand ihn mit Kopfhörern auf den Ohren auf ihrem Bett Musik hören, setzte sich zu ihm und legte eine Hand auf sein Knie.

Er nahm den Kopfhörer ab.

»Ich habe dich heute Morgen vermisst.« Sie ließ die Hand an seinem Bein nach oben wandern. »Was hörst du da?«

»Beck.«

»Fröhlich.«

»Im Gegensatz zu Nick Cave?«

»Kommst du zu uns?«

»Gleich.«

»Ich kann dich nicht ewig entschuldigen. Es sei denn ...« Sie schob die Finger noch weiter nach oben.

»Was willst du?«

Sie zog die Augenbrauen hoch. »Im Ernst, heute ist Karfreitag. Ich möchte nur, dass du bei mir bist. Mehr nicht.« Sie lächelte.

»Hör auf, Brigitte.« Er stieß ihre Hand weg.

Ihr Lächeln verschwand.

»Du weißt, dass wir nur so getan haben gestern Nacht.« Er setzte wieder den Kopfhörer auf und schloss die Augen.

Am Tisch stießen sie an. »Frohe Ostern«, sagte Joan. »Zum ersten Mal ohne Eddie. Auf dich, wo immer du bist, Dad.«

Ryan schniefte und servierte Fish and Chips.

Brigitte hatte das Gefühl, immer noch bekifft zu sein, abgetrennt von allen aus weiter Ferne zuzusehen.

»Ellbogen vom Tisch, Kinder«, sagte Joan und strich die Papierserviette auf ihrem Schoß glatt. »Für mich bitte nur ein kleines Stück und nicht so viele Pommes.«

»Jetzt sag nicht, du bist auf Diät«, sagte Ryan.

»Diät ist das, was man jeden Tag isst«, sagte Finn. »Wir haben in der Schule Ernährungskunde.«

»Nein, Finn, Diät ist das, was man nicht isst, um schön und schlank zu bleiben.« Joan setzte sich auf, zog die Schultern nach hinten und betrachtete Phoebe, die einen Teller voller Pommes unter Tomatenketchup vor sich stehen hatte. »Vielleicht sollte Phoebe auch mal über eine nachdenken, wo sie jetzt erwachsen wird.«

Brigitte sah Joan wütend an. Phoebe schob ein paar ihrer Pommes an die Seite.

»Amy hat eine Menge Gewicht verloren. Wir sind auf Facebook befreundet. Sie war immer dicker als du, Brigitte.«

Brigitte hatte Mühe, den Fisch in ihrem Mund herunterzuschlucken. Sie spülte mit einem großen Schluck Champagner nach.

Harry wollte Joan den Ketchup reichen.

Sie schauderte, hob abwehrend die Hand und zog ein Gesicht, als würde er ihr Gift geben. Als sie ihr Glas nachschenken wollte, war die Flasche leer. »Oh-oh. Wer hat den Barmann erschossen?«

Harry lachte. Die meisten Menschen fanden Joan bei der ersten Begegnung amüsant.

»Harry, wärst du so lieb, eine neue Flasche aus dem Kühlschrank zu holen?«

Harry gehorchte. *Guter Mann*, besagte Joans wohlwollendes Nicken.

Sie riss die Augen weit auf, holte tief Luft und seufzte, tat so, als wäre sie nach wenigen Bissen bereits mehr als satt. »Was treibt Aidan?«, fragte sie.

Brigitte zuckte eine Schulter und sah auf ihren Teller.

»Aidan!«, brüllte Joan.

Brigitte fuhr zusammen.

»Hör auf, dich wie ein Ignorant aufzuführen, komm raus und setz dich zu uns!«

Brigitte schob den Teller weg und trank ihr Glas in einem Zug leer.

»Was ist ein Ignorant, Oma?«, fragte Ella.

»Was die meisten Männer sind, Liebling. Und ich habe euch Kindern gesagt, ihr könnt mich gerne Joan nennen.« Sie legte ihren Finger auf Ellas Nasenspitze, wackelte daran, und Ella kicherte.

Die Kinder waren gerade entlassen, nachdem Joan sie gezwungen hatte, »Darf ich bitte aufstehen?« zu sagen, da kam Aidan an, sah zerzaust und müde aus und trug seine Sporttasche über der Schulter.

»Wie nett von dir, uns mit deiner Anwesenheit zu beehren.« Joan hielt die Flasche und eine Zigarettenschachtel hoch. »Trinken? Rauchen?«

»Komm, setz dich, ich hole dir was zu essen«, sagte Brigitte, ohne ihn anzusehen.

Joan schüttelte mit übertriebenem Widerwillen gegenüber Brigittes Unterwürfigkeit den Kopf. Ihre Miene sagte:

*Mein ganzer Rat vergeudet. Die ganzen verbrannten BHs, für nichts.* Für Essstörungen galt das anscheinend nicht.

»Hebt mir was auf. Ich habe gerade keinen Hunger«, sagte Aidan. »Ich brauche mal frische Luft.« Er ging zur Hintertür.

Joan fiel die Kinnlade herunter. »Wie unhöflich«, sagte sie, als er weg war. »Vielleicht suchst du dir für die nächste Ehe was anderes aus, Brigitte. Deine Polizisten scheinen alle ein bisschen zur Macke zu tendieren.«

»Das musst du gerade sagen.« Brigitte knallte ihr Glas auf den Tisch und brauchte jetzt ebenfalls frische Luft.

Jeremy, die Hände in die Hüften gestützt, stand mit etwa zwanzig Menschen vor dem Fährenwartehäuschen. Brigitte ging hin, um herauszufinden, was los war. Sie erfuhr, dass an der Fähre eine Kette gerissen war und die Passagiere auf ein Wassertaxi warteten, um übersetzen zu können.

»Haben Sie die Hundekekse gefunden?«, fragte Brigitte.

Jeremy beobachtete die Passagiere.

»Ich habe eine Tüte mit Hundekeksen vor Ihre Tür gestellt.«

»Ja. Danke.«

»Wie lange noch?«, rief einer der Passagiere.

»Nicht mehr lange«, gab Jeremy zurück. »Ungeduldige Idioten«, murmelte er, als er sich umwandte und Brigitte anlächelte. »Sobald das Wassertaxi kommt, habe ich den Rest des Tages frei. Wenn Sie Lust haben, auf einen Osterdrink rüberzukommen, wissen Sie ja, wo Sie mich finden.« Er schob seine rote Sonnenbrille auf den Kopf.

»Vielleicht mache ich das.« Sie sah ihm in die grünen Augen.

*Vielleicht mache ich das*, dachte sie, als sie am ersten Anleger vorbei auf den Steg ging, an einem Baum vorbei, der wohl der sein musste, den das Luminol zum Leuchten gebracht hatte (oder hatte sie diese Geschichte geträumt?).

Sie blieb stehen, als sie Aidan am Montague Point auf einer Bank sitzen sah. *Wir haben bloß so getan letzte Nacht.* Er schrieb in etwas, das ein Notizbuch zu sein schien. Ungewöhnlich, aber dieser Tage überraschte sie nichts mehr an ihm.

Sie streckte und bog ihre Finger ein paar Mal, wandte sich dann um und machte sich auf den Heimweg. *Tat so*, als hätte sie nicht gesehen, dass er das Gesicht in die Hände gelegt hatte. Sie konnte nicht sagen, ob das Geräusch, das sie hörte, der Wind oder sein Schluchzen war.

## 30

Ohne Angst vor dem Wasser watete sie ins Meer, um ihren Skalar freizulassen, obwohl sie wusste, dass er bereits tot war. Jemand gab ihr von hinten einen Stoß, sie ging unter. *Klick*. Ihr Körper war ein sinkender Stein.

*Klick*. Sie zwang sich, die Augen zu öffnen. Der Raum lag im Dunkeln, nur nahe der Wand brannte eine kleine, runde Lichtquelle. Dort stand jemand. Sie blinzelte, versuchte, ihre Augen an die Dunkelheit zu gewöhnen. Aidan. Er stand mit einer Taschenlampe vor dem geöffneten Tresor. Mit der anderen Hand hielt er sich die Pistole ins Gesicht.

Sie bemühte sich, hochzukommen, zog die Knie an die Brust, stieß sich am Kopfende den Ellbogen. Bei dem Geräusch wandte er sich um und senkte die Pistole.

»Was machst du da?« Ihre Stimme war ein heiseres Flüstern, ihr Herz klopfte bis zum Hals.

»Pscht«, sagte er. »Ich überprüfe nur die Waffe.«

Sie rieb sich die Augen und zog die Decke bis zum Kinn hoch. Die roten Zahlen auf dem Radiowecker wurden langsam klarer: 1:50.

»Schlaf weiter.« Er legte die Pistole in den Kasten zurück, schloss ihn und legte ihn in den Tresor. Dann holte er die Munitionsschachtel vom Schrank, leuchtete mit der Taschenlampe hinein, stellte sie zurück und verließ das Zimmer.

Sie hatte gedacht, in dieser Nacht sei es still, doch jetzt hörte sie das Ticken der Uhr, das Summen des Kühlschranks und das Ächzen und Knacken des Hauses.

Um drei Uhr weckte Aidan sie erneut, als er auf dem Sofa im Schlaf wimmerte. Um Viertel nach drei hörte sie ihn durch die Zimmer tapsen. Es klang so, als würde er überall die Schlösser überprüfen. Um vier Uhr drei sah er erneut nach den Kindern und holte sich dann in der Küche ein Glas Wasser. Das Knarren des Sofas, Seufzer, Hin- und Herwerfen. Irgendwann war sie sicher, dass er nach ihr schaute, sie spürte seine Anwesenheit in der Dunkelheit. Und um fünf Uhr ging er pinkeln.

## 31

Brigitte arbeitete den ganzen Morgen über schweigend. Sicher ahnten ihre Kollegen, dass zu Hause etwas nicht stimmte, doch sie ließen sie in Ruhe.

Gegen Mittag lehnte sie sich im Stuhl zurück, streckte sich und beschloss, sich einen Tee zu machen. Cam kam mit einer Kamerakiste an und fragte sie, wie Ostern war.

»Hab zu viel Schokolade gegessen.«

»Ich auch.« Er tätschelte seinen Bauch. »Kommst du mit zum Mittagessen?«

Sie schüttelte den Kopf. »Keinen Hunger.«

»Du musst mal eine Weile aus dem Büro raus.« Er stellte die Kiste auf den Tisch.

»Was machst du damit?«

Er zog die Augenbrauen hoch, sparte sich aber eine witzige Antwort. »Die Kamera muss repariert werden. Kannst du sie für mich zu Marty's Cameras in Bairnsdale rüberbringen?«

Er hatte offensichtlich genug davon, sie im Büro Trübsal blasen zu sehen. »In Traralgon kann das keiner machen?«

»Nein. Hier in der Gegend kennt sich nur ein einziger Kameratyp wirklich aus. Instruktionen, was gemacht werden muss, liegen mit in der Kiste. Nimm den Caprice.«

»Im Ernst?« Ihre Laune hellte sich auf, sie stand auf. Es war das erste Mal, dass er sie einen der Studiowagen fahren ließ.

»Und nimm Tate mit.«

Sie stöhnte. Er warf ihr einen Schlüssel zu. Sie verfehlte ihn und musste ihn vom Boden aufsammeln.

»Ganz schön schwer«, sagte sie, als sie die Kiste anhob.

»Ja. Sei vorsichtig damit. Und mit dem Auto auch.«

»Ja, Cam.« Sie ging zu Tür.

»He, alles okay?«

Sie nickte und biss sich in die Innenseiten der Wangen.

»Wir haben gerade einen großen Kunden geangelt. Heute Abend nach der Arbeit darauf anstoßen?«

»Kann nicht. Muss die Kinder abholen.«

Tates Deo verpestete den Wagen. Lynx Dumm und Dicke Hose? Brigitte nieste und ließ ihr Fenster ein Stück herunter.

»Schau mal im Handschuhfach nach«, sagte sie, als sie vom Senderparkplatz fuhren. »Cam lässt da immer Süßigkeiten liegen.«

Tate sah nach und fand eine Tüte Gummibärchen. Sie stellte das Radio an: »Smells Like Teen Spirit«.

»Findest du, ich sehe aus wie er?«, fragte Tate. »Wie Kurt Cobain? Jemand meinte, ich sähe ihm ähnlich.«

Brigitte verschluckte sich an ihrem Gummibärchen. Sie hatte viel Zeit – und Geld für Therapien – darauf verwendet, *nicht* an Kurt Cobain zu denken. Sie schnitt seine heisere, bittersüße Stimme mit der einzigen anständigen CD ab, die sie finden konnte.

»Wer ist das?«

Nahm er sie auf den Arm? Sie sah ihn von der Seite an, er nahm sie nicht auf den Arm.

»Radiohead.«

»Der neue Wagen hat Bluetooth.«

»Den würde mich Cam niemals fahren lassen.«

»Da kann man im Auto Spotify anmachen.«

Jetzt hatte sie keine Ahnung, wovon er sprach.

Die Strecke zwischen Traralgon und Sale war die langweiligste der Welt. Nichts als Bäume und totes Gras und gelegentlich ein plattgefahrenes Tier. Entgegenkommende Fahrer aus der Gegend hoben zur Begrüßung einen Zeigefinger, und sie erwiderte den Gruß. Wegen Bauarbeiten galt für den Großteil des Weges ein Tempolimit von vierzig bis sechzig. An den Straßen wurde immer gebaut, seit Brigitte in die Gegend gezogen war. Betonrohre lagen neben den Bulldozern, die gelbe Erde aushoben, die wie die Lehmmaske vom Bauernmarkt aussah. Vielleicht bekam Sunny hier ihr Rohmaterial? Brigitte gähnte.

»Hast du Aidan von *Tot im Wasser* erzählt?«

Das weckte sie auf. »Nein.«

»Hast du es zu Ende gelesen?«

»Brauchte ich nicht. Ich konnte das Ende erraten.«

»Ich fand, es war ein bisschen wie *Wenn der Postmann zweimal klingelt*.«

Sie packte das Steuer fester.

»Du kanntest ihn, oder?«

»James M. Cain?«

Er kicherte. »Nein, Matt Elery.«

»Vor langer Zeit.«

»Wie war er?«

»Weiß nicht mehr richtig.«

Ein paar Kilometer fuhren sie schweigend.

»Schrecklich, das mit Maree Carver. Ich hab noch nie jemanden gekannt, der gestorben ist, außer meinem Großvater«, sagte Tate. »Erst recht nicht ermordet. Du?«

Sie konzentrierte sich auf die Straße.

»Wie geht Aidan damit um?«

Sie dachte daran, wie Aidan die Pistole überprüfte, sie an sein Gesicht hielt. »Ich weiß es nicht, Tate.«

»Vermutlich lernen Polizisten, abzuschalten?«

Sie nickte und hielt die Hand auf für mehr Gummibärchen.

»Hast du immer hier in der Gegend gelebt?«, fragte er.

»Nein, ich bin aus Melbourne. Und du?«

»Traralgon. Wo hast du schreiben gelernt?«

»An der Uni.«

»In der Stadt?«

»Ja.«

»Wow. Hast du je Geschichten geschrieben?«

»Nein.« Es war schwer zu sagen, ob die Streifen auf der Straße Schatten der Stromleitungen oder Reifenspuren waren.

»Ich schreibe einen Roman.«

»Aha.« Eine Gang in schwarzes Leder gekleideter Motorradfahrer sauste vorbei.

»Es geht um einen Ornithologen, der mit einer Frau verheiratet ist, die seine Liebe für Vögel nicht versteht.«

Brigitte konnte sich nicht erinnern, gefragt zu haben, worum es ging.

»Sie fahren runter nach Tasmanien, und er entdeckt einen ganz seltenen Vogel, der eigentlich als ausgestorben gilt, was natürlich eine Metapher für ihre Beziehung ist.«

*Natürlich.*

»Dann verlaufen sie sich im Busch und finden heraus, dass sie völlig unterschiedliche Werte und Vorstellungen haben.«

Auf der Ladefläche des Lieferwagens vor ihnen lief ein Kelpie herum.

»Ich suche jemanden, der es mal liest.«

Der Kelpie versuchte, über die Seitenwand zu springen. Hinter ihnen fuhr ein Holzlaster zu dicht auf.

»Ich würde mich sehr über dein Feedback freuen.«

Der Laster klebte an ihrer Stoßstange. Zähneknirschend hielt sich Brigitte ans Tempolimit, ihr Leben zog vor ihren Augen vorbei. *Wessen Idee war es gewesen, »Öffentliche Wälder für die Öffentlichkeit, nicht für Privatprofit«-Aufkleber an die Senderwagen zu kleben?*

Der Lieferwagen bog ab, und der Laster überholte. Brigitte zog ihre Fingernägel aus dem Lederbezug des Lenkrads, holte tief Luft und pustete sich die Haare aus dem Gesicht.

»Warst du das?« Tate rümpfte die Nase, als ein Viehlaster in entgegengesetzter Richtung an ihnen vorbeiratterte.

Als sie Marty's Cameras betraten, ertönte ein helles Klingeln. Es roch nach Staub und Chemikalien.

»Kann ich kurz losgehen und für meine Mum was aus der Apotheke holen?«

»Du brauchst nicht zu fragen, Tate. Wir treffen uns am Auto.«

Ein etwa sechzigjähriger Mann mit weiß gesprenkeltem Rotschopf kam nach vorne. Marty? Sie stellte die Kiste auf die Theke und erklärte, dass die Reparaturinstruktionen beilägen.

Marty öffnete die Kiste, las Cams Zettel, hob die Kamera heraus und drehte sie ein paarmal hin und her. »Kein Problem. Ist Montag fertig.«

Draußen auf der Nicholson Street fiel ihr Blick auf ihr verzerrtes, in die Länge gezogenes Spiegelbild im Fenster. Weil Tate noch in der Apotheke war, ging sie zum Secondhandladen hinüber. Sie zog den cremefarbenen Trenchcoat aus, für den sie letzten Winter ein Vermögen ausgegeben hatte, rollte ihn zusammen und stopfte ihn in den Spendeneimer.

Im Laden stieß sie in der Damenabteilung auf Gold: einen salbeigrünen Wollmantel im Stil der Sechziger, mit champagnerrosafarbenem Futter und Kunstpelzkragen (zumindest hoffte sie, es sei Kunstpelz). Die Verkäuferin versicherte ihr (dreimal), dass der Mantel gereinigt worden war, erst dann probierte sie ihn an. Er passte perfekt. Sie knöpfte die doppelreihigen Knöpfe zu und verließ den Laden.

Bei Target war Babykleidung auf die Hälfte reduziert, im Fenster der Apotheke hing ein »Ladendiebstahl lohnt sich nicht«-Schild. Sie überquerte die Straße, holte sich etwas zum Mittagessen – ein Brötchen mit Salat und einen Apfel-Johannisbeer-Saft – aus dem Café und ging damit zum Auto zurück.

Um den »neuen« Mantel nicht gleich vollzukrümeln, warf sie ihn auf den Rücksitz. Nach nur wenigen Bissen war sie satt und steckte das Brötchen in die Tüte zurück. Sie drehte den Deckel der Saftflasche auf und sah auf ihr Handy. Keine Nachrichten. Sie rief Ryan an. Er klang einigermaßen fröhlich. Er hatte mit Rosie gesprochen, und sie hatte den Antrag auf einstweilige Verfügung zurückgezogen und versprochen, ihn Georgia an den Wochenenden sehen zu lassen.

Sie blickte über die Straße. Ein magerer brauner Hund – weit und breit kein Herrchen in Sicht – pinkelte an einen Mülleimer.

»Und ich habe ein zweites Vorsprechen für eine Honda-Fernsehwerbung und eine Audition für ein Ausbildungsvideo für Krankenhausmitarbeiter.«

Brigitte machte Oooh und Aaah und trank ihren Saft. Ein verlottertes Teenagerpärchen ging Hand in Hand die Straße entlang. Das Mädchen sah schwanger aus, der Junge bekifft. Sie hielten an und spähten durch das Fenster der Apotheke. Brigitte drehte den Kopf in Richtung Gerichtsgebäude und erblickte Aidan und die verdammte Carla, die gerade aus dem Wagen stiegen. Sie verschluckte sich an ihrem Getränk.

»Alles in Ordnung?«, fragte Ryan.

Aidan und Flanagan sprachen ein paar Worte mit den Teenagern, überquerten dann die Straße und gingen zum Café. Brigitte behielt sie im Rückspiegel im Blick und sah, wie sie sich an einen Tisch im Freien setzten. »Tut mir leid, ich muss los, Ryan. Ich rufe später wieder an.«

Ein Kellner kam und nahm die Bestellung auf. Aidan setzte eine Sonnenbrille auf, Flanagan zog eine Zigarette aus der Schachtel und hielt sie ihm hin. Aidan steckte sie in den Mund, betastete seine Jackentaschen und zog das goldene Feuerzeug hervor. Er zündete beide Zigaretten an und gab Flanagan das Feuerzeug, sie lachte und hielt es fest. Sie blies eine graublaue Rauchwolke aus. Sie redeten und lächelten. Der Kellner brachte Kaffee. Flanagan rückte ihren Stuhl näher an Aidan heran. Sie trank Kaffee, sah ihn über den Rand ihrer Tasse hinweg an und hörte aufmerksam zu, was er zu sagen hatte. Aidan löschte seine halb gerauchte Zigarette im Aschenbecher. Flanagan berührte seine Schulter und schien ihn wegen irgendetwas aufzuziehen. Brigitte schüttete den

Apfel-Johannisbeer-Saft über ihre Bluse und auf den weißen Sitz des Gip TV-Autos.

Als sie Tate aus der Apotheke kommen sah, drehte sie den Schlüssel im Zündschloss. Er sah sich nach beiden Seiten um und galoppierte lächelnd über die Straße.

»Beeil dich«, sagte sie, als er einstieg. Ein Hupen, als sie aus der Parklücke fuhr und jemandem den Weg abschnitt. Tate beschwerte sich, dass er den Sicherheitsgurt noch nicht anhatte.

## 32

Straßen, Dörfer, Landschaften zogen vorbei, ohne dass Brigitte etwas davon mitbekam. Sie war froh, als Tate einschlief, sie wollte nicht reden. *Aidan und Flanagan im Café. Sie trinken einfach nur Kaffee. Mehr nicht.* Sie stellte leise Radiohead an, hoffte auf einen Rat von Thom Yorke. *Er würde nicht, er könnte nicht. Wie konnte er?* »Karma Police«.

Kurz hinter Rosedale fuhr sie über ein Holzbrett. Sie warf einen Blick in den Rückspiegel und hoffte nur, dass das keine Dachnägel waren, was da aus dem Holz herausstach.

Der Reifen hielt noch etwa zehn Kilometer, dann begann der Wagen zu schlingern. Brigitte fuhr an den Straßenrand.

»Was ist los?« Tate öffnete die Augen.

»Weißt du, wie man einen Reifen wechselt, Tate?«

Er schüttelte den Kopf. »Warum stellst du dich nicht einfach an die Straße und wartest, bis jemand hält?«

»Und warum stellst du dich nicht an die Straße, bis jemand hält?« Sie legte ihren Kopf auf das Lenkrad.

Tate berührte ihre Schulter. Sie schüttelte seine Hand ab. »Wir müssen den RACV rufen.«

Als sie zurück ins Büro kamen, diskutierten Cam und Kumiko gerade am Empfang über irgendetwas. Brigitte hatte das Gefühl, gleich in Tränen ausbrechen zu müssen, als sie sich auf Cams Standpauke für ihre lange Abwesenheit vorbereitete. Sie setzte zu einer Erklärung über den platten Reifen an.

»Oh, mein Gott, Brigitte«, sagte Kumiko.

Sie sah auf ihre Bluse herab und zog den Secondhandmantel darüber. »Das ist nur Johannisbeersaft. Ein bisschen ist leider auch auf –«

»Wann bekomme ich meine Managerprovision?« Cam grinste.

»Was?« Sie blinzelte.

»Weißt du noch, die Bauernmarktwerbung?«, fragte Cam.

*Unvergesslich.*

»Nun, eine Castingagentur aus Melbourne hat sie gesehen und möchte dich vertreten.«

»Du wirst berühmt!« Kumiko machte einen kleinen Sprung und warf einen Absatz in die Höhe.

»Du sollst sie zurückrufen«, sagte Cam.

»Ich habe zu tun.«

»Ruf an«, sagte Tate, berührte ihren Ellbogen, drang wieder in ihre Privatsphäre ein. Sie wich zurück.

»Mach schon.« Cam hielt ihr ein Post-it mit einem Namen und einer Telefonnummer hin.

»Also gut.« Sie seufzte und sagte ihren Kollegen, sie sollten sich verziehen. Sie brauchte einen Moment, um sich zu sammeln und zu überlegen, was sie sagen würde. Sie schrieb ein kleines Drehbuch: Ihre Mutter und ihr Bruder waren beide Schauspieler, ihr Auftritt in der Lokalwerbung hatte ihr Freude gemacht, in jüngeren Jahren hatte sie ein bisschen gemodelt – nein, das sollte sie lieber nicht erwähnen.

Es könnte Spaß machen – was immer das war, sie konnte

sich kaum noch daran erinnern. Und ein bisschen Extrageld bringen. Und Ablenkung wäre auch ganz gut. Ein Bild von Aidan und Flanagan beim Küssen ließ Tränen hochsteigen. *Hör auf! Sie haben nur Kaffee getrunken.* Sie räusperte sich und rief Sandra Johansson von SJ Talent Management an.

Sandra sprach mit einem aufgesetzten britischen Akzent, ähnlich wie Joan nach ein paar Gläschen. Sie sagte, sie habe Brigitte für ein Vorsprechen für einen Coles-TV-Werbespot bei Zac Gecko Casting am kommenden Mittwoch gebucht. Brigitte würde ihr ein Foto zur Verfügung stellen müssen, das von einem der professionellen Fotografen auf Sandras Liste stammen musste, eine Mitgliedsnummer der Künstlergewerkschaft MEAA beantragen und eine Agenturaufnahmegebühr bezahlen. Da Ryan sie vor betrügerischen Agenturen gewarnt hatte, wollte sie gerade dankend ablehnen, als Sandra ihr sagte, was bei dem Coles-Spot zu verdienen war (eine Menge mehr, als Gip TV seinen Stars bezahlte) und dass sie das Foto und die Gebühr hinterher organisieren könne.

Als Sandra aufgelegt hatte, fing Brigitte automatisch an, Aidans Nummer zu wählen. Sie brach ab und rief stattdessen Ryan an. Er beschrieb ihr, was sie bei dem Vorsprechen erwarten werde, und versprach, ihr eine E-Mail mit Stimmübungen zu schicken. »Und solltest du richtig nervös sein, besorg dir beim Arzt Inderal.«

»Du weißt, dass ich so was nicht nehmen darf.«

»Ein paar Betablocker werden dir nicht schaden. Wenn du sie nicht mit Valium, Schlaftabletten und einer halben Flasche Whisky mischst«, sagte der Topf zum Deckel.

»Ryan!«

»Sorry. Bitte, bitte, darf ich es Joan sagen? Sie wird grün vor Neid sein.«

»Nein, das will *ich* machen.«

»Bist du sicher, dass du nicht noch mit uns anstoßen willst?« Tate und Johnno standen an der Studiotür.

»Ich habe eine Ersatzbluse, die du dir leihen kannst«, sagte Kumiko mit einem Blick auf Brigittes Fleck.

Cam hielt schon den Finger über die Alarmanlage und drängte.

Brigitte dachte wieder an das Café und bat die anderen, kurz zu warten. Sie rief Aidan an und sagte ihm, dass er die Kinder abholen müsse, sie werde mit den Kollegen noch etwas trinken gehen. Er legte Protest ein – er wollte zum Boxtraining.

»Und du musst dich ums Essen kümmern.«

»Aber –«

Sie legte auf.

## 33

Die Gerüche und Geräusche des Pubs erinnerten Brigitte an die Kindheit. Hopfen und das Klirren von Gläsern, Kartoffelchips und Limonade zum Abendessen, Donkey Kong auf dem Spielautomaten. Und einschlafen – und Krämpfe in den Beinen bekommen – unter dem Billardtisch, wenn Joan Freunde unterhielt.

Kumikos kleine Absätze klickerten über den Hartholzboden, als das Gip TV-Team die vordere Bar betrat. Goldrauscharchitektur, braune Ziegel, Holz und gefärbtes Fensterglas. Sie setzten sich an einen Tisch neben dem Kamin. Brigitte zog Schal und Mantel aus und warf beides über die Stuhllehne. Das schwarze Top, das Kumiko ihr geliehen hatte, war ein bis zwei Größen zu klein. Tate zog seine Jacke aus. Sein Westernhemd war noch so ein Relikt aus Brigittes Kindheit. Oder waren die wieder in Mode? Er setzte sich neben Johnno ihr gegenüber.

Cam fragte, was sie trinken und essen wollten, und wedelte mit der Gip TV-Kreditkarte. Kumiko bestellte Fisch und einen Wodka mit Limonade. Tate und Johnno entschieden sich für Steak und Bier. Brigitte sagte, sie habe keinen Hunger, wolle nur etwas trinken – ein Glas Rotwein. Cam ging zur Bar.

Kumiko legte ihre glatte, kühle Hand auf die von Brigitte, hielt den Kopf schief und fragte, ob alles okay sei.

»Ich habe seit eben eine Schauspielagentin.« Sie konnte ihr Lächeln nicht bis zu ihren Augen zwingen und zog die Hand weg. »Mir geht es gut, Kumi. Wirklich.«

»Du kannst jederzeit mit mir reden.«

Brigitte nickte. *Komm schon, Drink*. Sie sah Cams Rücken an und verschränkte die Finger auf der Glasscheibe des Holztisches. Es musste extra starkes Spezialglas sein. Der Pub wirkte nicht wie die Art Etablissement, in dem die Gäste mit ihren Gläsern nach einem langen Abend besonders zartfühlend umgingen.

Eine Gruppe verschwitzter Männer in zerrissenen Jeans und schwarzen T-Shirts trug Gitarren und Musikequipment durch den Raum.

»Spielt hier heute Abend eine Band?«, fragte Brigitte.

»Du kommst nicht viel raus, oder?«, sagte Tate.

Cam stellte die Getränke auf den Tisch. Sie hoben die Gläser auf Brigittes unmittelbar bevorstehenden Ruhm und Reichtum. Brigitte trank ihren Wein in großen Schlucken. In der Tasche klingelte das Handy, sie fischte es heraus.

Aidan. Sie zögerte, nahm dann an.

»Wann kommst du nach Hause?«, fragte er.

»Weiß ich nicht. Sind die Kinder im Bett?«

»Fast. Weißt du, wo die Fernbedienung für den Fernseher ist?«

»Ich kann dich nicht hören, ich muss Schluss machen.«

»Ich finde die Fernbedienung nicht.«

*Erzähl doch der verdammten Carla Flanagan deine Probleme.* Sie legte auf und steckte das Handy vorsichtig in die Tasche zurück. Nach dem nächsten großen Schluck war ihr Glas fast leer.

»Was bist du, ein Fisch?«, fragte Cam.

»Ich habe doch gesagt, dass ich keinen Hunger habe – Oh, wie Tate schon bemerkte, ich komme selten raus.«

Kumiko wollte wissen, was Brigitte zum Vorsprechen anziehen würde. Sie hatte noch keinen Gandanken daran verschwendet. »Nicht zu aufgetakelt. Sportlich-schick, aber keine Jeans.« Kumiko trank ihr Getränk durch einen Strohhalm. »Make-up, aber der natürliche Look – nicht zu viel. Neutraler Lippenstift.«

Brigitte nickte, hörte nicht wirklich zu.

»Ich mag deinen neuen Mantel«, sagte Kumiko.

Brigittes Glas war leer, sie sah sich um. Die anderen hatten alle noch – außer Tate, aber sie tat so, als würde sie es nicht bemerken, und ging an die Bar, um mehr Wein zu bestellen. Hinter der Bar standen zahlreiche bunte Flaschen aufgereiht, eine Karte pries Cocktails mit Namen wie *Cocksucking Cowboy* und *Sex on the Beach* an.

»Hi, Brigitte.«

Sie drehte sich um und entdeckte Jeremy neben sich. Er war glattrasiert, und sein khakifarbenes Hemd betonte die Farbe seiner Augen.

Sie lächelte. »Ist die Fähre wieder repariert?«

»Ja.«

»Scott wieder da?«

Er nickte.

Die Barfrau schenkte Brigitte Wein ein, als sie das Glas

nahm, war ihr bewusst, wie eng Kumikos Top über ihren Brüsten lag. »Was für einen Hund haben Sie eigentlich?«

Er las die Rennergebnisse auf dem Fernsehbildschirm. »Einen Rottweiler.«

Sie hatte im Geiste etwas Kleineres und Flauschigeres durch sein ordentliches Lebkuchenhaus laufen sehen.

»Sie haben es gut.« Sie seufzte. »Ich vermisse meinen Hund sehr, er war mein bester Freund.«

»Weiß man schon, wer es getan hat?«

Sie schüttelte den Kopf. Die Schweinwerfer eines vorbeifahrenden Wagens ließen den Rand der polierten Bar aufleuchten.

»Das ist einer der längsten Bartresen im Land«, sagte Jeremy.

Sie betrachtete den Tresen – er war kreisförmig, zog sich durch alle Hinterräume.

Jeremy sah an ihr vorbei. »Ist Aidan da?«

»Nein. Ich bin mit Arbeitskollegen hier. Und Sie?«

»Allein. Ich habe bei einem Kumpel in der Nähe was vorbeigebracht und genehmige mir einen Drink, bevor ich wieder nach Hause fahre.«

»Wollen Sie sich zu uns setzen?« Sie deutete mit einem Kopfnicken auf ihren Tisch.

Jeremy folgte ihr mit seinem Bier in der Hand. Cam sagte, ihr Handy habe wieder geklingelt. Diesmal stellte sie es ab. Cam und Kumiko wechselten einen Blick. Dachten die, sie würde es nicht mitbekommen?

Das Essen kam, dazu eine Schüssel Pommes frites, die Cam für Brigitte bestellt hatte, damit sie etwas aß.

»Danke, Dad«, sagte sie und teilte sie mit Jeremy.

»Der neue Symons-Homes-Vertrag sieht interessant aus«, sagte Kumiko.

Cam stimmte zwischen zwei Bissen Ribeye-Steak begeistert zu.

Brigitte trank ihren Wein aus und hielt das leere Glas in die Höhe. »Wer hat den Barmann erschossen?«

Jeremy lachte.

»Ist das nicht der Name eines Rennpferds?«, fragte Cam.

Brigitte hatte gedacht, es sei ein von Joan erfundenes Sprichwort.

»Noch eine Runde?« Jeremy stand auf. Kumiko schüttelte den Kopf. Ein Drink war genug für sie.

»Ich habe noch, danke.« Cam legte eine Hand auf seinen Gin and Tonic.

Tate und Johnno hielten die Zeigefinger hoch. Jeremy fragte Brigitte, ob sie den Shiraz oder den offenen Cab Sav trinke.

»Egal. Ich nehme alles.«

Kumiko sah sie mit einem mütterlichen Blick an – einem *besorgten* mütterlichen Blick, nicht wie der von Joan.

»Hol vielleicht gleich eine Flasche«, sagte Brigitte.

»Hast du irgendeinen Lieblingswein?«

»Jeder Wein ist mein Liebling, Jeremy.«

»Mach langsam, Brigitte«, sagte Cam leise.

Brigitte sah ihn aus unschuldigen Augen an.

»Ich trinke bei Brig mit«, sagte Tate.

»Und du auch, Tate«, sagte Cam. »Keiner von euch wird noch in der Lage sein, nach Hause zu fahren.«

Brigitte hatte keine Lust, nach Hause zu fahren. »Die Polizei könnte mich anhalten?« Sie lachte.

Hinten begann die Band, ihre Instrumente zu stimmen.

»Ich liebe Cold Chisel«, sagte Johnno.

*Im Ernst?* Müsste er nicht auf Junge-Leute-Musik stehen? Sie legte den Kopf schief und sagte: »Ich dachte, die haben sich getrennt.«

Tate und Johnno lachten. »Das ist eine Coverband.« Tate sagte: »Cold Sizzle.«

»Wow. Ich Dummerchen. Klingt toll. Ich sollte *wirklich* öfter raus.«

Jeremy stellte eine Flasche und zwei Gläser zwischen Brigitte und Tate. Beim Einschenken verschüttete Brigitte ein bisschen auf ihre Hand und den Tisch. Sie leckte die Hand ab. »Prost, Tate.« Sie stießen an. »Ein Glück, dass sie die Band nicht Cold Pizzle genannt haben.« Sie lachte und verschluckte sich am Wein.

Cam und Kumiko sahen sie mit gerunzelter Stirn an.

Sie hustete. »Was? Das ist witzig. Cold Pizzle. Weißt du, was Pizzle heißt, Tate?«

»Nicht so laut, Brig«, sagte Cam.

»Was denn?«, fragte Tate.

»Ich weiß es«, sagte Jeremy. »Ochsenpenis.«

Brigitte lachte, bis ihr die Tränen kamen.

Nachdem sie gegessen hatten, räumte ein Kellner die Teller und Gläser ab. Johnno entschuldigte sich und ging zur Band hinüber. Tate schloss sich ihm an – er hatte gesehen, dass der Drummer ein Freund von ihm war, oder wahrscheinlich eher, dass das Mädchen in der ausgefransten Shorts jung genug war, um ihn auch noch am nächsten Morgen interessant zu finden. *Gut*. Brigitte lächelte verächtlich.

»Lass es nicht an ihm aus, Brig«, sagte Cam.

»Warum nicht? Er nervt.«

Der Pub füllte sich mit Männern in Flanellhemden und ein paar Frauen. Cam trank sein Glas aus, stand auf und fragte Jeremy, was er trinken wolle.

»Ein Bier, danke.«

Brigitte drehte die Weinflasche um – sie war leer.

»Und Brigitte hat genug gehabt«, sagte Cam.

Sie zog eine Schnute.

»Schon gut«, sagte Jeremy. »Ich hole was für Brigitte und mich.«

»*Ich* hole«, sagte Cam. »Der letzte, Brig.«

»In dem Fall hätte ich gerne *Sex on the Beach*.«

»Verdammte Schwuchtel.« Ein Typ in einem Jimmy-Barnes-T-Shirt und Blue Jeans versetzte Cam im Vorbeigehen einen Stoß. Er stolperte einen Schritt nach vorne, schnaubte wütend und holte Luft.

»Ignorier es.« Kumiko tätschelte seinen Arm.

Als Cam von der Bar zurückkam, stand Kumiko auf und verkündete, dass sie gehe. Sie dankte Cam für das Abendessen und zog den Mantel an.

»Ich bringe dich zum Auto«, sagte Cam mit betrübtem Gesicht.

»Pass auf dich auf, Brigitte.« Kumiko gab ihr zum Abschied einen Kuss auf die Wange.

Brigitte nickte, sah sich ostentativ mit großen Augen im Pub um und nippte ihren süßlichen, orangefarbenen Cocktail.

Eisiger Wind fegte herein, als Cam und Kumiko aus der Tür traten.

Cold Sizzle hauten ihr erstes Stück heraus und machten jedes Gespräch unmöglich. Brigitte stützte das Kinn auf die Hand. Ihr Kopf fühlte sich schwer an, sie blickte hinab auf die verschütteten Weintropfen.

»Siehst du dir die Band noch an?«, brüllte Jeremy über die Musik hinweg, als sich Cam wieder zu ihnen setzte.

Cam schrie, das sei nicht wirklich seine Musik. Brigitte sagte, sie werde noch bleiben. Cam warf ihr einen väterlichen Blick zu. Die Band war gar nicht schlecht und klang mit jedem Schluck *Sex on the Beach* noch besser. Sie setzte ihr Glas mit Schwung auf dem Tisch ab, doch die Platte brach nicht – wie sie vermutet hatte: extra stark, betrunkenensicher.

Auf dem Weg zur Toilette durchquerte sie den schmuddeligen Musiksaal. Der Typ im Jimmy-Barnes-T-Shirt stand neben einem Glatzkopf, beide nickten im Takt der Musik mit dem Kopf und verschütteten Bier auf ihre Hände. Der Jimmy-Barnes-Typ sah sie an und zwinkerte. *Wenn bloß Aidan das sehen und eifersüchtig sein würde.*

In der Kabine schwankte sie und stieß mit der Schulter gegen die Wand. Eine Weile saß sie mit dem Kopf in den Händen auf der Toilette, die Wände drehten sich. »Aidan«, flüsterte sie und schniefte. »Aidan, Aidan, mein Licht.«

Sie seufzte, bekam Schluckauf und tastete nach dem Toilettenpapier. *Verdammt* – es war keins mehr da. Sie hob den Kopf und schnitt sich im Kampf mit dem Spender um die Klopapierpapprolle, die sie statt Toilettenpapier benutzen wollte, den Daumen auf.

Als sie herauskam, standen zwei junge Frauen mit langen Tennispielerinnenbeinen und kurzen Kleidern vor dem Spiegel. Sie besserten ihr Make-up nach und sprachen über einen blonden Typen, den sie beide vögeln wollten. Vermutlich Tate. Sie versperrten den Zugang zu den Waschbecken.

»Entschuldigung«, sagte Brigitte. Ohne sie eines Blickes zu würdigen, bewegte sich eine Frau leicht aus dem Weg, damit Brigitte sich die Hände waschen konnte. Ihre Wangen waren rot, die Augen blutunterlaufen. Sie spritzte sich kaltes Wasser ins Gesicht, strich sich über die Haare, richtete sich auf und zog den Bauch ein. Sie sah müde aus, alt. Sie sah aus wie Joan. Was zum Teufel machte sie hier?

Auf dem Rückweg in die Bar stellte Jimmy Barnes sich ihr in den Weg. Sie lächelte und bat ihn, sie vorbeizulassen.

»Ich will erst einen Kuss.«

Vielleicht sah sie nicht so schlimm aus, wie sie dachte. Sie lachte, schwankte leicht, machte einen Schritt und dachte, er werde aus dem Weg gehen. Doch er wich nicht vom Fleck.

»Also, krieg ich jetzt 'n Kuss, oder wie?« Er stemmte die Hände in den Türrahmen, beugte sich zu ihr und leckte sich über die Lippen. Sie hörte auf zu lächeln. Sein Gesicht glänzte vor Schweiß, seine Augen waren glasig.

So etwas war ihr seit langem nicht mehr widerfahren, und sie wusste nicht, was sie tun sollte. Sie versuchte, an ihm vorbeizusehen, in die Bar, zu ihren Freunden.

»Du hältst dich wohl für zu gut für mich?«

»Was ist hier los?« Plötzlich stand Tate neben ihr.

»Geht dich gar nichts an«, sagte der Jimmy-Barnes-Typ. Er machte sich größer, plusterte sich auf wie ein Hahn.

»Lass sie durch«, sagte Tate.

Jimmy Barnes trat zur Seite. Als Brigitte vorbeihuschte, packte er ihren Hintern. Tate sagte etwas, das sie über die Musik nicht verstehen konnte. Doch sie hörte ein Krachen und dann ein Aufkeuchen. Als sie sich umwandte, lehnte Tate an der Wand und hielt sich die Nase.

Jeremy kam anmarschiert, die Arme pinguinartig seitlich von sich gestreckt, die Augen glänzend. Er wirkte größer als sonst, die Brust war geschwollen. Ohne ein Wort versetzte er dem Jimmy-Barnes-Typen einen rechten Haken. Brigitte hielt den Atem an und schlug die Hände vor den Mund, als der Kopf von Jimmy Barnes zur Seite zuckte. Er schwankte und knallte gegen die Wand. Dann griff er Jeremy mit einem verunglückten Schlag auf die linke Wange an. Jeremy drehte ihm den Arm um. Der Glatzkopf kam und warf sich in den Kampf. Keiner der beiden war Jeremy gewachsen. Cold Sizzle spielten »You Got Nothing I Want«.

Sicherheitsleute schwärmten an wie Fliegen bei einem Barbecue. Brigitte zog den Kopf ein und duckte sich an ihnen vorbei zu Tate, der auf dem Boden hockte. Sie holte einen Stapel Papierservietten von der Bar, kniete sich neben ihn und half ihm, sie an die blutige Nase zu drücken. Gott, hoffentlich war sie nicht gebrochen.

»Es tut mir leid, Tate.«

»Nicht deine Schuld.«

Der Teppich klebte und hatte den Geruch von Millionen verschütteter Getränke in sich aufgesogen.

»Zeit, nach Hause zu gehen.« Cam stand mit ihren Jacken in der Hand vor ihnen. Er warf Brigitte ihren Mantel zu, sie griff daneben und hob ihn vom Boden auf. Cam hielt Tate eine Hand hin, um ihm aufzuhelfen.

Draußen kniff ihr die Kälte in Nase und Wangen, die Scheiben der an der verlassenen Straße geparkten Autos waren mit Eis überzogen. Ihr klingelten die Ohren.

»Ich habe schon lange keine Kneipenprügelei mehr erlebt«, sagte Cam, während er sich den Schal um den Hals wickelte, in der kalten Luft dampfte sein Atem.

»Ich auch nicht«, sagte Tate durch die blutgetränkten Servietten hindurch.

»Und ich hoffe zu Gott«, Cam blickte auf in den sternenlosen Himmel, »dass das die letzte war.« Seine glänzenden Schuhe klickerten über den Fußweg. »Muss schon lange her sein, dass sich zwei Kerle deinetwegen geprügelt haben, wie, Brig?«

Sie ignorierte ihn. Alkohol wirbelte durch ihren Kopf und drehte sich in ihrem Magen.

»Vier Männer.« Tate hatte Schluckauf.

Brigitte sah sich nach ihrem Wagen um, sie konnte sich nicht erinnern, wo sie ihn abgestellt hatte. Sie brauchte etwas, um sich anzulehnen.

»Ich fahre euch beide nach Hause.« Cams Wagen blinkte auf der anderen Straßenseite auf, als er ihn mit der Fernbedienung aufschloss. »Ihr könnt morgen früh wiederkommen und eure Autos holen.«

*Scheiße*. Was würde Aidan sagen?

»Wartet!« Jeremy kam mit abgespreizten Armen die Straße entlang auf sie zu marschiert.

Ging er vielleicht so, weil er einen Unfall gehabt hatte?

Cam stieß ein dunkles Knurren aus. Hinter Jeremy schimmerte die braune Ziegelsteinwand des Hotels im aus den Türen und Fenstern fallenden Licht golden. Cold Sizzle spielten »Flame Trees«.

»Ich fahr dich nach Hause, Brig«, sagte Jeremy. Seine linke Wange war rot und geschwollen, ein blauer Fleck zeichnete sich ab.

Cam runzelte die Stirn.

»Ist schon gut«, sagte Jeremy. »Ich hatte nur drei Leichtbiere.«

Brigitte lehnte sich an den Mülleimer und betrachtete den mit Kaugummipocken gespickten Fußweg.

»Bist du damit einverstanden?«, fragte Cam.

Sie nickte und gab ihm einen Gute-Nacht-Kuss auf die Wange. Es schien sinnvoll – so sinnvoll, wie in diesem Moment irgendetwas erscheinen konnte. Für Cam wäre es eine vierstündige Fahrt auf die Insel und zurück. Tate umarmte sie, blutete auf ihren Mantel, sang von Bäumen und müden Fahrern. Cam rief ihm zu, er solle sich beeilen, und ging über die Straße zu seinem Auto.

Brigitte richtete ihre ganze Konzentration darauf, in gerader Linie neben Jeremy herzulaufen – am Büro des örtlichen Parlamentsabgeordneten vorbei, dem Metron Homes Sales Centre, dem Handyladen. Als sie die Straße überquerten, hörte sie immer noch Tates Gesang, der irgendwie tröstlich war.

## 34

Jeremys roter Lieferwagen stand vor der Grundschule geparkt. Brigitte steckte die Hände in die Taschen und lehnte sich an den Eisenzaun, während er die Tür auf der Beifahrerseite aufschloss. Das Innenlicht leuchtete nicht automatisch auf, er streckte die Hand aus und stellte es an. Er räumte Dinge vom Sitz: Kleidungsstücke und ein paar Reinigungsmittel. Ein Schal oder Tuch mit den Initialen von Lang's Hardware hing über den Rand eines Eimers – er kaufte seine Lappen wohl auch dort. *Muss ich Harry erzählen*. Er schmiss alles nach hinten, unter die Plane.

Der Innenraum roch nach verbranntem Plastik und dem Geist eines Lufterfrischers, der Sitz war eiskalt. Nach einigem Protest sprang der Wagen an. Die Stereoanlage leuchtete auf und spielte »When A Man Loves A Woman«. Es klang nach Cold Sizzle.

»Magst du diese Musik?«, fragte Jeremy.

»Nicht wirklich.«

Er stellte sie ab. »Was magst du?«

»Tom Waits.« Da ihre Worte leicht verzerrt klangen, behielt sie ihre weiteren Musikvorlieben für sich.

»Ich muss sie nur erst ein bisschen aufwärmen«, sagte er, sich die Hände reibend. Während er seine verwundete Wange im Rückspiegel betrachtete, verzog er das Gesicht wie beim Rasieren.

Brigitte zog sich den Mantel fester um die Schultern. Als Jeremy die Heizung anstellte, blies ihr staubige Luft ins Gesicht. Im Seitenspiegel sah sie eine Gruppe Männer aus dem

Pub stolpern und sich auf der Straße umsehen. Ihr wurde übel.

Jeremy machte die Scheinwerfer an und fuhr zu schnell auf die Straße. Er wendete mit quietschenden Reifen, der Wagen schlingerte, und ihr Kopf schlug gegen die Nackenstütze. Im Kreisverkehr nahm er die erste Ausfahrt in Richtung Schnellstraße.

Sie lehnte sich zurück und schloss die Augen. Weil alles sich zu drehen begann, öffnete sie die Augen wieder und starrte die Linie an, an der die Windschutzscheibe auf das Armaturenbrett traf – wenn sie den Kopf stillhielt und immer nur dorthin schaute, wäre alles in Ordnung. Wie damals, als sie auf der *Spirit of Tasmania* seekrank geworden war und den Blick immer auf den Horizont gerichtet hatte.

Jeremy fragte, ob alles in Ordnung sei. Sie murmelte etwas und nickte leicht, ohne den Armaturenbretthorizont aus den Augen zu lassen. Als er ihr Fenster ein kleines Stück herunterließ, fuhr sie zusammen. Der kalte Wind in ihrem Gesicht war das Beste, was sie je gefühlt hatte, sie sog die frische Luft ein.

Nachdem sie eine Weile gefahren waren, wagte sie einen zweiten Versuch, die Augen zuzumachen. Es blieb alles relativ still.

»Ich weiß, was du durchmachst«, sagte Jeremy. »Ich war verlobt, aber es hat nicht geklappt.«

Die Scheinwerfer entgegenkommender Autos erhellten die Innenseite ihrer Augenlider.

»Nach dem Tod meiner Schwester bin ich depressiv geworden. Jemanden zu verlieren, den man liebt, ist schwer. Ich stand eine Weile neben mir, und meine Verlobte konnte damit nicht umgehen. Ich kann ihr keinen Vorwurf machen.«

Sie war sich nicht sicher, ob sie träumte, als Jeremy Scott anrief und bat, mit der letzten Fährfahrt zu warten.

Weiße Linien flitzten unter dem Wagen hindurch, das Licht erfasste verzerrte Gesichter in den Bäumen. Sie und Tate saßen nebeneinander auf dem Anleger. Ein Delfin sprühte Blut aus seinem Atemloch und sprang einen Bogen vor dem vollen Mond. Tate schubste sie ins Wasser.

Sie fuhr zusammen und wachte auf, ihr Mund war voller Speichel. Sie schluckte und schluckte, war überzeugt, gleich Jeremys Wagen vollzukotzen, behielt es aber unten. Sie hatten Paynesville erreicht, *Gott sei Dank*. Sie holte die Wasserflasche und Pfefferminzbonbons aus ihrer Handtasche.

Die Esplanade war menschenleer. Die Fähre wartete – das rote Licht am zur Insel hin gelegenen Ende leuchtete. Scott war auf die Entfernung als graue, schlaksige Gestalt auf dem Oberdeck zu erkennen. Jeremy fuhr am Bateau House und am Mariner's Cove Hotel vorbei und im Bogen auf die Wartefläche für die Fähre.

Es waren keine anderen Fahrzeuge oder Passagiere an Bord. Während die Fähre übersetzte, starrte Jeremy geradeaus, die Hände lagen auf dem Lenkrad. Die Knöchel waren rot, zwischen dem Daumen und dem Zeigefinger der linken Hand klebte ein Pflaster auf der Haut. Über die Geräusche des Windes und der Fähre hinweg vernahm Brigitte Fetzen von Country Music: »A Good Year For The Roses«.

Als sie von Bord fuhren, winkte Scott ihnen nach. Bis auf wenige Hauslichter und das Leuchten der Telefonzelle am Park war es dunkel. Brigitte sah in den Seitenspiegel. *Den Rückweg hat sie nicht angetreten, nein.* War das Fährlicht eines der letzten Dinge, die Maree Carver in ihrem Leben gesehen hatte?

Jeremy nahm die Seventh Parade anstatt der Fourth Avenue. Brigitte sah ihn stirnrunzelnd an.

»Eine Abkürzung«, sagte er.

Nach sechs Monaten auf der Insel kannte sie immer noch nicht alle Abkürzungen.

Sie sah zuerst das Licht einer Taschenlampe, dann eine große, schlanke Gestalt, die vor ihnen um die Ecke bog und auf Jeremys Wagen zukam.

»Dein Empfangskomitee«, sagte Jeremy, als ihm das Licht in die Augen schien und er blinzelte. Er drosselte das Tempo und kam am Park zum Stehen.

Sie kam sich vor wie ein ungezogener Teenager. *Erwischt*. Aidan öffnete die Beifahrertür. Brigitte dankte Jeremy fürs Mitnehmen. Als sie aus dem Wagen kletterte, fühlte sie sich blass und zerbrechlich.

Aidan stand breitbeinig mit verschränkten Armen vor ihr und starrte finster ihre Schulter an, sie sah an sich herunter und entdeckte Tates Blut auf ihrem Mantel. Jeremy fuhr davon, der Schotter unter den Reifen knackte.

»Warum zum Teufel bist du nicht ans Telefon gegangen?« Aidans Augen waren im Licht der Telefonzelle wie zwei schwarze Lachen. »Ich dachte, dir sei was passiert!«

Sie wandte sich um und ging in Richtung ihres Zuhauses, lief gegen einen Baum. Er stapfte hinter ihr her.

Das Verandalicht brannte. Die Tür wurde aufgeschoben, Harry trat aus dem Haus. »Brig«, sagte er aus dem Mundwinkel, klopfte Aidan im Vorbeigehen auf die Schulter und ging nach nebenan.

Brigitte hastete ins Haus.

»Komm zurück. Wir müssen reden!«, schrie Aidan.

Sie rannte ins Badezimmer und erbrach Rotwein und *Sex on the Beach* in die Toilettenschüssel, auf ihre Haare und ihre Schuhe.

## 35

Aidan brüllte aus der Küche, sie solle aufstehen und die Kinder zur Schule bringen. Seine Gefahrenabwehrstimme? Sie zog sich das Kissen über den Kopf und stöhnte, als Ella auf sie draufsprang. »Mummy fühlt sich nicht gut«, sagte sie. »Könntest du mir bitte meinen Morgenmantel und die Hausschuhe bringen?«

Sie hörte Ella den Morgenmantel vom Haken an der Tür ziehen, spürte, dass er aufs Bett geworfen wurde.

Langsam setzte sie sich auf. Sie hatte in ihrer Kleidung geschlafen, die BH-Träger waren verdreht und schnitten ihr in die Schultern. Das Kissen war mit Make-up verschmiert, und der Mantel lag ausgestreckt auf dem Boden wie ein totes Kaninchen. Sie schob ihre Füße in die Hausschuhe. Ihr Mund schmeckte nach Katzenstreu, zwischen der Kehle und der Nase steckten Brocken von Erbrochenem fest. Sie tastete nach den Papiertüchern auf dem Nachttisch, putzte sich die Nase, fühlte sich schwindelig und musste sich wieder hinlegen. Aidan brüllte noch lauter. Besteck knallte auf Geschirr, und Ella sagte ihm, dass Mummy sich nicht so gut fühle.

»Mummy fehlt nichts. Sie glaubt nur, sie wäre wieder zwanzig. Ist sie aber nicht.«

»Bist du zwanzig, Daddy?«

»Bisschen älter. Jetzt geh und zieh dich an.«

»Bist du siebenundsechzig?«

»Komm in die Gänge.«

Brigitte schaffte es ins Badezimmer, schloss die Tür, hockte würgend vor der Toilette und legte sich dann eine Weile auf die kalten Fliesen, bevor sie die Dusche anstellte. Weil ihr zum Stehen die Kraft fehlte, setzte sie sich auf den Boden der Dusche und wusch sich das Erbrochene aus den Haaren.

*Dumm, Brigitte. Dumm, dumm, dumm. Lernst du es nie?* Sie zog die Knie an die Brust. Ihr Bauch tat weh, als hätte sie Hunderte Sit-ups gemacht. Das warme Wasser auf ihrem Rücken war ein kleiner Trost. Bis Aidan die Waschmaschine auf Heißwäsche stellte.

Als sie in die Küche kam, beendete Aidan ein Telefonat und steckte sein Handy in die Tasche. Er trug wieder sein Flanellhemd. Freier Tag? Sie hatte keinen Überblick mehr über seinen Dienstplan. Und sie hatte ihn seit einer Weile nicht mehr richtig angeschaut. Er sah gut aus – fit vom Boxen, das Haar zerzaust.

In der Metallseite des Toasters fing sie ihr Spiegelbild auf: Sie sah nicht gut aus. Sie schenkte sich Kaffee ein – *verdammt*, die Milch war alle –, hockte sich an die Frühstücksbar und stützte den Kopf auf die Hände. »Du wolltest reden?«

»Jetzt nicht mehr.« Er trank seinen Kaffee aus, spülte den Becher ab und stellte ihn in die Spülmaschine. Sein Telefon klingelte, er ging damit hinaus auf die Veranda und schob die Tür hinter sich zu.

*Wer das wohl ist?* Sie warf eine Berocca in ein Glas Wasser und sah der orangenen Brausetablette dabei zu, wie sie wie ein außer Kontrolle geratenes Raumschiff gegen die Glaswand zischte.

Mit neuen Sorgenfalten auf der Stirn kam Aidan in die Küche zurück. »Ein paar Teenager sind gerade aufs Revier gekommen und haben gestanden, Zippy getötet zu haben.«

Sie setzte sich auf.

»Waren anscheinend voll auf Crystal Meth.«

»Arschlöcher.« Wut vermischte sich mit Erleichterung. Gott sei Dank hatte sie Aidan nichts von Kapitel fünfzehn gesagt. »Was passiert jetzt mit ihnen?«

»Sie kommen mit einer Anklage wegen Tierquälerei vors Jugendgericht.«

»Und?«

»Eine Geldstrafe. Bewährung.«

»Das meinte ich nicht.«

»Es ist zu früh zu sagen, ob eine Verbindung besteht.« Er ging zur Tür.

»Kannst du die Zwillinge in die Schule bringen?«

»Wo ist *dein* Auto?«

»Traralgon.«

»Verdammt!«

Sie zuckte zusammen, als er seine Schlüssel vom Haken riss.

»Vielleicht fährt dich Jeremy hin, damit du ihn holen kannst?« Er ging zum Wohnzimmer.

»Wo willst du hin?«

Er wandte sich in der Tür um. »Die Zwillinge holen. Was hast du denn gedacht?«

»Und dann?« *Wieder angeln? Oder vielleicht etwas Anstrengenderes?*

»In dem Haus, in dem Ray wohnt, wird eine Wohnung frei. Die wollte ich mir mal ansehen.«

*Bäng*: Ihr Herz krachte gegen die Rippen. Er ging, um die Zwillinge anzutreiben.

Als er wieder durch die Küche kam, öffnete und schloss sie ein paarmal den Mund, doch sie konnte nichts sagen, die Worte steckten fest. Er nahm seine Geldbörse vom Tisch, schob sie in seine hintere Jeanstasche und ging. Die Zwillinge trödelten hinter ihm her, gaben Brigitte im Vorbeigehen einen Kuss, die Schultaschen schlingerten auf ihren Rücken.

Sie betrachtete das Hochzeitsfoto an der Wand. Aidan todschick in einem dunkelgrauen Anzug, Brigitte in einem petrolblauen Kleid. Hinter ihnen die Beton-und Kupfer-Rotunde und die Ulmen in den Edinburgh Gardens in North Fitzroy. Sie war mit Ella schwanger, aber man sah es nicht – nur in dem Leuchten auf ihrem Gesicht, obwohl sie immer den Fotografen verdächtigt hatte, mit Photoshop gearbeitet zu haben. Es gab nur diesen einen Abzug des Bildes. Sie würden eine Kopie machen lassen müssen. *Oder es einfach in der Mitte durchschneiden!* Sie schniefte. Nein, sie würde es behalten. Er würde sich bestimmt ein neues besorgen.

Das Bild war von Schnappschüssen umgeben: die Kinder und Zippy, Familienunternehmungen, ein Schwarz-Weiß-Foto eines jungen, gutaussehenden Opapa beim Angeln in seinem alten Blechboot auf dem Lake King. Neben den Fotos hing Aidans Rothko-Druck *Four Darks in Red*: vier flache Vierecke in verschiedenen Rotschattierungen, von Purpur ganz unten bis Leberbraun ganz oben. Wenigstens würde sie das Bild nicht mehr sehen müssen. Sie hatte ihm nie gesagt, dass sie es nicht mochte. Es erinnerte sie an Blutflecken. Sie wischte sich über die Augen und nippte ihren schwarzen Kaffee.

Sie rief nach Ella. Alles okay, sie schaute eine Wiggles-DVD. Brigitte ging wieder ins Bett.

Immer noch hingen einige von Zippys Haaren an der Bettdecke. Sie machte ein paar Anrufe und organisierte die Heimfahrt der Zwillinge nach der Schule.

Auf ihrem Handy traf eine E-Mail von Tate ein:

Hey Brig,

hat Spaß gemacht gestern Abend (abgesehen von der Prügelei). Der Nase geht's gut, nur ein bisschen dick, und Cam zieht mich gnadenlos auf deswegen. Ich hab gesehen, dass dein Auto noch hier steht. Soll ich dich nach der Arbeit abholen und hinbringen?

Tx

Wie hatte er es zur Arbeit geschafft? Vielleicht hatte er nicht so viel getrunken wie sie. *Und er ist ein ganzes Stück jünger*, das durfte man nicht vergessen. Sie schrieb zurück, dass es zu weit sei, sie werde sich eine andere Möglichkeit organisieren, das Auto zu holen. Sie unterschrieb mit einem B und einem x und löschte das x wieder, bevor sie auf Senden drückte,

Es ist nicht zu weit.

Sag Bescheid, wann du meinen Roman lesen willst.

Tx

Sie konnte sich nicht erinnern, sich bereiterklärt zu haben, sein Manuskript zu lesen. Sie warf das Handy beiseite und vergrub das Gesicht im Kissen. Bald würde sie den Bettbezug wechseln, und dann würden die Gerüche, die letzten Spuren von Aidan und Zippy weggewaschen sein.

## 36

Kopfschüttelnd stand Brigitte mit einem gefalteten Wäschestapel auf dem Arm in der Tür zum Zimmer der Zwillinge. Phoebes Sachen waren von einem Ende des Raums bis zum anderen verteilt. Brigitte rief nach ihr, damit sie kam und aufräumte. Natürlich kam sie nicht. Brigitte kletterte die Leiter zum oberen Bett hoch, warf die saubere Wäsche auf Phoebes ungemachtes Bett und rief erneut nach ihr. Keine Antwort. Sie marschierte durchs Haus und suchte nach ihr – wahrscheinlich versteckte sie sich irgendwie mit iPod-Kopfhörern in den Ohren.

Draußen jagte Finn Ella mit einer Gummispinne durch den Garten. Brigitte fragte, ob sie ihre Schwester gesehen hätten. Da sie sie ignorierten und weiter rannten und kreischten, brüllte sie schließlich. Sie hielten an und schüttelten die Köpfe.

»Phoebe geht's gut«, sagte Finn.

»Wo ist sie?«

»Keine Ahnung.« Er setzte das Spiel mit Ella fort. Dieses gruselige Zwillingsding – normalerweise war es umgekehrt: Phoebe schien immer zu wissen, was Finn gerade trieb, vor allem, wenn es Unfug war.

Brigitte ging noch einmal durchs Haus. Phoebe war nicht da.

»Phoebe!« Ihr Kater war plötzlich verflogen. Ihre Haut kribbelte: der Moment der Panik, bevor die Kinder hinter irgendeinem Kleiderständer hervorspringen, wenn man gerade glaubt, sie im Einkaufszentrum verloren zu haben. *Hier bin ich!* Sie sah erneut in allen Räumen nach, ihr Blick streifte den Tresor im Schlafzimmer.

Der *Hier bin ich!*-Moment blieb aus, sie rief lauter. Eiswasser.

Sie griff nach ihrem Handy, rannte aus der Tür und befahl Finn, auf Ella aufzupassen – sie wolle nur nachsehen, ob Phoebe im Park war.

Vor dem Haus richtete eine Touristengruppe ihre Kameras auf einen Koala in einem Rutenförmigen Eukalyptus. Sie lief an ihnen vorbei und die Straße hoch, ihr Atem war nur noch kurzes, schmerzhaftes Keuchen. *Nicht überreagieren! Keine Panik. Keine Panik!* Das Kind springt immer hinter dem Kleiderständer hervor. Auf der Grünfläche an der Sackgasse begann sie zu laufen. Aus dem schmerzhaften Keuchen wurden kurze Schluchzer, als sie die Straße überquerte und auf den Park zu rannte.

Die Jungen, die Zippy und Maree Carver ermordet hatten, waren gefasst worden: Es gab keinen Grund, sich Sorgen zu machen. Phoebe spielte sicher mit einer Freundin oder war im Gebüsch auf Käferjagd. *Bitte, Phoebe, spring hinter dem Kleiderständer hervor.*

Ein junges, braungebranntes Paar grillte Würstchen. Ein rothaariger Vater machte Fotos von seinen Kindern an der Infotafel für Touristen – ihre Rotschöpfe steckten aus den Löchern über aufgemalten Koalakörpern. Zwei Jungs im Vorschulalter kletterten auf den Spielgerüsten herum, und eine Frau gab einem Kleinkind auf der Schaukel Schwung.

Das Licht war plötzlich zu grell und tat Brigittes Augen weh. Sie drehte sich immer wieder im Kreis, suchte den Spielplatz ab, das Ufer. Alles schien sich zu verlangsamen, das Kindergelächter wurde immer leiser. Oh, meine Phoebe. *Ich verspreche dir, wenn du jetzt hinter dem Kleiderständer hervorspringst, werde ich nie mehr böse auf dich sein.* Phoebe würde nicht hervorgesprungen kommen. Ihr war etwas zugestoßen, weil Brigitte eine schlechte Mutter war, die zu viel trank und ihre Familie vernachlässigte – genau wie Joan.

Sie lehnte sich an die Infotafel und rief mit zitternden Händen Aidan an.

## 37

Während sie darauf wartete, dass Aidan abnahm, blickte sie zum Fähranleger hinüber. Phoebe stand mit einer Plastiktüte in der Hand ganz vorne in der Schlange der Passagiere auf der Fähre. *Ich werde dich verdammt noch mal umbringen.* Sie stopfte ihr Handy in die Tasche und stürmte, ohne nach links und rechts zu sehen, quer über die Straße auf die Fähre zu. Ein Auto hupte.

Als Phoebe sie erblickte, leuchtete ein Lächeln auf ihrem Gesicht auf, das sofort wieder verschwand.

Sie kam von Bord, und Brigitte packte sie bei den Schultern – zu fest, die Finger gruben sich ins Fleisch ein. Phoebe zuckte zusammen. Brigitte dachte daran, wie Joan sie als Kind immer mitgeschleift hatte, freundlich lächelnd, ihre kleine Hand haltend, aber viel zu fest – mit den Ringen ihre Finger zerquetschend.

»Tu mir das ja nie wieder an«, zischte Brigitte durch zusammengebissene Zähne.

»Die Milch war alle. Ich bin nur rübergefahren, um dir welche zu besorgen.« Phoebes Unterlippe zitterte. »Ich dachte, du freust dich.«

»Du darfst nicht alleine rüberfahren.«

Jeremy kam angewatschelt. »Alles in Ordnung mit ihr. Ich hab sie im Auge behalten.« Er zwinkerte. »Wie bist du heute Morgen hochgekommen?«

»Gut«, sagte Brigitte und zog Phoebe am Arm mit sich.

Ella kam auf der Einfahrt auf sie zu gehüpft – an Steve Williams' Auto, Brigittes Wagen mit einem Strafzettel unter dem Scheibenwischer und Aidans Auto vorbei. Phoebe weinte und setzte sich gegen Brigitte zur Wehr, die sich weigerte, sie loszulassen. »Mummy tut mir weh«, sagte Phoebe. »Lauf weg, Ella, bevor sie dir auch noch wehtut.«

Brigitte ließ Phoebe los. Ella drehte sich um und rannte weg.

Finn war hinten im Garten und kickte mit Harry einen Fußball hin und her. Aidan und Steve öffneten auf der Veranda zwei Bierflaschen. Aidan hatte seine Kappe tief ins Gesicht gezogen. Steve sah immer noch sonnenverbrannt aus, aber vielleicht war er einfach immer rot. Die Mordabteilung musste ihn für die Vernehmung der Mistkerle, die Zippy getötet hatten, wieder hergeschickt haben.

»Deine Tasche hat mich schon wieder angerufen.« Aidan hielt sein Handy hoch, sah Steve kopfschüttelnd an und fertigte Brigitte mit einem Feixen ab.

Sie sah ihn wütend an und folgte Phoebe ins Haus.

»Ich hasse dich!« Phoebe stapfte in ihr Zimmer und knallte die Tür zu.

Brigitte knirschte mit den Zähnen, es war zu viel, sie war kurz davor, die Beherrschung zu verlieren. Sie ballte die Fäuste und rief nach Aidan. Er kam nicht. Sie rief wieder – brüllte. Er schlurfte in die Küche, schloss die Glastür hinter sich. Er schwankte leicht, trank einen Schluck Bier, stellte die Flasche auf der Frühstücksbar ab und wischte sich mit dem Handrücken über den Mund. »Was?«

Brigitte stützte sich mit den Händen auf die Frühstücksbar und senkte den Kopf. »Ich brauche Hilfe mit Phoebe.«

»Sie ist *deine* Tochter. Nicht meine.«

Langsam hob sie den Kopf.

Er hatte Schluckauf, nahm seine Kappe ab und strich sich das Haar aus dem Gesicht, glasige Augen forderten sie heraus. Er war mehr als betrunken. Sturzbesoffen. So hatte sie ihn noch nie erlebt.

Schwankend setzte er sich auf einen Hocker, stieß gegen seine Flasche, verschüttete Bier, stellte sie wieder auf. »Bist du eigentlich sicher«, sagte er langsam, lallend, »dass die Zwillinge von Sam sind?«

Sie hob die Hand, um ihm ins Gesicht zu schlagen. Er packte ihr Handgelenk und drückte den Arm nach unten. Sie kannte sich mit gewalttätigen Männern aus, Aidan war keiner, doch sie spürte die Wut in seinem Griff und wich zurück.

Beim Hinausgehen sah sie ihn noch einmal an – der Kopf gesenkt, an die Frühstücksbar gesackt, die Knochen seiner Wirbelsäule unter dem Hemd sichtbar.

Alle ignorierend lief sie durch den Hof. Harry war da – die Kinder waren versorgt. Sie würde nicht lange wegbleiben, brauchte nur etwas Zeit für sich.

Die Fähre legte gerade am Festland an. Als Brigitte den Luminolbaum erreichte, verlangsamte sie ihre Schritte.

Sie hielt am ersten Steg inne und zögerte einige Minuten, bevor sie einen Schritt auf die ausgeblichenen Planken wagte. Der Steg, oder die Küstenlinie von Paynesville, schien zu schwanken.

Sie hielt sich an einem Pfahl fest und zog die Schuhe aus, ihr kam wieder das Gefühl des alten, glatten Holzes unter ihren bloßen Füßen in den Sinn. Das Holz war schon immer da gewesen – wurde überschwemmt, wurde immer weicher. An sonnigen Tagen beim Angeln mit Opapa. In dunkler Nacht war Maree Carver nur wenige Meter von hier ermordet worden. Und in *jener* mondhellen Nacht hatte sie hier barfuß gestanden, ohne Angst, vor neunzehn Jahren. Die Planken waren nicht so glatt wie in ihrer Erinnerung, sie waren rissig und an manchen Stellen voller Splitter.

Langsam, vorsichtig wagte sie sich ans Ende des Stegs. Sie setzte sich und ließ die Beine über den Rand baumeln, wackelte mit den Zehen – die Füße dicht über dem Wasser. Eine Brise nahm eine Handvoll See auf und warf sie nach ihr, sie leckte sich Salz von der Oberlippe.

*Wie lange dauert es, zu ertrinken? Wenn man schwimmen kann, ist es schwer, man müsste unten gehalten werden oder unter dem Steg festklemmen. Bleiben die Augen offen? Treibt das Haar einem ums Gesicht, wie bei Ophelia auf den Gemälden?* Nein – irgendwie wusste sie, dass Leichen immer mit dem Gesicht nach unten im Wasser liegen. Zumindest am Anfang, bis der Bauch vor Gasen aufschwillt, und der Körper sich dreht. Das musste Aidan ihr erzählt haben.

Sie tauchte einen Zeh ein.

»Guten Tag.«

Sie riss den Kopf hoch und sah sich um. Die Stimme des alten Fischers, der über den Steg humpelte, hatte genau wie die von Opapa geklungen. »Alles in Ordnung?«, fragte er.

Sie wischte sich über die Augen und nickte. Der Fischer legte seine Angel ab, zog einen weißen Eimer aus einem zweiten und stellte sie umgedreht nebeneinander. Er setzte sich auf einen und tätschelte den anderen. Brigittes Knie krachte, ihre Wirbelsäule knirschte, als sie seiner Einladung folgte. Der Rand der Eimerunterseite kniff in die Rückseite ihrer Oberschenkel.

»Wunderschön, wie?« Er bewunderte den See. Sie hatte so sehr an das gedacht, was unter der Oberfläche lag, dass sie die aprikosenfarbenen Lichtstreifen darauf gar nicht wahrgenommen hatte.

Drüben auf dem Festland balgte sich ein Schwarm Möwen kreischend um eine Fritte, die ein kleiner Junge ihnen hingeworfen hatte. Die Stimmen des Ehepaars, das neben dem Bateau House an einem Picknicktisch saß, waren genauso schrill wie die Rufe der Möwen, die sie verscheuchen wollten. Brigitte konnte die Gesichter nicht sehen, war sich aber sicher, dass sie finster dreinblickten, während sie das Kind dafür schalten, die Vögel gefüttert zu haben.

Der Fischer schüttelte den Kopf. »Nachher haben sie ein schlechtes Gewissen. Der kleine Racker wollte nur ein bisschen Spaß haben. Die belanglosen Momente sind die, die wir vertreiben wollen, und nachher würden wir alles geben, um sie zurückzubekommen.« Er zog einen Flachmann aus einer Tasche seines verblichenen khakifarbenen Overalls, nahm einen Schluck und hielt ihr die Flasche hin.

Sie zögerte, wollte nicht aus etwas trinken, das er im

Mund gehabt hatte, doch abzulehnen wäre ihr unhöflich vorgekommen. Whisky. Warm im Magen. Der Fischer sah auch aus wie Opapa, bis auf den weißen Bart.

»Sie sind mit dem großen Polizisten verheiratet.« Es war keine Frage.

Sie runzelte die Stirn. Hatte er sie beobachtet?

Er lächelte, ein Zahn fehlte. »Bin seit achtundsechzig Jahren hier. Weiß, wer wer ist.«

Sie hatte ein schlechtes Gewissen, weil sie ihn nicht erkannte, weil sie so unaufmerksam war. Sie gab ihm den Flachmann zurück.

»Jim.«

»Brigitte.«

»Ich weiß.« Er holte einen Tabaksbeutel und Zigarettenpapier aus einer anderen Tasche. »Rauchen?«

Sie schüttelte den Kopf.

»Können Sie mir dann 'ne Garnele auf den Haken ziehen, während ich mir eine drehe?« Ohne ihren angeekelten Gesichtsausdruck zu beachten, gab er ihr die Angel und holte ein kleines, bläuliches Wesen aus einer Essensbox. »Da, der kleine schwarze Kreis, das ist das Gehirn, da den Haken nicht durchstechen.« Er zeigte mit einem nikotinverfärbten Zeigefinger darauf. »Ziehen Sie den Haken durch die Schale da oben auf dem Kopf. Schön langsam. Sie spürt nichts.«

Der Haken brach mit einem Knirschen durch, sie verzog das Gesicht.

*Der Haken kann nicht zurück, er muss nach vorne.*

»Na bitte, kinderleicht«, sagte Jim.

Sie konnte nicht fassen, dass er sie dazu gebracht hatte. Sie rieb die Finger aneinander und roch daran.

»Danke.« Die Selbstgedrehte klebte an seiner Unterlippe, als er ihr die Angel aus der Hand nahm. »Schreckliche Sache, das mit Chef Maree.« Er atmete Rauch ein und aus. »Ich hab sie gefunden.«

Brigitte wusste nicht, was sie sagen sollte. »Das tut mir leid.«

»Nee, bin froh, dass ich da war, dass sie nicht länger im Wasser liegen musste. Armes Ding. Da begreift man, wie wertvoll das Leben ist.«

In der Kühle der Luft und der Ruhe des Sees lag die Abenddämmerung. Der Aprikosenhimmel und das Wasser wurden zu Gold. Der Mann am Picknicktisch auf dem Festland hob das strampelnde Kind auf und trug es zum Wagen. Die Frau schlurfte mit verschränkten Armen hinterher.

»War auch mal verheiratet.« Jim warf die Leine aus.

»Kinder?«

»Nee.«

Sie hoffte, er werde ihr den Flachmann noch einmal geben, doch er machte keine Anstalten, also nahm sie ihre Schuhe und sagte, sie müsse langsam nach Hause gehen.

»Es ist ganz einfach«, sagte Jim. »Lieben Sie ihn?«

Sie hielt inne. Die Erinnerung an den Vollmond wurde davon unterbrochen, dass Carla Flanagan Aidans Schulter berührte. »Er verlässt mich.«

Jim hob einen Zeigefinger. »Lieben Sie ihn?«

Sie nickte.

»Dann tun Sie was. Lassen Sie es nicht so weitergehen«, sagte er, ohne den Blick vom Wasser zu nehmen.

»Er hört mir nicht mehr zu.« Warum zum Teufel erzählte sie das alles einem Fremden?

»Laden Sie ihn irgendwohin ein. Ich an Ihrer Stelle würde ein besonderes Abendessen organisieren.«

Als sie barfuß auf das Ufer zuging, warf sie noch einen Blick zurück. Bei Jim hatte etwas angebissen. Sie sah ein Messer aufblitzen, die Leine durchtrennen.

Als sie nach Hause kam, schauten Harry und die Kinder fern.

»Wo ist Aid?«

»Mit Steve in den Pub gegangen«, sagte Harry.

»Warum hast du keine Schuhe an, Mummy?«, fragte Ella.

## 38 *Lassen Sie es nicht so weitergehen.*

Nachdem sie die Zwillinge zur Schule gebracht hatte, fuhr Brigitte mit Ella in den neuen Supermarkt, um Zutaten für ein besonderes Abendessen zu holen. Der Supa IGA hatte als Konkurrenz zu FoodWorks schon vor drei Jahren aufgemacht, doch die Anwohner sprachen immer noch vom *neuen* Supermarkt. Für die Kinder kaufte sie Fischstäbchen (für Phoebe einen Veggieburger), die sie vor dem Fernseher essen sollten. Für sich und Aidan kaufte sie die Zutaten für ein »romantisches Abendessen für zwei«, das Rezept hatte sie im Internet gefunden.

Nach dem Supermarkt machten sie bei Joe halt, um einen Hummer zu kaufen. Joe sagte, er habe hinten ein paar Krebse. Sie zeigte ihm das Rezept für *Hummer mit Zitronenreis und Kräutern*, und er versicherte ihr, dass ein Krebs genauso gut sei.

»Sind Sie sicher, dass Sie nicht lieber einen schönen Fischeintopf oder was weniger Kompliziertes machen wollen?«, fragte er.

Sie nickte. Es musste etwas wirklich Besonderes sein.

Joe ging nach hinten und kam mit einer kleinen blauen Kühlbox zurück. Er erklärte ihr, dass das Nervensystem der Krebse keinen Schmerz empfindet, es tut ihnen also nicht weh, wenn sie in heißes Wasser geworfen werden.

»Sie leben?« Brigitte verzog das Gesicht.

Ella stellte sich auf Zehenspitzen und versuchte, über die Theke zu sehen.

Joe nickte und fuhr fort, »Krebse haben keine Stimmbänder. Was man beim Kochen hört, sind also keine Schreie – nur das Geräusch, wenn der Dampf unter der Schale entweicht.«

Brigitte überkam kalter Schweiß. Aber im Rezept stand, ein perfektes romantisches Hummergericht sei viel einfacher zuzubereiten, als man denkt – sogar für eine Kochanfängerin.

Als er den Preis nannte, wurde ihr erneut schwindelig. Sie zahlte mit ihrer Kreditkarte und nahm die kleine Kühlbox.

Sie überquerten die Straße zum Fährenwartehäuschen. Die Sonne schien, eine sanfte Brise wehte über das Wasser. Die Boote waren ein Monet-Gemälde auf der Spiegeloberfläche.

Brigitte zog Ella an der Hand mit sich, um schnell in den Passagiersaloon zu kommen, bevor Jeremy sie bemerkte.

Nicht schnell genug. Jeremy beugte sich über das Geländer und erkundigte sich, was denn in der Kühlbox sei. Er hatte immer noch ein Pflaster auf der Hand, der blaue Fleck auf der Wange hatte sich gelb verfärbt.

»Krebs«, sagte Ella. »Mummy macht ein besonderes, mantisches Essen, damit Daddy sie wieder liebt.«

Jeremy zog die Augenbrauen hoch, und Brigitte spürte, dass sie errötete.

»Wie funktioniert die Alarmanlage?«, fragte Jeremy.

Brigitte runzelte die Stirn.

»Mein Kumpel Pete von EG Security sagte, sie hätten ein bisschen was an eurem Haus gemacht.«

»Sie hat ihre Momente.«

Brigitte und Ella setzten sich auf die Bank und hielten

sich an den Händen. Brigitte meinte aus der Kühlbox knirschende Geräusche zu hören.

»Viel Glück mit dem Abendessen und so«, rief Jeremy, als sie auf der Insel von Bord gingen.

Zu Hause packten sie die Einkäufe weg und schafften im Kühlschrank Platz für den Krebs.

»Kochen wir ihn nicht jetzt?«, fragte Ella.

»Nein.« Im Rezept stand: Erst kurz vor dem Servieren kochen. »Das machen wir, wenn wir die Zwillinge aus der Schule abgeholt haben. Jetzt putzen wir erst mal das Haus, damit alles schön sauber und ordentlich ist.«

Normalerweise übernahm Aidan das Staubsaugen, weil Brigitte davon der Rücken wehtat. Sie brauchte eine Weile, um herauszubekommen, wie der Beutel gewechselt wurde. Während sie im Wohnzimmer saugte, hörte sie Ella schreien. Sie stellte das Gerät ab und rannte in die Küche.

Ella stand – mit aufgerissenen Augen und den Händen vor dem Mund – vor dem offenen Kühlschrank. »Krebs ist rausgekommen«, sagte sie zwischen ihren Fingern hindurch.

Die Kühlbox lag auf der Seite, und der Krebs krabbelte über den Boden.

Brigitte fluchte, und Ella begann zu weinen.

»Schon gut«, sagte Brigitte und warf ein Geschirrhandtuch über den Ausbrecher. Ella schrie erneut. Auch Brigitte schrie, weil der Krebs sich bewegte, als sie ihn aufheben wollte. Sie stopfte ihn in die Kühlbox zurück, klappte den Deckel zu und blies sich eine Haarsträhne aus dem Gesicht.

»Tut mir leid, Mummy«, schluchzte Ella. »Ich wollte nur wissen, wie er aussieht.«

Nachdem sie die Kinder aus der Schule geholt hatte, bügelte Brigitte das weiße Leinentischtuch – das einzige Tischtuch, das sie besaßen. Außerdem suchte sie Kerzen hervor und polierte Nanas altes Silber.

Sie trug etwas von Sunnys Gesichtmaske auf, duschte, rieb sich mit »sinnlichem Körperöl« ein, föhnte sich die Haare, zog ein kleines Schwarzes an und schminkte sich dezent – kein Lippenstift.

»Oh Gott, Mum, was ist mit deinem Gesicht passiert?«, fragte Phoebe.

»Nichts. Nur eine kleine Reaktion auf die Maske.« Sie ging ins Bad zurück und trug etwas mehr Make-up auf den Ausschlag auf.

Um fünf füllte sie ihren größten Kochtopf mit Wasser und setzte ihn auf den Herd. Wie es im Rezept stand: *Wenn Sie wissen, wie man Wasser kocht, können Sie einen Hummer zubereiten.*

Als das Wasser brodelte, holte sie den Krebs aus dem Kühlschrank. Finn und Ella standen daneben und schauten zu. Phoebe hatte sich geweigert, dieser »grausamen Tiermisshandlung« beizuwohnen. Als Finn sie belehrte, es sei eine Krustazee, kein Tier, zog sie beleidigt ab.

Das Rezept schrieb vor, den Hummer am Schwanz zu nehmen, ihn mit dem Kopf zuerst ins Wasser zu tauchen und den Topf dann schnell mit dem Deckel zu schließen. *Abhängig davon, wie munter der Hummer ist, können dabei zwei Personen erforderlich sein.* Brigitte sagte zu Finn, sie werde vielleicht seine Hilfe brauchen, und lüpfte den Deckel der Kühlbox. Der Krebs sah sie mit seinen kleinen schwarzen Augen an und wackelte mit den dünnen Antennen. Sie legte den Deckel zurück, drehte das Gas ab und trug den Kindern auf, Schuhe und Jacken anzuziehen. Dann brachten sie den

Krebs zu Joe zurück und tauschten ihn gegen zwei Lachssteaks.

Als sie wieder zu Hause waren, stellte Brigitte die Fischstäbchen und den Veggieburger in den Ofen.

Sie gab ein paar Tropfen »Romance Blend« in ihren neuen Ultraschall-Vaporiser. Sunny hatte erklärt, dass er das Duftöl durch die Vibration des Wassers in der Luft verteilte, nicht durch Hitze, und er gab ein romantisches LED-Licht ab.

Als sie Aidan anrief, um zu hören, wie weit er sei, ging er nicht ans Telefon. Hoffentlich war er auf dem Weg, fuhr Auto.

Sie erhitzte in einer Pfanne Öl zum Braten der Lachssteaks. Joe hatte zur Vorsicht geraten, man dürfe sie nicht überkochen. Also briet sie die Steaks auf beiden Seiten an und hob sie dann mit einem Pfannenwender vorsichtig heraus. Als sie mit einer Gabel hineinpiekste, schienen sie in der Mitte noch roh zu sein, und sie legte sie in die Pfanne zurück. Da auch die Fischstäbchen lange brauchten, stellte Brigitte den Ofen höher.

Sie hatte vergessen, Weißwein kühl zu stellen. Im Speiseschrank war kein Wein mehr, weder roter noch weißer. Sie hätte in der Stadt welchen kaufen sollen. Vielleicht hatte Harry noch eine Flasche? Sie stellte den Lachs ab, ließ ihn zum Abkühlen in der Pfanne und ging zu Harry hinüber. Nicht zu Hause. Er war wirklich zum Rumtreiber geworden. Sie hörte die Fähre anlegen und rannte hin, um Jeremy zu bitten, ihr eine Flasche vom Festland mitzubringen.

Bei ihrer Rückkehr schlug der Gestank verbrannten Fisches den Geruch des Aromatherapieöls um Längen. Sie öffnete den Ofen, Rauch quoll hervor. Schwarze Fischstäbchen, verkohlter Veggieburger. Der Rauchmelder ging an; als Brigitte mit dem Besenstiel – *Scheiße, Scheiße, Scheiße* – darauf einstieß, kamen die Kinder nachschauen, was los war.

Sir riss die Tür und alle Fenster auf, damit der Rauch abziehen konnte. Draußen war es kalt, im Baum grunzte ein Koala. Sie knipste für Aidan das Verandalicht an und versuchte noch einmal, ihn anzurufen. Diesmal ging er dran und sagte, er sei beschäftigt – beim Boxtraining.

Als sie den Lachs aus der Pfanne rutschen ließ, zerfiel er in Stücke. Sie warf ihn zusammen mit den Fischstäbchen und dem Veggieburger in den Müll, säuberte die Küche, weichte die Pfanne ein und nahm den Flyer des Pizzalieferanten in Paynesville vom Kühlschrank.

»Pizza«, rief Harry durch die geöffnete Tür. Brigitte schreckte hoch, und er entschuldigte sich. »Hab den Pizzatypen auf der Einfahrt getroffen.« Er hielt zwei Pizzas und eine Flasche Rotwein in der Hand. Außerdem hatte er einen neuen Haarschnitt und trug in die Jeans gesteckt ein gebügeltes weißes Hemd, trotzdem wirkte er irgendwie immer noch zerzaust. Er schnupperte und rümpfte die Nase.

»Ich hab unser Abendessen verbrannt.« Brigitte seufzte, nahm ihm Wein und Pizzas ab und sagte, das würde perfekt passen. Sie bot Harry Geld an, aber er bestand darauf, dass er an der Reihe sei.

Sie schnitt den Kinder Pizza auf und ließ sie im Wohnzimmer essen.

»Du siehst gut aus«, sagte sie zu Harry. »Hast du nachher eine Verabredung?«

Er lachte und schüttelte den Kopf. »Wo ist Aid?«

»Beim Boxen.« Sie legte Tom Waits auf. »Setz dich, Harry.«

Er betrachtete ihr Kleid und den gedeckten Tisch. »Bist du sicher?«

Sie holte zwei Gläser aus der Vitrine, setzte sich an den Kopf des Tisches und zündete eine der Kerzen an. »Das soll ja Gerüche aufsaugen, oder?«

Harry zuckte die Achseln. »Du siehst müde aus. Ist Aid immer noch sauer?«

Sie nickte und schenkte Wein ein.

»Tut mir leid, geht mich nichts an.« Er hielt den Blick gesenkt.

»Hoffentlich magst du Margherita oder Hawaii.«

Er legte eine Hand auf ihre, und ihre Unterlippe zitterte, sie konnte nichts dagegen tun, der Damm der Tränen war gebrochen. Er öffnete die Arme, sie lehnte sich gegen ihn, weinte sein sauberes weißes Hemd nass. »Ich mag Lachs nicht mal.«

Er strich ihr über das Haar. »Schsch. Aid braucht einfach mal ein bisschen Raum.«

Es fühlte sich an, als würde er sie auf den Kopf küssen. Als auf der Veranda Schritte erklangen, richtete sie sich auf und wischte sich die Augen ab. Sie hatte vergessen, dass sie geschminkt war – an ihren Fingerknöcheln und Harrys Hemd klebte schwarzer Mascara.

Aidan brachte die Kälte ins Haus. Er hatte die Boxhandschuhe über die Schulter geschlungen, das Haar war vom Duschen in der Sporthalle noch feucht.

Harry stand auf und sagte: »Hallo, Aid. Ich wollte gerade gehen.« Er ging, die Hände in den Hosentaschen vergraben.

»Pizza?« Brigitte sah Aidan mit einem müden Lächeln und dem Bedürfnis an, auf ihn zuzustürmen und ihn zu umarmen, ihr Gesicht an seine Brust zu legen, ihn ins Schlafzimmer zu führen, alles wiedergutzumachen.

Aidan knallte die Tür hinter Harry zu, zu heftig, sie sprang wieder auf. »Ich kann nicht fassen, dass du mich so sehr hasst.« Seine Augen glänzten. »Und ich habe ihm vertraut!« Seine Stimme ging einige Dezibel nach oben.

*Harry!* Es wäre komisch, wären da nicht der gequälte Ausdruck auf Aidans Gesicht, das Zittern in seiner Stimme.

»Ich hab es durchs Fenster gesehen, Brigitte!« Er warf seine Boxhandschuhe, sie duckte sich, und sie flogen knapp an ihrem Kopf vorbei, kippten die Kerze um und löschten die Flamme. Wachs lief auf die Tischdecke.

Er wandte sich um.

»Wo willst du hin?«

»Zu Ray!« Er stürmte nach draußen.

»Aidan!«

Sie hörte eine weitere männliche Stimme auf der Einfahrt – nicht Harrys – und wütende Worte von Aidan. Dann wurde eine Autotür zugeknallt, und ein Motor röhrte auf.

»Wo ist Aidan?« Phoebe kam in die Küche gerannt. »Was hast du ihm angetan, Mum!«

Brigitte hob die Hände. Phoebe rannte nach draußen, ihm nach. Zu spät – er fuhr bereits in hohem Tempo aus der Einfahrt, der Kies spritzte gegen die Hauswand.

Phoebe kam zurück ins Haus gestampft, ließ die Tür hinter sich weit offen stehen. Brigittes Schultern sackten nach unten, ihr Kopf sackte nach vorne wie eine Blüte, die zu schwer für den Stängel ist.

Als sie ein schlurfendes Geräusch auf der Veranda hörte, sah sie auf. Jeremy stand auf der Fußmatte und hielt eine Flasche Wein in einer Tüte des The Old Pub in der Hand. Sie ging zu ihm, schniefte, als die kalte Luft ihr in die Nase stach.

Er legte den Kopf schief, in seinen Augen lag ein *Ich bin ein guter Zuhörer*-Blick.

»Die Leute warten auf die Fähre, Jeremy.« Sie tauschte die Flasche gegen einen Zwanzig-Dollar-Schein. »Gute Nacht.«

Sie verriegelte alle drei Schlösser hinter ihm, stellte die Musik leiser und setzte sich wieder an den Tisch. Sie schenkte sich Wein nach und pulte an dem Kerzenwachs auf der Tischdecke herum. Warum zum Teufel hatte sie bloß auf einen verrückten alten Fischer gehört?

## 39

Zu Zac Gecko Casting in South Yarra waren es etwa dreieinhalb Stunden Fahrt. Wenn Brigitte nach dem Absetzen der Kinder an Schule und Kindergarten sofort losfuhr, würde sie es bequem zum Vorsprechen um 12.45 Uhr schaffen. Als der Wecker klingelte, hatte sie bereits eine Stunde lang im Bett gelegen und sich Sorgen gemacht.

Sie trank zwei Gläser warmes Wasser mit Zitronensaft – wie Joan es jeden Morgen für reine Haut machte. Sie nahm den Kaffee mit ins Bad und schminkte sich, aber nicht zu sehr, wie Kumiko geraten hatte. Ein Schwung mit dem Abdeckstift unter den Augen, um die dunklen Ringe zu übertünchen, ein Strich auf die Stirn, um die Narbe zu verdecken. Neutraler Lippenstift. Mit einem Papiertuch abtupfen. Pudern. Noch einmal auftragen. So hielt es den ganzen Tag. Joans Tipps fürs Leben waren endlich einmal nützlich.

Sie kämmte sich die Haare und zog dann Unterwäsche, eine neue, dreißig Dollar teure blickdichte Strumpfhose, eine helle Bluse und einen schwarzen Rock an. Kein Blazer. Nicht zu formell. Sie zog den Reißverschluss des Rocks hoch und sah stirnrunzelnd in den Spiegel: Sie sah aus wie eine Kellnerin, aber zum Bügeln einer anderen Bluse blieb keine Zeit. Den Rock hatte sie lange nicht getragen, und selbst bei eingezogenem Bauch quoll eine Speckrolle über den Saum. Wenn Joan sie so sähe, würde sie sagen, das sei *ein* Grund für Aidans Desinteresse an ihr.

Sie würde doch einen Blazer anziehen. Und öfter joggen gehen, und mindestens dreimal die Woche zum Fitness, keine Ausreden.

Während sie die Schulbrote schmierte, trank sie noch ein Glas Wasser, dann rief sie den Kindern zu, sich zu beeilen und fertig zu machen. Joan trank in der Woche vor einer Audition oder einem Auftritt immer mindestens fünf Liter Wasser am Tag, auch wenn sie seit mindestens zehn Jahren keinen Auftritt mehr gehabt hatte. *Superhydrierung* nannte sie das. Für den entgegengesetzt wirkenden Alkoholkonsum hatte sie keine Bezeichnung. Superdehydrierung?

An der Fähre fiel Finn ein, dass er seine Tasche vergessen hatte, und als sie kehrtmachten und zurückfuhren, schrie Brigitte ihn an, dass sie jetzt zu spät kommen werde.

Nach dem überhasteten Absetzen der Kinder an Schule und Kindergarten atmete sie tief durch. Sie schwitzte unter den Armen, faltete zwei Papiertaschentücher zusammen und steckte sie sich unter die Achseln. Kurz vor der Ausfahrt in Bairnsdale stellte sie die Heizung ab – zu dehydrierend.

Nick Cave im CD-Player, der Rhythmus der Reifen, das Muster der weißen Linien, das Vorbeiziehen der Felder im Augenwinkel. Endlich entspannte sie sich ein wenig, ließ ihre Gedanken treiben.

*Aidan*. Sie dachte daran, wie es war, sich im Bett an seinen Rücken zu kuscheln, an seine warme, nach Zitrone duftende Haut. Wenn sie sich umdrehte, folgte er ihr und formte seinen Körper an ihrem, seine Erektion streichelte ihren Rücken. *Er verlässt mich. Denk nicht darüber nach – nicht jetzt, nicht heute.*

Sie lenkte ihre Gedanken auf schmerzlose, alberne Dinge. Wenn sie diese Werbung bekam, konnte daraus vielleicht mehr werden – eine ganze Werbereihe, eine Rolle in einer Fernsehserie. Sie sollte vielleicht ein paar Stunden Schauspielunterricht nehmen.

Sie trank aus der Wasserflasche, rollte die Schultern, dehnte ihren Nacken und begann, sich mit Ryans Stimmübungen auf das Vorsprechen vorzubereiten. »Abraham saß nah am Abhang. Zehn zahme Ziegen. Roland rollt ein rotes Sofa ...« Sie dachte an die Naht an Matts rotem Ledersofa. Wie sie auf sein kleines Haus mit dem Gartenzaun, dem blauen Dach zuging. In Kerrys Stiefeln. *Wie konntest du so verdammt blöd sein? Nicht jetzt. Nicht heute.* Sie würgte Nick Cave ab und legte Radiohead ein.

Als sie vor einer Baustelle langsamer fahren musste, betrachtete sie ihre Fingernägel. Einer war eingerissen. Sie biss ihn ab. Sie hätte zur Maniküre gehen sollen. Jetzt musste sie beim Vorsprechen die Hände verstecken, sie in den Schoß legen. Wenigstens war ihre Haut gut hydriert. Sie trank noch einen Schluck Wasser.

Kurz hinter Warragul zeigte ein blaues Schild einen Rastplatz mit Toilette an. Sie konnte noch warten.

Sie trommelte mit den Fingern auf das Lenkrad und sang den falschen Text zu dem gerade laufenden Song mit: Irgendwas über das Im-Stich-gelassen-und-wie-ein-Käfer-auf-dem-Boden-zerquetscht-werden.

An der Autobahn kamen keine Toiletten, und als sie die grünen Vororte im Südosten erreichte, musste sie wirklich dringend.

Dichter Verkehr auf der Toorak Road. Warum war sie bloß nicht im beschissenen Warragul gegangen? Sie griff nach hinten und zog den Reißverschluss des Rocks auf, um den Druck auf die Blase zu verringern.

Sie brüllte die vor ihr stehenden Autos an, in die Hufe zu

kommen, und dankte Gott, als endlich Chapel Street in Sichtweite kam. Beim Abbiegen klingelte ihr Handy. Sie drehte die Musik leiser. Sandra Johansson von SJ Talents wollte wissen, ob sie schon bei Zac Gecko sei. Sie stellte sie auf Lautsprecher.

»Fast da.«

»Sie sind zu spät.«

Sie sah auf die Uhr: 12:43. »Nein, bin ich nicht.«

»Ich rufe an und sage Bescheid, dass Sie etwas später kommen.«

»Viel Verkehr.«

»Das ist so nicht in Ordnung.«

»Alles klar.« Ihr war nur noch wichtig, eine Toilette zu finden. Ihre Blase war kurz davor, zu explodieren.

Vor der Agentur waren keine Parkbuchten. *Scheiße. Scheiße. Scheiße.* Sie würde sich gleich einpinkeln. Am Ende der Straße lag ein kleiner ebenerdiger Parkplatz. Nie im Leben würde sie dort einen Platz finden. Doch sie irrte sich. *Halleluja!* Sie stellte den Wagen auf »Park«, stand fast in der weißen Begrenzung, sprang heraus. Im Hüpfschritt überquerte sie die Straße – vorwärts gebeugt, die Oberschenkel zusammengedrückt – auf das Büro mit dem großen Gecko auf der undurchsichtigen Glasscheibe zu.

»Brigitte Serra für ›Soft-Drink-Mum‹? Sie sind zu spät«, sagte die Rezeptionistin mit einem Katzenpolächeln, während sie Brigitte ein auf einem Clipboard befestigtes Formular reichte.

»Wo ist die Toilette!« Sie knallte das Clipboard auf den Tisch.

Die Rezeptionistin zeigte in eine Richtung, und Brigitte rannte die Treppe hinauf. Das Damenklo war besetzt, also ging sie in die Herrentoilette. Fast hatte sie es geschafft: zog den Rock hoch, doch um Strumpf- und Unterhose aus dem Weg zu bekommen, reichte es nicht mehr.

Die Riesenerleichterung wich schnell dem Entsetzen, als sie die nasse Unterhose und die Dreißig-Dollar-Strumpfhose auszog. Es könnte schlimmer sein: Durchfall, ihre Tage. Der Urin war so verdünnt – superhydriert –, dass er praktisch nur aus Wasser bestand, und der Rock hatte nichts abbekommen. Trotzdem war ihr übel, als sie die Unterwäsche in Toilettenpapier einrollte und in den Mülleimer warf.

Als sie herauskam, sah sie ein großer, gutaussehender Mann böse an.

Sie ging in die Hocke und hob die Papiertaschentücher auf, die unter ihren Achseln herausgefallen waren. Die Rezeptionistin lächelte nicht, als sie das Clipboard vom Tisch nahm.

Fünf Frauen – die meisten in teurer Sportkleidung, alle mit viel Make-up – saßen auf Stühlen und füllten die Formulare aus. Sie sprachen sicher für eine andere Rolle vor. An den Wänden hingen Fotos von Schauspielern, neben einem Wasserspender stand ein Aufsteller mit Visitenkarten von Agenten und Broschüren für Schauspielunterricht. Brigitte setzte sich und machte sich daran, das Formular auszufüllen. Maße? Sie sah auf, versuchte zu schätzen und bemerkte, dass an einem Haken in der Ecke Maßbänder hingen – zum Glück, denn ihre Schätzungen lagen völlig daneben.

Eine hochgewachsene blonde Frau kam hereingesegelt, zu ihrer Sportkleidung trug sie High Heels. Sie hielt kurz an, damit auch alle ihr Erscheinen mitbekamen. Der Wasserspender gurgelte, als sie sich einen Becher Wasser zog, bevor sie zum Empfangstisch ging. Sie und die Rezeptionistin nannten sich beim Vornamen. Und sie war ebenfalls hier, um als »Soft-Drink-Mum« vorzusprechen. *Toll.*

Brigitte sah auf ihr Handy. M.E. Elery möchte sich auf LinkedIn mit ihr verknüpfen. *Löschen*. Und eine SMS von Tate:

Viel Glück für die Audition. :) T x

*Oh Gott* – die ganzen x-e und Smileys und Berührungen – ihr dämmerte, dass er verknallt in sie war. Sie schalt sich für die alberne Hitzewallung, die durch ihren Körper lief. Dann dachte sie eine Weile über ihre Antwort nach und schrieb:

Danke, aber es heißt eigentlich »Hals- und Beinbruch«. :) B

Fast hätte sie die Beine übereinandergeschlagen, hielt aber noch rechtzeitig inne. *Keine gute Idee ohne Schlüpfer, Sharon Stone*. Sie hielt die Knie zusammen und betrachtete stirnrunzelnd ihre Waden – da die teure blickdichte Strumpfhose die Haarstoppeln hatte verdecken sollen, hatte sie sich nicht die Mühe des Rasierens gemacht.

Zurück zu den albernen Gedanken: Wenn Tate dreißig war, was sie bezweifelte, wie alt wäre er dann, wenn sie vierzig wäre? Und fünfundvierzig? Fünfzig? War der Altersunterschied kleiner als bei Aidan und Carla Flanagan?

Die Rezeptionistin – Anfang zwanzig, dünn, schwarz gekleidet – unterbrach ihre Berechnungen, indem sie sie zu einer Nische hinter dem Empfangstisch rief. Sie spürte die abschätzigen Blicke aller im Raum auf sich, die sich einzig und allein auf ihr Aussehen bezogen. Geier, die sich an den Makeln anderer labten. Die Sohlen ihrer flachen Schuhe quietschten über die abgezogenen Dielen.

Die Rezeptionistin nahm ihr das Clipboard ab, befahl ihr zu lächeln und machte ein Foto für die Zac-Gecko-Kartei. »Sie können jetzt zu Damian gehen.«

Damian – Alter schwer schätzbar, noch dünner als die Rezeptionistin, enge rostfarbene Hose und lachsfarbenes Hemd – schüttelte ihr fest die Hand. Sie folgte ihm durch einen Flur zu einem Raum, in dem ein paar Stühle, eine Kamera auf einem Stativ und ein Monitor standen. Er wies sie an, auf einem Zeichen zu stehen: ein Streifen Gaffertape auf dem dunkelblauen Teppich.

»Bitte sagen Sie uns Ihren Namen und Ihre Agentur«, sagte er von hinter der Kamera.

Ihr Mund war trocken, es fiel ihr beim Sprechen schwer, nicht mit dem Kopf zu zucken. Ryan hatte recht: Sie hätte sich Inderal besorgen sollen. *Sei nicht albern, du bist erwachsen.*

»Großartig.« Damian strahlte und gab ihr ein Skript, in dem ein Satz markiert war: *Nach einem harten Tag in der Schule lieben die Kinder nichts mehr als ein großes Glas kühler Limo aus 3 % Fruchtsaft und 100 % Sprudelspaß.* Und zwanzig Löffeln Zucker, dachte sie. Sie hätte etwas viel Besseres schreiben können.

Sie probte den Satz ein paarmal. Damian bat sie, den Blazer auszuziehen und die Ärmel hochzukrempeln, damit »wir« ihre Muskeln sehen konnten. Widerstrebend tat sie es.

»Wir suchen den gesunden, sportlichen Look.«

Es wäre nett von Sandra Johansson gewesen, sie davon in Kenntnis zu setzen.

Damian gab ihr zwei Flaschen Soft Drink und forderte sie auf, Bizeps Curls damit zu machen, während sie den Satz sagte.

Sie lachte. »Ist das Ihr Ernst?«

Sein Blick sagte ihr, dass dem so war.

Er gestattete ihr fünf Versuche, aber sie war zu nervös, um den Satz auswendig zu können, und bekam es nicht ein einziges Mal hin. Damian dankte ihr, sagte, sie habe das toll gemacht, und bis zum nächsten Mal.

»Danke sehr«, rief die Rezeptionistin ihr nach, als Brigitte aus der Agentur hastete, die hübschen Geier ignorierend, die sich über die Haare strichen, die Fingernägel nachfeilten und an Handys mit ihren Freundinnen tratschten.

Im Auto ließ sie den Kopf auf das Lenkrad fallen. Wie hatte sie so kindisch sein können? Die Vorstellung, ein Fernsehstar zu werden, was sie sich und Aidan angetan hatte, das Nachdenken über Tate. Und irgendwo trauerte eine Familie um ihre ermordete Frau und Mutter, während gleichzeitig andere so taten, als würden sie mit Getränkeflaschen ihre Muskeln stählen, um ein Dreckszeug zu verkaufen, das Fettleibigkeit, Diabetes und Karies verursachte,

Ihr Handy klingelte. Carla Flanagan. *Perfekt.*

»Ich gehe dem Zwischenfall mit Ihrem Hund nach.« Flanagan wartete, dass Brigitte etwas sagte.

Sie räusperte sich. »Ja?«

»Die beiden Jungs haben ihre Aussage geändert. Sie behaupten jetzt, dass jemand, von dem sie Drogen kaufen, aber dessen Namen sie praktischerweise nicht kennen, ihnen Geld gegeben hat, damit sie ein Geständnis ablegen.«

Sie packte das Handy fester.

»Alles in Ordnung, Brigitte?«

»Lügen sie?«

»Bei solchen Taten ist es immer wahrscheinlich, dass der Angreifer abrutscht und sich schneidet und Blutspuren hinterlässt, die sich unter das Blut des Opfers mischen. Aidan hatte mich gebeten, eine Probe, die an Ihrem Hund genommen wurde, zur Kriminaltechnik nach Melbourne zu schicken.«

Das hätte er ihr sagen müssen. Sie drückte das Handy fester an ihr Ohr.

»Die menschliche DNA in der Blutmischung passte zu

keinem der beiden Jungen, es sieht also so aus, als sagten sie die Wahrheit.«

»Wessen Blut war es dann?« Sie hielt den Atem an.

»Leider ist das Profil nicht bekannt – kein Treffer in der DNA-Datenbank.«

Sie atmete durch die Nase aus.

»Wie geht es Ihnen und Aidan?«, fragte Flanagan.

Sie wusste nicht, was sie sagen sollte.

»Es gibt Hilfe für so was.«

»Jemand hat meinen Hund getötet. Natürlich nimmt mich das mit, aber ich brauche keine Therapie.«

»Ich hatte eigentlich eher an Aidan gedacht.«

*Darauf wette ich.* »Bei uns ist alles in Ordnung.«

Kühles Schweigen. »Gut. Nun, lassen Sie uns wissen, wenn wir irgendwas tun können.«

»Danke.«

»Oh, und falls Sie mal einen Kaffee trinken wollen? Ich bin auch neu in der Gegend, ich kenne nicht so viele Leute.«

*Als Dreingabe die Autoschlüssel? Oder das Feuerzeug?* »Ich melde mich.«

Sie nahm das Handy vom Ohr und starrte es in ihrer zitternden Hand an. Sie hatte ihre Kinder alleine gelassen – nachdem sie sie angebrüllt hatte, dass sie ihretwegen zu spät zu dieser blöden Audition kommen werde –, meilenweit weg, wo ein Mörder frei herumlief. Sie hatte sich Sorgen um ihre trockene Haut gemacht, verdammt noch mal!

Als das Handy piepte, schreckte sie auf. Eine Nachricht von Matt: *Hat dir das Buch gefallen, Anneleah?*

Sie wendete, schrammte mit der Seite des Wagens an einem Pfeiler entlang, schob die Gangschaltung auf »Drive« und raste vom Parkplatz.

# 40

»Mach *hin*!« Warum fuhren die beiden Autos vor ihr nicht einfach an der Tram vorbei? Sie hatte kein Stoppzeichen gesetzt. Brigitte hupte. Nichts bewegte sich, abgesehen davon, dass der Fahrer des näheren Autos ihr den Stinkefinger zeigte. Sie riss das Lenkrad herum und gab auf der linken Fahrbahn Gas. *Verdammte parkende Autos.*

Sie saß fest, die Schlange der Mercedes und Land Rovers nahm sie nicht wieder auf. Sie rief Aidan an, trommelte mit den Fingern der freien Hand ungeduldig auf dem Lenkrad, während sie darauf wartete, dass er abnahm.

»Was ist los?«, fragte er.

»Kannst du die Kinder früher abholen? Mir ist egal, was du sagst, ich glaube, die Person, die Zippy getötet hat, hat auch Maree Carver umgebracht, und es könnte jemand sein, den wir kennen.«

»Du bist schon wieder hysterisch.«

»Sag mir ja nicht, dass ich hysterisch bin!« Sie stellte ihn auf Lautsprecher, ließ das Handy in ihren Schoß fallen und drängte sich in die erstbeste Lücke im Verkehr. »Carla Flanagan hat mich gerade angerufen.«

»Ich weiß.«

An der nächsten Ampel raste sie an der Tram vorbei. Was zum Henker war dieses gelbe Ungetüm, das mitten auf der Straße langtrödelte und alle aufhielt? Irgendein Bauarbeiterfahrzeug? Ein Traktor! Sie schlug gegen das Lenkrad.

»Bist du noch da?«, fragte er.

»Ich bin auf dem Rückweg, werde aber noch ein paar Stunden brauchen.«

»Ach, stimmt ja, das Vorsprechen in Melbourne?«

Sie überholte den Traktor. Ein Typ in einem Jeansoverall hing seitlich heraus und winkte. Der Verkehr bewegte sich wieder, im Schneckentempo, aber zumindest vorwärts. »Du musst sofort die Kinder abholen!«

»Schrei mich nicht an!«

Der kotzgrüne Volvo vor ihr hielt an oder wurde abgewürgt. »Verdaaaaammt!« Brigitte fuhr dem Typen hintendrauf. Ihr Kopf schlug nach hinten, das Handy rutschte zu Boden.

Hupen. Der metallische Geschmack von Blut.

»Was ist passiert, Brigitte?« Aidans Stimme von unten. »Brigitte?«

Sie hob das Handy auf.

»Geht es dir gut?«

»Ja, super.« Sie wischte sich das Blut vom Mund. Ein prüfender Blick in den Rückspiegel zeigte, dass sie sich auf die Lippe gebissen hatte. Nichts Ernstes. »Bitte hol die Kinder ab.«

»Ich kümmere mich darum, dass bei ihnen alles okay ist.«

Der Volvo-Fahrer war bereits ausgestiegen und begutachtete den winzigen Kratzer an seinem Wagen – Hände am kahlen Kopf, Hände in der Luft, Hände am Kopf, Hände in der Luft. Sie dachte kurz daran, loszufahren, setzte aber stattdessen den Blinker und fuhr an den Straßenrand, über eine kaputte Scheinwerferabdeckung knirschend, aber hoffentlich über nicht viel anderes. *Das dauert jetzt besser nicht lange.* Sie stieg aus, Blut tropfte ihr vom Kinn.

Der Schaden am X-Trail schien minimal zu sein: eine Delle in der Stoßstange, ein kaputter Scheinwerfer. Immer noch fahrtauglich. Wahrscheinlich. Was ihren Rücken anging, war sie da nicht so sicher.

»Sie haben telefoniert«, sagte Glatzkopf. Am Kragen seines gutsitzenden dunkelblauen Anzugs klebte ein Rest seines Mittagessens.

»Nein, habe ich nicht.«

»Ich habe es gesehen. Sie waren am Handy.«

»Ich hatte beim Fahren den Lautsprecher an, es lag auf meinem Knie.«

»Es ist nicht erlaubt, das Handy auf irgendeinem Körperteil abzulegen.«

»Was sind Sie, Jurist?«

»Nein, ich kenne einfach die Regeln.«

»Das glaube ich nicht. Dieses Gesetz tritt erst in einigen Monaten in Kraft.«

»Wollen Sie behaupten, ich lüge?«

»Können wir bitte einfach die Adressen und Versicherungsdaten austauschen? Ich habe es eilig.«

»Offensichtlich. Sehen Sie sich an, was Sie mit meinem Auto gemacht haben.« Er zeigte auf seinen kostbaren Volvo.

»Das ist nur ein Kratzer.«

Während er einen Goldfischmund machte, holte sie Papier und Stift aus dem Handschuhfach.

***

Als Brigitte hereingerannt kam, spielten Aidan und die Kinder im Wohnzimmer Monopoly. Sie umarmte die Kinder. Aidan packte Geld und Häuser zusammen. Die Kinder maulten und wollten weiterspielen.

»Nee. Das war's. Phoebe gewinnt.«

»Phoebe gewinnt immer«, sagte Finn. »Weil sie die Bank ist und schummelt.«

»Nein, tut sie nicht. Sie kann einfach gut mit ihrem Geld umgehen.« Aidan stand auf und ging zur Tür.

Brigitte folgte ihm. »Wo gehst du hin?«

»Wahrscheinlich zu Ray.«

»Du lässt uns *jetzt* allein?«

»Das hier ändert nichts.«

Wenn sie ihm von Matts Nachricht erzählen würde, würde er bleiben oder noch schneller gehen?

»Außerdem hast du die Pistole, und du hast Harry. Du brauchst mich nicht.«

Sie schüttelte den Kopf und sagte leiser: »Du lässt uns jetzt allein.«

»Brigitte, ich kann nicht ...« Er hob abwehrend eine Hand.

Jim der Fischer hatte gesagt, *Lassen Sie es nicht so weitergehen*, doch als sie die Arme um sich wickelte und ihrem Mann nachsah, wurde ihr klar, wie weit es gegangen war. *Jetzt. Heute.*

## 41

»Wach auf, Mummy.« Ella wedelte ihr mit dem lila Affen im Gesicht herum.

»Ich komme gleich«, krächzte Brigitte,

Als Ella weg war, tastete sie nach der Pistole unter der Matratze. Ungeladen. Was hatte sie vorgehabt? Damit herumzufuchteln, um Matt Angst zu machen? Ihm die Waffe auf den Schädel zu hauen? Vielleicht. Warum erzählte sie nicht einfach der Polizei von dem Buch? Weil sie *lachen* würden. Und Aidan würde durchdrehen. Es war verrückt – dass Matt etwas mit den Morden an Maree Carver und Zippy zu tun hatte, war unmöglich. Er war kein Drogendealer. Allerdings, wie konnte er sich von seinen Einnahmen als Schriftsteller ein schönes Haus mitten in der Stadt leisten? Sie legte die Pistole in den Tresor zurück. *Einfach zur Vorsicht.*

Über den Rand ihrer Kaffeetasse hinweg blickte sie nach draußen. Durch die dreifach verriegelte »nahezu 100 % einbruchssichere« Sicherheitsglastür sah sie einen kleinen braunen Vogel von der Verandacouch auf den Tisch hüpfen, ein paar Krümel aufpicken und auf einen der Eukalyptusbäume am Gartenzaun fliegen. Der Erdhaufen auf Zippys Grab glich sich allmählich dem übrigen Boden an. Die Zeit faltete sich vor ihren Augen zusammen. Regen setzte ein, sie sollte die Wäsche von der Leine holen. Sie nippte ihren Kaffee.

Ihr Telefon klingelte. Aidans Chef – er war eine Stunde nach Dienstbeginn noch nicht erschienen.

»Bei Ray Perry ist er nicht?«

»Nein. Und er geht nicht ans Handy. Haben Sie eine Ahnung, wo er sein könnte?«

Sie biss auf die aufgeplatzte Lippe und schmeckte Blut.

»Ich rufe weiter rum. Wenn Sie ihn sehen, sagen Sie ihm, er soll mich anrufen und schnellstmöglich ins Revier kommen.« Er sprach mit jemandem im Hintergrund und legte auf.

Sie wählte Aidans Nummer. Sofort ging die Mailbox an.

Ein heftiger Schmerz stach ihr wie ein Messer unter das Brustbein. Draußen war es kalt, doch sie spürte es nicht, als sie mit dem Handy auf die Veranda ging. Sie suchte Carla Flanagans Nummer aus ihrer Anruferliste heraus und warf einen Blick zurück ins Haus, die Kinder waren nicht zu sehen. Von der Messerstichstelle stieg ein kleiner Schluchzer nach oben, als sie auf »Anrufen« drückte. Nach dem dritten Klingeln legte sie auf.

Der Schmerz wurde stärker – vielleicht war es ein Herzinfarkt. Sie musste es durchziehen, es hinter sich bringen. *Wenn du das Pflaster langsam abziehst, tut es lange weh.* Sie rief erneut an. *Aber wenn du es schnell abziehst, dann tut es nur –*

»Hallo. Das Handy von Carla Flanagan.«

Sie erkannte die raue Stimme sofort und schaffte es nicht,

den Schreck in ihrer Stimme zu verbergen. »Ray!« *Raubein-Ray!*

»Ja. Wer ist da?«

»Brigitte Serra.«

»Carla ist beschäftigt. Ich sage ihr, sie soll zurückrufen.«

»Nein. Es ist nichts Wichtiges.« Sie legte auf, Dummheit ließ ihre Schultern schwer werden.

Von der Veranda aus sah sie, dass sie auf der Fahrerseite des X-Trails das Fenster ein Stück hatte offenstehen lassen. Sie ging hin, um es schließen.

Wasser lief an der Hausseite herunter, Aidan hatte lange nicht mehr die Regenrinnen gereinigt. Sie würde lernen müssen, wie man das machte.

Im Rückspiegel sah sie an der Vorderecke des Hauses etwas Weißes aufblitzen und ein Stück Kühlerhaube. Aidans Wagen. Sie stieg aus ihrem Auto, zog den Gürtel ihres Morgenmantels nach und ging darauf zu.

Die Scheiben waren beschlagen. Sie klopfte an das Fenster auf der Beifahrerseite. Nichts. Sie ging hinten um den Wagen herum, warf einen Blick auf den verborgenen Auspuff – das Extra, das Aidan bei der Anschaffung des Territory am meisten beeindruckt hatte, aus Gründen, die sie nicht interessiert hatten.

Sie klopfte wieder, jetzt auf der Fahrerseite. Im Wagen war Bewegung zu ahnen. Sie hielt die Hand über ihre Augen und drückte die Nase ans Glas. Ein Klicken, als die Fenster nach unten glitten, machte sie einen Satz zurück. Musik dröhnte los und wurde schnell abgewürgt – es klang nach Radiohead: Sie fielen zum selben Soundtrack auseinander. Abgestandene Luft entwich, die nach Zigaretten und dem Alkohol von letzter Nacht roch.

»Was willst du?« Er rieb sich das unrasierte Gesicht.

»Was machst du hier draußen?«

»Schlafen. Wonach sieht's denn aus?«

»Warum gehst du nicht an dein Handy?«

Er rückte ein Stück im Sitz, stemmte die Hüfte hoch, zog das Handy aus der Gesäßtasche und warf es auf den Beifahrersitz. »Leer.«

»Dein Chef sucht dich.«

»Hab dienstfrei.« Er stellte die Sitzlehne aufrecht und wischte mit dem Ärmel die beschlagene Windschutzscheibe ab.

»Nein, hast du nicht. Du hast den Dienstplan durcheinanderbekommen.«

»Blödsinn.«

»Komm rein und geh duschen.«

Er schüttelte den Kopf.

»Dann ein Kaffee.« Sie lehnte sich gegen den Wagen. Regen tropfte aus ihren Haaren auf ihre Hand.

Er drehte den Schlüssel um, stellte die Scheibenwischer an – schüttete noch mehr Wasser über sie – und schob die Gangschaltung auf »D«. Als der Wagen anfuhr, riss sie die Hände weg.

Wie in Zeitlupe schleppte sie sich durch das neue Gartentor, holte den Wäschekorb von der Veranda und ging damit zur Leine. Sie ließ sich Zeit damit, die Wäsche im strömenden Regen abzunehmen.

»Du bist ganz nass«, sagte Ella, als Brigitte ins Haus kam, mit tropfendem Morgenmantel, das Haar in Strähnen auf den Schultern liegend. »Du wirst krank werden.«

»Man wird von Keimen krank, nicht vom Wetter.«

»Aber du sagst immer, wir sollen nicht in den Regen gehen, weil wir uns sonst erkälten.«

»Ich hab mich geirrt.« Sie stand vor der Heizung, ließ den

Morgenmantel trocknen, während sie die Wäsche auf den Ständer hängte. Der Geruch frischer Wäsche breitete sich im Haus aus.

***

Finn konnte seinen Mundschutz nicht finden. Sie würden zu spät zum Rugby kommen, aber Brigitte fehlte die Kraft, ihn anzutreiben. Phoebe maulte, sie wolle nicht mit zum Spiel, das sei langweilig, sie wolle lieber eine Freundin besuchen.

Brigitte zögerte, aber bei einer Freundin wäre sie in Sicherheit. »Zu wem willst du denn?«

»Zu Emily.«

»In Ordnung.« Sie gab Phoebe ihr Handy und sagte, sie solle die Mutter von Emily und Josh um Erlaubnis fragen.

»Kann ich übernachten?«

»Gute Idee. Wenn du Ella ins Auto hilfst, hole ich deinen Schlafanzug und die Zahnbürste.«

Phoebe stupste mit dem Zeh ihres pinken Converse-Sneakers gegen die Verandakante und warf Bigitte einen Seitenblick zu. »Danke, Mum.« Sie wirkte enttäuscht, als hätte sie auf einen Krach gehofft.

Sie hatten verloren, Finn hatte kein einziges Tor gemacht. Durchgefroren, nass und dreckig hielten sie auf dem Nachhauseweg an einem Supermarkt und besorgten Lebensmittel und zum Trost einen Leckerbissen. Brigitte ließ Finn eine Tüte Kartoffelchips und einige Lutscher zu dem Brot und der Milch in den Korb werfen.

Brigitte wog missmutig eine blasse Tomate in der Hand ab und entschied sich für Dosentomaten. Als sie die Tomate zurücklegte, warf sie einen Blick über das »Im Angebot«-

Schild hinweg und erblickte Cam und Tate – ineinander verwickelt wie zwei spielende Welpen. *Nie im Leben!* Sie standen kichernd vor den Äpfeln. Brigitte ging hinter den Orangen in Deckung, bis die beiden die Obst- und Gemüseabteilung verlassen hatten, und fühlte jedes einzelne Gramm ihrer monumentalen Dummheit. Sie griff einen übriggebliebenen Schokoosterhasen vom Angebotstisch und scheuchte die Kinder nach draußen.

In der Eile ließ sie die Getränkeabteilung des Supermarktes links liegen und zahlte stattdessen im Pub für zwei Flaschen Wein das Doppelte.

Als Ella in die Küche kam, blickte sie von ihrem Weinglas auf. »Warum schaust du dir nicht mit Finny die DVD an? Er wird dir die ganzen Chips wegessen.«

»Für dich.« Ella hielt ihr das Handy hin.

Mit der Verzweiflung eines Teenagers hoffte sie, es sei Aidan. Dass er sagen würde, es tue ihm leid und er sei auf dem Weg nach Hause.

»Koala am Telefon«, sagte Ella.

Sie seufzte. »Ella, mir ist gerade nicht nach Spielen.«

Ella sah sie aus Rehaugen an, Brigitte nahm das Telefon und zwang sich zu lächeln. »Hallo, Koala. Wie hängt sich's heute Abend so im Baum?«

»Hier ist Carla Flanagan.« Flanagan schwieg, wartete wieder, dass Brigitte etwas sagte.

Ella huschte davon.

Brigitte räusperte sich. »Tut mir leid. Ja?«

»Ist alles in Ordnung, Brigitte?«

»Ja, wieso?«

»Mein Freund«, sie hielt inne, »Ray hat gesagt, Sie hätten angerufen.«

»Tut mir leid. Ich habe die Nummer versehentlich gewählt.«

»Was machen Sie gerade?«

»Jetzt? Nichts, bloß –«

»Kommen Sie zum Essen vorbei.«

»Aidan ist noch bei der Arbeit.«

»Dann nur Sie und die Kinder.«

»Ist Ray nicht da?«

»Nein, er ist nach Hause gegangen.«

»Ich weiß nicht –«

»Ich schicke Ihnen eine SMS mit der Adresse. Bis gleich.«

## 42

Flanagan öffnete die Wohnungstür, an der Hand ein Mädchen in etwa Ellas Alter. Brigitte versuchte, ihre Überraschung nicht zu zeigen.

»Das ist Talia«, sagte Flanagan.

Finn und Ella rannten in die Wohnung, und Brigitte entschuldigte sich.

Flanagan bat Talia, ihnen ihr Spielzeug zu zeigen. »Meine Nachbarn von nebenan machen gerade eine Krise durch, deswegen passe ich manchmal für sie auf Talia auf.«

Brigitte senkte beim Eintreten die Augenbrauen. »Riecht gut hier«, sagte sie, als sie den Duft von Gebackenem vermischt mit Aromatherapieöl einatmete.

»Das ist mein neuer Ultraschallzerstäuber.« Flanagan zeigte auf einen neben einer Obstschale auf einer Kommode stehenden Vaporiser, der Dampf ausstieß und blau leuchtete. »Er verteilt das Öl durch die Vibrationen des Wassers in der Luft, nicht durch Hitze.«

Brigitte nickte. »Von Sunny?«

»Die Batikklamotten täuschen, die Frau könnte Bill Gates Windows 8 verkaufen.«

Brigitte lachte. Der Vaporiser war von gerahmten Fotos umringt: Familie und Freunde, eine jüngere Flanagan in einer ordentlich gebügelten Uniform – die Abschlussveranstaltung an der Polizeiakademie, und mit einem dunkelhaarigen, gutaussehenden Mann, der ernst wirkte, aber unter einer Sonnenbrille lächelte.

Sie legte den gereinigten Mantel ab und hängte ihn über einen Küchenstuhl. Flanagans Wohnung war sauber und weiß, bis auf die dunklen Holzmöbel. Eine Reihe von Drucken – Vögel und Blätter – schmückten die Wände.

»Möchten Sie Wein?«, fragte Flanagan.

»Na ja, ist ja Samstagabend.« Sie setzte sich.

Lächelnd stellte Flanagan zwei Gläser und eine Flasche auf den Tisch. »Zum Abendessen gibt es vegetarische Vollkornpizza.«

Die würden Finn und Ella niemals essen. Sie sah zum Wohnzimmer hinüber, wo die beiden mit Talia spielten. Die größte Lego-Kiste, die sie je gesehen hatte, war auf dem Boden ausgekippt.

»Wie läuft es denn?« Flanagan setzte sich mit einem Gesichtsausdruck an den Tisch, den Brigitte nicht zu deuten vermochte. Neugier? Echte Anteilnahme?

»Gut.«

»Wenn ihr je einen Babysitter braucht, sagt Bescheid.«

*Weil wir gerade eine »Krise« durchmachen?* Sie wünschte sich, sie wäre zu Hause geblieben, würde ihren eigenen Wein trinken und den Schokohasen essen.

»Ich liebe Kinder«, sagte Flanagan. »Wo ist denn Phoebe?«

»Übernachtet bei einer Freundin.« Brigitte hatte genug davon, höflich zu sein und darauf zu warten, dass Flanagan den Wein einschenkte, sie übernahm es selbst.

»Sie ist ein tolles Kind. Ich liebe ihre albernen Witze.«

Aidan musste Phoebe irgendwann mal mit zur Arbeit genommen haben.

»Und ihre Sammlungen: Muscheln, Knöpfe, Käfer.«

Brigitte nippte ihren Wein und nickte, tat so, als wüsste sie, wovon Flanagan redete.

»Ich wette, wenn sie groß ist, wird sie Künstlerin oder Museumskuratorin. Oder Comedian.« Flanagan lachte.

Brigitte betrachtete ihr Glas. Wie war das passiert – eine Fremde schien mehr über ihre Tochter zu wissen als sie selbst? »Sie kann manchmal sehr dickköpfig sein. Unnachgiebig.«

»Dann wird sie vielleicht Polizistin.«

»Hoffentlich nicht.«

»Kein leichter Job, nein. Aber drei Kinder großziehen ist auch nicht leicht.«

Sie zuckte die Achseln. »Ich kann mir nicht vorstellen, allein zu sein.«

Der Ofen klingelte, und Flanagan stand auf, um die Pizza herauszunehmen.

Brigitte knurrte der Magen. Sie schob sich auf dem Stuhl herum, seit dem Unfall mit dem Volvo waren ihre Rückenschmerzen eskaliert. Sie trank den Wein herunter.

»Ich bin nicht immer alleine gewesen.« Flanagan schnitt die Pizza auf, hob vier Stücke auf einen Teller und brachte den Kindern den Rest ins Wohnzimmer hinüber. Über die Schulter hinweg fragte sie, ob es okay sei, den Kindern eine DVD anzustellen.

Brigitte nickte.

»Greifen Sie zu«, sagte Flanagan, als sie zurückkam.

Eine Tomatenscheibe verbrannte Brigitte die kaputte Lippe.

»Vorsicht, es ist heiß.«

Sie fächelte mit der Hand vor dem Mund und machte Smalltalk. »Warum sind Sie Polizistin geworden?«

»Es klingt kitschig, aber ich wollte Menschen helfen. Ich habe Psychologie studiert, aber mein damaliger Freund war Polizist, und für mich klang das nach einem guten Job, nach einem besseren Weg, etwas zu bewirken.« Sie trank einen Schluck Wein. »Ich bin als Erstsprecherin ausgebildet, aber hier in der Gegend kommt es nur selten zu Krisensituationen.« Sie lachte.

»Hat nicht funktioniert?«, fragte Brigitte zwischen zwei Bissen. »Mit dem Ex, meine ich, nicht den Job.«

»Er war bei einer Sonderkommission.«

Brigitte nickte, sie wusste Bescheid, doch Flanagan sprach weiter. »Hat ziemlich viel Scheiße erlebt. Geiselnahmen, Bombenattentate. Traumatisierende Tatorterlebnisse, Todesfälle.«

*Was ist aus dem Smalltalk geworden?* Brigitte pickte eine Olive von ihrer Pizza.

Flanagan trank hastig. Nach dem zweiten Glas hatte sie rosige Wangen, und sie sprach weiter von ihrem Ex. Rund um die Uhr im Dienst. Selbst wenn er frei hatte, sah er überall Gefahren. Überprüfte immer wieder die Türschlösser, jedes nächtliche Geräusch war ein Angriff, jedes Stück Müll auf der Erde ein möglicher Sprengsatz. Er konnte nicht schlafen, hatte Albträume, Flashbacks, Probleme mit dem Kurzzeitgedächtnis.

Flanagan sah auf den Teller, sie hatte die Pizza kaum angerührt. »Er fing an zu trinken.«

Brigitte runzelte die Stirn und setzte ihr Glas ab.

»Ständig drehte er durch, wegen Dingen, die ihm früher nichts ausgemacht hatten. Dinge, über die wir Witze gemacht hatten, waren plötzlich nicht mehr lustig. Er hat mich nie geschlagen oder so, aber ein paarmal musste ich gehen, weil ich nicht wusste, was sonst passiert wäre.« Sie trank einen großen Schluck. »Am Ende haben wir nur noch gestritten oder überhaupt nicht mehr geredet. Es war, als würden wir in verschiedenen Welten leben: Er konnte mir nichts aus seiner erzählen und war an meiner nicht interessiert.« Sie zuckte mit einer Schulter.

»Depression?«

»Schlimmer. PTBS.«

Brigitte nickte. Ihr hatte ein unfähiger Arzt auch mal diese Fehldiagnose aufdrängen wollen.

»Leider ein Berufsrisiko.«

»Bekam er Hilfe?«

Sie schüttelte den Kopf. »Seine Wunden waren unsichtbar. Er dachte, er könne sie verstecken, alleine damit fertigwerden. Es ist ein Stigma, wenn Polizisten wegen psychischer Probleme Hilfe suchen.«

»Klingt, als wüssten Sie gut darüber Bescheid.«

»Jetzt schon.«

»Was ist passiert?«

»Er hat sich umgebracht.«

*Scheiße.* Brigitte kniff sich in den Nasenrücken. »Das tut mir sehr leid, Carla.«

»Eine Woche davor fand ich ihn zusammengerollt auf unserem Bett liegen und wie ein Baby weinen. Er hatte nicht mitbekommen, dass ich ins Zimmer gekommen war, und ich wusste nicht, was ich tun sollte, und habe ihn allein gelassen.« Sie trank ihr Glas aus. »Dann, einen Tag davor, war er wieder der Alte, ruhig und gelassen. Ich habe nicht verstanden ...«

Brigitte starrte einen Kratzer auf dem Tisch an, sie hörte das Gluckern, als Carla den Rest des Weins in ihre Gläser verteilte.

»Tut mir leid, ich hätte dich damit nicht belasten sollen.«

»Schon gut. Offensichtlich musstest du mal darüber reden.« Brigitte hob den Kopf und sah einen kurzen Moment lang Verletzlichkeit, Schmerz. Aber in dem Bruchteil einer Sekunde, den sie brauchte, um zu überlegen, ob sie Carla umarmen sollte, – puff – war alles wieder hinter dem rauchigen Blau ihrer Augen verschwunden.

»Und jetzt habe ich endlich wieder jemanden gefunden.« Carlas Lächeln würde nie wieder so strahlen wie auf der Polizeiakademie oder bei dem ernsten Mann mit der Sonnenbrille.

»Ray.« Brigitte hatte Mühe, sich die beiden zusammen vorzustellen.

»Er ist eher ein Polizist vom alten Schlag, aber ein guter Typ.«

Talia verlangte nach Wasser, und Carla brachte den Kindern drei Gläser.

Als sie zurückkam, nahm sie den Smalltalk wieder auf und fragte, ob Brigitte in letzter Zeit irgendwelche guten Bücher gelesen habe.

»Ich lese gerade *Wolkenatlas* von David Mitchell.«

»Nie gehört.«

Brigitte räusperte sich. *A propos Bücher.* »Hat die Polizei schon irgendeine Ahnung, wer Maree Carver ermordet hat?«

»Nein. Wahrscheinlich würden wir es hier sowieso als Letzte erfahren.«

»Glaubst du, es war jemand von hier?«

»Steve Williams geht von einem rein zufälligen Angriff durch jemanden aus, der keine Verbindung zum Opfer hat. Jemand auf der Durchreise, der wahrscheinlich nicht mal wusste, wer Maree Carver war.«

»Jemand aus der Stadt?«

»Aus der Bevölkerung kamen haufenweise Hinweise, wie du dir vorstellen kannst. Größtenteils nicht hilfreich. Williams wird es sicher lösen.« Ein Hauch von Sarkasmus in der Stimme.

»Könnte es sein, dass sie mit einer anderen verwechselt wurde? Ich meine, es war dunkel, und vielleicht ...«

»Wenn ich verantwortlich wäre, würde ich nach einem psychisch gestörten Fan suchen. Der besessen ist.« Sie sah Brigitte direkt an. »Gibt es was, das du mir sagen willst?«

Sie blinzelte und schüttelte den Kopf.

»Über den Roman von deinem Ex vielleicht?«

*Oh Gott, die Polizei weiß Bescheid.*

Carla schüttelte den Kopf. »Matt Elery wurde befragt und hat eine DNA-Probe abgegeben, die ihn als Verdächtigen ausschloss – in beiden Fällen.«

»Aber in seinem Buch wird ein Hund auf ähnliche Weise wie Zippy getötet. Und der Täter hat auch die Frau des Detectives ermordet und ...« Ihre Stimme war zu hoch. »Ich habe mir Sorgen gemacht«, sie betrachtete ihre Hände, »dass es vielleicht etwas mit dem zu tun haben könnte, was Maree Carver zugestoßen ist.«

Carla nickte. »Ja, das Gerücht ist mir zu Ohren gekommen.«

*Tate!* »Und ihr seid sicher, dass Matt es nicht gewesen sein kann?«

Carla runzelte die Stirn – oder war es ein Grienen? – und stellte ihr leeres Glas auf den Tisch. »Ich weiß nicht, wie du dir so was Albernes in den Kopf setzen konntest.«

»Bitte sag Aidan nicht, dass ich davon gesprochen habe.«

Carla kramte in den Taschen des roten Blazers über ihrer Stuhllehne. »Macht's dir was aus, wenn ich eine rauchen gehe?« Sie nahm die Zigarette und ihr goldenes Feuerzeug mit auf die Veranda.

Während sie ihren Wein austrank und Carlas Rücken betrachtete, wurde Brigitte von Erleichterung überflutet: Carla stand aufrecht und breitbeinig auf der Veranda. Metallfarbener Rauch kringelte sich aus dem Licht in die Dunkelheit.

Als Brigitte verkündete, sie würden jetzt nach Hause gehen, protestierten Finn und Ella, weil sie noch den Film zu Ende gucken wollten. Carla ging in den Polizistenmodus, stellte den Fernseher ab, nahm die DVD heraus und sagte, sie könnten sie leihen. »Für Talia ist es auch Zeit, nach Hause und ins Bett zu kommen.«

Regentropfen glitzerten auf dem Rasen. Carla bat sie zu warten, während sie ihr Handy nahm und den roten Blazer anzog, der ein bis zwei Nummern zu groß für sie war.

»Was hast du vor?«, fragte Brigitte.

»Ich bringe euch zur Fähre.«

»Das schaffen wir schon.«

Carla warf ihr den gleichen Blick zu wie Aidan manchmal – früher. Die Augenbrauen leicht hochgezogen, den Mund zusammengepresst: Nein war keine Antwort, man konnte sich den Atem sparen. Lernten sie das auf der Polizeiakademie?

Carla klopfte zwei Stockwerke weiter unten an die Tür von Talias Eltern, keine Reaktion. Talia sah sie aus müden, abgeklärten Augen an. Carla sagte, sie könne wieder bei ihr schlafen und sie würden zum Frühstück Pfannkuchen machen.

Der Regen hatte aufgehört, doch es war eiskalt, und sie wickelten sich auf dem Weg über die Esplanade in ihre Jacken ein. In Brigittes Schritten lag neuer Schwung. Im The Old Pub war Karaoke-Abend, die Kneipe brechend voll. Brigitte hielt Ellas Hand fester und zog die Schultern nach vorne, um sich gegen die lauten Stimmen und Kraftausdrücke der jungen Männer, die vor der Tür rauchten, zu schützen.

»N'Abend, Jungs«, sagte Carla im Vorbeigehen.

Aus dem Lärm wurde Gemurmel und Kichern.

Der Rest der Straße war menschenleer. Brigitte und Carla sahen beide zum Mariner's Cove Hotel hinüber, sagten aber nichts.

Die Lichter der Fähre schwammen auf dem Wasser.

»Schick Aidan eine Nachricht, dass er euch auf der anderen Seite abholen soll«, sagte Carla.

Brigitte holte ihr Handy hervor und wollte so tun, als ob.

»Oder eurem Nachbarn.«

Brigitte nickte und schrieb an Harry.

»Und schick mir eine, wenn ihr zu Hause seid.«

Ein peinlicher Moment. Sollten sie sich umarmen? Auf die Wange küssen? Die Hand geben? »Danke fürs Abendessen, Carla.«

»Kein Problem.«

Die Rampe war nass, und Brigitte wäre beim Betreten der Fähre fast ausgerutscht. Ihre Wangen glühten vor Alkohol und Kälte. Sie meinte zu sehen, dass Jeremy grinste und schnupperte. Er legte die Hände auf das Geländer und blickte ins Wasser, das Mondlicht lag wie goldener Dunst auf seinen Haaren.

»Wo ist Mini-me?«, fragte er.

»Phoebe? Übernachtet bei einer Freundin.«

Jeremy nickte. »Weiß deine schnuckelige Polizistenfreundin schon, ob jemand für den Mord verhaftet wurde?«

Brigitte runzelte über seinen unverschämten Ton die Stirn und schüttelte den Kopf. Sie sagte den Kindern, sie sollten sich in den Passagiersaloon setzen.

»Die brauchen ganz schön lange.« Jeremy sah auf, seine Augen glänzten wie grüne Oliven. Er blinzelte und entschuldigte sich für neulich Nacht, sein Ton war wieder normal.

Sie sah ihn verständnislos an.

»Kein guter Zeitpunkt, um an deiner Tür aufzutauchen.«

*Ach, der Abend des verbrannten Fischs.*

Er drehte sich um und stieg die Treppe hinauf. Carla stand noch am Fährenhäuschen, an der einen Hand Talia, die andere in der Tasche des roten Blazers.

Der Heulton der Fähre klang heute Abend besonders klagend. Ella schlief auf der Überfahrt in Brigittes Armen ein. »Die Pizza war lecker«, sagte Finn. »Besser als die gekauften. Du solltest dir das Rezept geben lassen, Mum.«

Auf der Insel wurden sie von Harry erwartet. Sie konnte gerade noch Carla und Talia auf dem Festland stehen sehen.

Im Licht der Telefonzelle bemerkte Brigitte, dass Harry eine Schramme im Gesicht und einen Verband an der linken Hand hatte. »Was ist passiert?«

»Gemeindeversammlung wegen der Fährpreise. Die Dinge sind ein bisschen heiß gelaufen.«

Sie war überrascht – sie konnte sich nicht vorstellen, dass Harry in irgendwelche Auseinandersetzungen geriet, schon gar kein körperlichen. »Du solltest Arnika daraufmachen.«

»Alles in Ordnung.« Sein Ton war scharf.

Keiner der beiden erwähnte den verbrannten Fisch, in unbehaglichem Schweigen gingen sie die Seventh Parade entlang, am Park vorbei und über die Grünfläche an der Sackgasse. Ellas Gewicht war Gift für Brigittes Rücken.

»Nacht«, murmelte Harry vor seinem Haus. Durch die Gardinen war das Flackern des Fernsehers zu erkennen.

Als Ella im Bett lag, schrieb Brigitte Carla eine Nachricht.

Finn wollte wissen, wo Aidan war.

»Ich weiß es nicht. Putz dir die Zähne und geh ins Bett, Liebling. Es ist spät.«

Als Finn verschwunden war, kehrte sie zu der früher am Abend geöffneten Flasche zurück. Mit einem Glas in der Hand ging sie ins Schlafzimmer, um den Schokohasen zu holen, den sie vor den Kindern versteckt hatte.

Eine Schranktür und ein paar Schubladen standen offen. Der Großteil von Aidans Kleidung war weg. Auf dem Bett lag *Tot im Wasser*, in Fetzen gerissen. Brigitte verschüttete einen Teil des Weins, als sie das Glas auf dem Nachttisch abstellte.

Sie legte sich zwischen die Papierfetzen. Obwohl ihre Zähne klapperten, zog sie nicht die Decke über sich. Noch knipste sie das Licht aus oder zog sich um. Sie konnte sich nicht rühren.

## 43

Die Kinder merkten nicht, dass Brigitte in der Wohnzimmertür stand.

»Wann kommt Daddy nach Hause?« Ella saß im Schneidersitz mit einem Stift in der Hand auf dem Boden, den Kopf nach vorne gebeugt, die Haarspitzen streiften über ihr Malbuch.

»Keine Ahnung.« Phoebe lag auf das Sofa gefläzt und leckte an einem Himbeereis. »Vielleicht gar nicht.«

Wie oft musste Brigitte es noch sagen: Kein Essen im Wohnzimmer?

»Vielleicht lassen sie sich scheiden.«

Ella ließ den Stift sinken und sah auf. »Was heißt das?«

»Wenn zwei Menschen sich streiten und nicht mehr lieben und in verschiedenen Häusern wohnen.« Phoebes Lippen waren rot vom Eis, es sah aus, als würde sie Lippenstift tragen. »Das ist Mums Schuld. Sie hat Aidan irgendwas Schlimmes angetan.«

»Was denn Schlimmes?«, fragte Ella.

Phoebe zuckte die Achseln.

»Das Auto kaputt gemacht?«

»Sie ist einfach fies.«

»Nein, ist sie nicht«, sagte Finn. Er saß am anderen Ende des Sofas und fummelte an seinen Schnürsenkeln herum. »Mum langweilt sich eben schnell. Sie wollte unbedingt hierherziehen, aber jetzt reicht ihr das nicht mehr. Und ihr *perfekter Schreibjob*, jetzt will sie lieber Schauspieler sein wie Onkel Ryan. Vielleicht findet sie Aidan einfach langweilig?«

»Und uns. Ich will bei Aidan bleiben«, sagte Phoebe.

»Kannst du nicht«, sagte Finn.

»Warum nicht?«

»Weil er nicht dein richtiger Vater ist.«

»Na und?«

»Ich bleibe bei Mum«, sagte Finn. Phoebes pinke Converse-Sneakers berührten ihn, er stieß sie weg, und sie trat nach ihm. »Hör auf! Ich sag's Mum.«

Phoebe hielt sich eine Hand an die Wange und zog ein albernes Gesicht, das Brigitte an das Gemälde *Der Schrei* denken ließ. Ein Tropfen Himbeereis fiel aufs Sofa. Ella schob ihr Malbuch und die Stifte beiseite und begann zu weinen.

Brigitte räusperte sich.

Finn und Phoebe hoben abrupt die Köpfe und sahen sie aus Eulenaugen an, Ella weinte weiter.

»Im Wohnzimmer wird bitte nicht gegessen, Phoebe.«

»Du hast gesagt, Eislollys sind kein Essen.«

Brigitte knirschte mit den Zähnen.

»Bei Emily zu Hause dürfen wir im Wohnzimmer essen.«

»Nun, ich bin nicht Emilys Mutter.«

»Nein, ich wünschte, du wärst es.« Phoebe stand auf und rempelte Brigitte an, als sie beleidigt aus dem Zimmer stapfen wollte.

»Wag es ja nicht!«, brüllte Brigitte. »Du bist noch nicht zu groß für einen Klapps, ist das klar!«

»Das sage ich Aidan. Wer seine Kinder schlägt, kann ins Gefängnis kommen«, schrie Phoebe über die Schulter zurück.

Brigitte ballte die Fäuste. *Und im Kinderzimmer wird auch nicht gegessen* – sie sprach es nicht aus. Sie kniete sich hin, um Ella zu trösten, erntete aber einen Tritt in die Brust mit einem kleinen lila Stiefel. Sie hob die Hand, hielt inne. Ellas Weinen wurde zu Gebrüll. Finn verließ das Zimmer und ging in die Küche.

»Keine Süßigkeiten mehr vor dem Abendessen!«, rief Brigitte über Ellas Geschrei hinweg. Warum zum Teufel hatte sie das gesagt? Sie *war* fies.

Sie wollte sich auf den Boden legen und wie Ella um sich treten. Sie legte den Kopf in die Hände und flüsterte, »Hör auf. Bitte, hör einfach auf.«

***

*Scheiße, Scheiße, Scheiße.* Brigitte hackte mit einem Messer, das geschliffen werden musste, auf Gemüse ein. *Fick dich, Aidan.*

Vielleicht sollte sie mit den Kindern zurück nach Melbourne ziehen. Sie waren auf die Insel gezogen, weil es hier angeblich sicherer war. Und Aidan angeblich glücklicher sein würde.

Sie könnten bei Ryan wohnen. Oder das Grundstück auf der Insel verkaufen und sich ein bisschen außerhalb der Stadt etwas Billiges kaufen. Oder mieten. Und sich eine Katze anschaffen. Sie wischte sich die Augen ab.

»Okay, Mummy?«, fragte Ella.

»Ja, Süße. Ich hab nur Zwiebeln in den Augen.«

Ella spielte an der Hintertür. Auf der Scheibe prangten immer noch Zippys Pfotenabdrücke, Brigitte hatte es nicht geschafft, sie abzuwischen. Finn war an der Xbox, Phoebe hockte vermutlich schmollend in ihrem Zimmer.

Brigitte kratzte das Gemüse in einen Topf, um eine »Herbstgemüsesuppe mit Tomaten« zu kochen, die die Kinder nicht essen würden. Und es würde auch nur eine »Herbstgemüsesuppe« werden, weil sie dank Tate und Cam keine Tomaten gekauft hatte. Sie schenkte sich ein Glas Wein ein, nach einigen Schlucken löste sich die Spannung in ihren Schultern und im Kiefer.

Ella plapperte und spielte mit eingebildeten Freunden Verstecken. So schön. So unschuldig. Im Kopf hörte sie Joans Stimme: *Hör auf, mit dir selbst zu reden, Brigitte. Du machst mir Angst. Da ist niemand.*

Brigitte war mit einer klaren Absicht Mutter geworden: *Ich werde nie wie meine Mutter sein.* Das hatte sie sich auf der Neugeborenen-Intensivstation geschworen, benebelt von Euphorie und Medikamenten. Als die Ärzte den Zwillingen die Magensonde zogen und sagten, sie könnten jetzt normal gefüttert werden, hätte sie ihnen niemals Säuglingsnahrung gegeben wie Joan. *Vom Stillen kriegst du lasche Brüste.* Von entzündeten Brustwarzen und Fieber gepeinigt hatte sie trotz stechender Schmerzen weitergemacht.

Ellas Geburt war ein geplanter Kaiserschnitt gewesen, weniger dramatisch, aber die Erinnerung daran war undeutlicher. Sie versuchte sich vorzustellen, wie Aidan Ella nach der Geburt gehalten hatte, aber es kam kein Bild. Sie hatte viel Blut verloren, ihr Blutdruck war gefährlich abgesackt. Die Krankenschwestern hatten Ella auf die Säuglingsstation bringen wollen, damit Brigitte sich ausruhen konnte, aber sie weigerte sich, von ihrem Kind getrennt zu werden wie damals bei den Zwillingen.

Wie war es für Joan gewesen, als Brigitte ein Baby war? Hatte sie jemals, und sei es nur für einen Moment, diese Welle aus vollkommener, bedingungsloser Liebe hinweggerissen? Das Einzige, was Brigitte sicher wusste, war, dass ihre Geburt Joans Schauspielkarriere beendet hatte. Mit einem Kind war es noch machbar gewesen: Das konnte man bei Screentests in irgendeine Ecke setzen, irgendwer im Team nahm immer gern eine Weile ein Baby auf den Schoß. Als Kind hatte sie in Pubs und auf Partys Joan oft sagen hören: Mit zweien war es *tragischerweise* unmöglich. *Wie man sich bettet, so liegt man.*

Brigitte zitterte und betrachtete das Glas in ihrer Hand. Heute Abend würde sie nur eins trinken. Maximal zwei. Der Himmel draußen war blauschwarz mit gelben Tupfen, wie ein blauer Fleck. Sie bat Ella, die Tür zu schließen – es wurde kalt, sie roch den Regen in der Luft. Sie gab Gemüsebrühe in den Topf und rührte ziellos mit einem Holzlöffel darin herum.

Sie machte einen Satz und warf den Löffel und den Wein aus ihrem Glas in die Luft – die Alarmanlage. *Verdammt! Schon wieder. Das Ding musste kaputt sein.* Die Zwillinge rannten mit den Händen auf den Ohren in die Küche. Brigitte schickte sie und Ella hinaus in den Garten, drehte den Herd ab, folgte ihnen mit dem Handy nach draußen und hoffte, die Angestellte der Sicherheitsfirma werde schnell anrufen und die Anlage abstellen.

Nach drei Minuten, die ihr wie dreißig vorkamen, hatte niemand angerufen. Ein paar Nachbarn kamen zum Gaffen, bis der Regen so herunterschüttete, dass sie durchnässt in ihre Häuser zurückhuschten. Brigitte bugsierte die Kinder unter das schützende Verandadach, wo der Lärm ohrenbetäubend war. Jemand würde bestimmt bald die verdammte Polizei rufen. Sie sah zu Harrys Haus hinüber, als ob er irgendwie helfen könnte, doch das Licht war aus. Brigittes Puls ging schneller. Keine Panik, keine Panik.

Phoebe brüllte sie an, »Mach, dass es aufhört!«

Sie lief ins Haus und suchte in der Küche nach der Visitenkarte von EG Home Security, als sie eine Schublade zuknallte, quetschte sie sich den Daumen ein.

Um die Mitarbeiterin hören zu können, stellte sie sich zum Telefonieren mitten im Garten in den Regen. Die Mitarbeiterin stellte den Alarm ab und informierte Brigitte, dass das System keine Meldung gemacht hatte. Seltsam. Das war angeblich noch nie passiert – es musste zu einer Fehlfunktion gekommen sein, gleich morgen früh würde jemand nachsehen kommen.

Brigitte stellte sich auf die Veranda – Klamotten und Haare waren tropfnass – und bat darum, die Alarmanlage komplett auszustellen, abzustellen, einzustellen, was auch immer.

»Aber es ist heutzutage wichtiger als je zuvor, Ihr Haus zu schützen«, sagte die Angestellte. »Die Wirtschaft liegt am Boden, die Zeiten sind finanziell schwierig, das führt zu einem Anstieg von Kriminalität. Menschen, die normalerweise niemals kriminell würden, haben jetzt keine andere Wahl. Eine EG Home Security-Alarmanlage ist daher eine notwendige –«

»Schalten Sie sie einfach ab.« Brigitte zitterte, ihre Ohren dröhnten. »Bitte.«

»Sind Sie sicher? Verbrechen passieren auch in Gegenden, die normalerweise als nicht gefährdet gelten, selbst in solchen mit niedriger Krimi-«

»Ich bin sicher!«

»Vielleicht möchten Sie sich etwas Zeit nehmen, um noch einmal darüber nachzudenken, Mrs. Serra.« Eine Pause. »Sie haben einen Dreijahresvertrag mit monatlichen Zahlungen von vierundsiebzig Dollar inklusive Mehrwertsteuer abgeschlossen, das beinhaltet alle Anschlüsse und Reparaturen. Sie werden die Gesamtsumme von 2644 Dollar begleichen müssen, bevor wir Ihren Vertrag auflösen –«

»Das klingt ziemlich ungesetzlich. Ich werde meinen Mann, Detective Senior Sergeant Serra, bitten, sich das einmal genauer anzusehen.«

Eine Pause, Tastaturgeklapper.

»Ich werde mit dem Manager sprechen und …« Im Hintergrund eine Stimme. »Wir schicken Ihnen die Formulare zur Auflösung des Vertrags zu.«

»Tun Sie das.«

»Können wir Ihnen sonst noch irgendwie behilflich sein, Mrs. Serra?«

***

Brigitte klebte sich beim Essen ein Lächeln ins Gesicht, die Suppe schmeckte nach Spülwasser. Sie mahlte einen Haufen Pfeffer in ihre Schüssel und sagte den Kindern, sie sollten vom Rand essen und pusten, weil die Suppe heiß sei.

Phoebe hielt den Kopf gesenkt, warf Brigitte aber unter langen Wimpern ihren *Du bist so blöd, Mum*-Blick zu.

»Tomaten hätten den Geschmack definitiv verbessert«, sagte Brigitte.

Finn nickte und häufte geriebenen Parmesan auf seine Suppe. Ella schlürfte einen Löffel, verbrannte sich die Lippe und verzog das Gesicht.

»Möchte jemand Brot?« Als niemand antwortete, stand sie trotzdem auf, um welches zu holen.

Ella kratzte an einem Mückenstich auf ihrem Arm.

»Das könnte ein Flohbiss sein«, sagte Phoebe. »Im Mittelalter haben Flöhe Ratten gebissen, und die haben dann Menschen gebissen, und die haben dann die Pest bekommen und sind gestorben.«

»Hör auf, Phoebe«, sagte Brigitte.

»In dem Lied ›Ach du lieber Augustin‹ wird genau das beschrieben: *Pest, die Pest! Nur ein groß' Leichenfest! ...*«

Ella begann zu heulen.

»*Augustin, Augustin, leg nur ins Grab dich hin ...*«

»Hör auf, habe ich gesagt. Bitte!«

Brigittes Handy klingelte. *Wehe, wenn da noch mal die verdammte Sicherheitsfirma anruft.* Sie knallte den Löffel auf den Tisch und befahl den Kindern, ruhig zu sein. Aidan. Ihr Herz tat einen Sprung.

»Hab gehört, ihr hattet falschen Alarm. Schon wieder«, sagte er.

Sie ging ins Wohnzimmer, um ihn über den Lärm der Kinder hinweg hören zu können. »Ella hat versehentlich die Alarmanlage ausgelöst.« Ein albernes Lachen entfuhr ihren Lippen.

»Du weißt, dass wir bezahlen müssen, wenn die Notdienste ausrücken?«

»Keine Sorge, niemand ist ausgerückt.« Er hatte *wir* gesagt.

»Geht's den Kindern gut?«

Sie nickte, schluckte, wusste, dass er sie in der Küche zanken hören konnte. »Hast du eine Wohnung gefunden?«

»Noch nicht.«

»Wohnst du bei Ray?«

»Ja.« Eine Pause. »Tut mir leid, dass ich dein Buch kaputt gemacht habe. Das hätte ich nicht tun sollen.« Seine tiefe Stimme war tröstlich. Rational. Normal. Die Vorstellung, dass er ein Buch zerriss, fiel schwer.

»Es war kein gutes Buch.« Sie hörte ein leise gestelltes Radio, den Rhythmus von Scheibenwischern. »Wo bist du?«

»Ich suche nach einem gestohlenen Auto.«

Sie warf einen Blick zur Küche hinüber.

»Aidan ...«

»Was?«

*Ich liebe dich*. »Nichts.«

»Muss auflegen. Ich komme die Kinder am Wochenende besuchen.«

Wochenend-Dad. Wie hatte es dazu kommen können? *Es tut mir leid*.

In der Küche schmierte Finn eine dicke Schicht Butter auf eine Brotscheibe, Phoebe starrte finster in ihre Schüssel, und Ella weinte noch immer. Brigitte ging zu ihr, hockte sich neben ihren Stuhl und tröstete sie. Dabei warf sie Phoebe einen *Sehr enttäuscht von dir*-Blick zu.

Beim Ausatmen blähte sich unter Ellas Nase eine Rotzblase auf, die beim Einatmen wieder eingesogen wurde. »War kein Versehen.«

Sie spürte Ellas Herz so schnell schlagen wie das eines Vogels.

»Phoebe hat gesagt, wenn der Alarm angeht«, sagte sie zwischen Schluchzern, »dann macht sich Daddy vielleicht Sorgen und kommt nach Hause.«

***

Als die Kinder im Bett waren, schenkte sich Brigitte ein viertes Glas Wein ein. Morgen, wenn ihre Nerven nicht von der Alarmsirene zerschreddert waren, würde sie wirklich nur ein oder zwei trinken. Sie setzte sich an den Küchentisch, Regen pladderte aufs Dach, das Radio leistete ihr Gesellschaft.

*Die Bewohner von Raymond Island haben die Pläne von East Gippsland Shire zur Erhöhung der Fährpreise zunichtegemacht.*

»Hört, hört.« Brigitte toastete dem Radio zu.

*Wie der Bürgermeister sagte, habe die Gemeinde die Aufgabe, finanziell tragfähig zu bleiben. Man wollte testen, wie tragfähig die Höhe der Fährpreise in der Gemeinde sein könnte. Die Gemeinde reagierte schnell und eindeutig, und in einer Aussprache in der vergangenen Woche wurden überzeugende persönliche Geschichten vorgetragen.*

Brigitte kicherte.

*Die Polizei musste gerufen werden, als es zwischen den Inselbewohnern und den Festlandanwohnern allzu hitzig zur Sache ging.*

Brigitte schüttelte den Kopf und dachte an Harrys verbundene Hand.

*Die braven Menschen von Raymond Island taten ihre Meinung zur geplanten Preiserhöhung laut und deutlich kund.*

*»Die Fähre ist unser ganzer Stolz«, sagte Fischer Jim Woodward. »Sie ist unsere Straße, unser einziger Weg nach Hause.«*

Schön gesagt, Jim.

Die Sendung wurde mit einer Eilnachricht über einen Polizeieinsatz auf dem Princes Highway unterbrochen, der tragisch geendet hatte.

Brigitte ging zur Frühstücksbar, um besser hören zu können.

*Ein Polizeibeamter ist gestorben, und zwei Jugendliche mussten per Hubschrauber ins Alfred Hospital geflogen werden, nachdem vor etwa zwei Stunden am Rand von Bairnsdale im Laufe einer Verfolgungsjagd ein gestohlener Wagen bei hohem Tempo von der Straße abgekommen war. Polizisten und Notärzte bemühten sich, den verletzten Polizisten wiederzubeleben, der allein in einem Zivilfahrzeug gesessen hatte und gegen einen Baum geprallt war, doch er verstarb noch am Unfallort. Ein Polizeisprecher konnte noch keine Angaben zu den Verletzungen der beiden Jugendlichen machen.*

Die Zeit hielt einen Moment lang an. Brigitte warf einen Blick auf Aidans am Kühlschrank hängenden Dienstplan. Seine Schicht hätte vor zwei Stunden zu Ende sein müssen. Eiswasser rann durch ihren Körper.

*Wir werden Sie so bald wie möglich weiter informieren. Jetzt erst mal ein Lied von einem Musiker, dessen Nachnamen kaum jemand aussprechen kann: ›Somebody That I Used to Know‹.«*

Sie stellte das Radio leiser und rief Aidan an. Sie versuchte, sich am Spülbecken abzustützen, doch ihre Knie gaben nach, und sie rutschte am Schrank entlang zu Boden. Schmerz schoss durch ihre Wirbelsäule, als der Anruf auf der Mailbox landete. Sie versuchte es bei Ray. Nichts. Sie hörte die Fähre auf dem Weg zum Festland ächzen.

Draußen war es dunkel und sternenlos, doch sie stellte sich das Glänzen von zersplittertem Glas und rotblaue Lichter auf dem Highway vor. Bestimmt war es dort nass und sehr kalt. Würde dieser Moment – das Warten – eine in der Zeit eingefrorene Erinnerung werden, egal wie sehr sie ihn vergessen wollte? *Warum denke ich ans Vergessen, wenn es nichts zu erinnern gibt? Nichts ist passiert.* Aidan war bei Ray, trank Bier und schaute irgendeinen Mist im Fernsehen, um seinen Tag zu verdrängen. Er hatte das Handy einfach nicht gehört oder es ignoriert. Sie würde es noch einmal versuchen und dann im Revier anrufen. In einer Minute. Noch nicht jetzt. Sie konnte sich nicht bewegen.

Es gab so vieles, das sie Aidan unbedingt sagen musste. Dass die Mädchen ihn so sehr liebten, dass es ihr fast das Herz brach. *Es tut mir leid.* Und dass Finn einen Vater brauchte, ein männliches Vorbild. *Es tut mir leid.* Und dass sie diesen Leberfleck auf dem Rücken hatte, den sie im Spiegel nicht richtig sehen konnte – könnte er einen Blick darauf werfen und ihr sagen, ob er sich verändert hatte. *Es tut mir leid.* Sie starrte den dünnen Stoff am linken Knie ihrer Jeans an. Warum wurden alle Jeanshosen immer an derselben Stelle dünn? *Es tut mir leid, es tut mir leid, es tut mir leid.*

## 44

Die Hintertür wurde aufgeschoben, Schritte in der Küche. Als Aidan um die Frühstücksbar kam, rappelte Brigitte sich auf.

Er ließ die Sporttasche fallen, sah das Radio an und sagte mit falschem Klang in der Stimme: »Es war Ray.« An seiner Kleidung waren Flecke in den düsteren Farben seines Rothko-Bildes *Four Darks in Red* – er war am Unfallort gewesen.

Sie schüttelte langsam den Kopf, legte die Arme um ihn und hielt ihn fest. Durch das kalte, feuchte Hemd hindurch spürte sie seine Rippen. Sie klammerten sich eine Weile aneinander, dann schob er sie sanft von sich und ging ins Bad. An die Frühstücksbar gelehnt starrte sie die Fotos an den Wänden an, wünschte sich, sie könnte zurück in das petrolblaue Hochzeitskleid schlüpfen und an der Stelle noch einmal auf »Start« drücken.

Die Dusche lief lange, Dampf und der Geruch von Vanilleseife drangen unter der Tür hervor. Sie versuchte, Carla anzurufen. Keine Antwort. Sie hinterließ eine wirre Nachricht, wie leid ihr alles täte, *ruf an, wenn du was brauchst.* Hätte lieber nichts gesagt – es gab keine passenden Worte. Als die Dusche abgestellt wurde, hörte sie, wie Aidan seine Kleidung in die Waschmaschine steckte.

Er kam mit einem Handtuch um die Hüfte aus dem Bad und ging barfuß zum Schlafzimmer. Sie folgte und legte sich neben ihn aufs Bett. Nach einer Weile sagte er: »Meine Schicht war fast zu Ende, deswegen hat Ray gesagt, er werde fahren.«

Sie griff nach seiner Hand.

»Er lag mitten im Auto, die Windschutzscheibe, seine Augen waren offen, aber sein Kopf ... entschuldige.«

»Schon gut. Du musst darüber reden, Aid. Rede mit mir.«

Er zögerte, dann brach es aus ihm heraus: »So viel Blut.«

Sie verschränkte ihre Finger mit seinen und drückte fest.

»Ich musste an Drew Borchardt denken. Eine Sekunde lang habe ich geglaubt, Laurie Hunt würde im Fahrersitz sitzen.«

Sie sah ihm in die Augen, sah das Monster dort, und meinte einen Moment lang, es am Schwanz erwischt zu haben.

Er wechselte zu Maree Carver. »Sie war fast geköpft worden.«

*Rotes Licht auf Glas.*

»Und der Tatort – Maree muss festgehalten worden sein und ist wie ein Tier auf dem Schlachthof ausgeblutet, genau wie Zippy. Deswegen hat es kein Spritzmuster aus durchtrennten Arterien gegeben, nur eine riesige Blutlache.« Er zitterte. »Bei Laurie Hunt war so viel Blut. Und als sie Hunts Balaklava abzogen, habe ich gesehen ...«

»Rede mit mir, Aid.«

»Ich kann nicht. Ich kriege keine Luft.«

»Alles okay.« Sie legte eine Hand auf seinen Bauch. »Versuch, hierhin zu atmen. Ein durch die Nase, aus durch den

Mund.« Sie zählte langsam, allmählich hob und senkte sich die Bauchdecke unter ihrer Hand weniger hektisch. Bei 150 hatte er seinen Atem unter Kontrolle.

Sie hielt ihn in den Armen wie ein Baby, hatte das Gefühl, Sand zu halten oder Licht. Als er im Schlaf zur Ruhe gekommen war, machte sie eine Bewegung, um aufzustehen und das Licht auszuschalten.

Er hielt sie fest. »Bitte verlass mich nicht.«

Sie schliefen mit dem Licht an.

## 45

Am Morgen war er wieder weg. Doch er würde wiederkommen – er hatte seine Kleidung zum Trocknen auf der Leine gelassen und die Sporttasche neben dem Bett. Als Brigitte die Tasche wegstellen wollte, fiel ein blaues Notizbuch aus der Vordertasche.

Sie sah sich um, öffnete es dann.

17. März

Bin vielleicht doch nicht krank. Zumindest nicht körperlich. Bin auf eine Webseite namens Beyond Blue gestoßen. Dort gibt es Foren. Angeblich kann es helfen, ein Tagebuch zu führen, alles aufzuschreiben, Gedanken und Gefühle. Liebes Tagebuch. Ganz schön doof, aber los geht's.

Ich sollte jetzt eigentlich im Pub sitzen und grünes Bier trinken. War mit den Kindern vorhin zum Abendessen drüben. Jetzt liegen sie im Bett, und ich habe ein schlechtes Gewissen, weil ich sie angemeckert habe, als sie Limonade wollten. Brigitte ist in Melbourne, weil ihr Bruder versucht hat, sich umzubringen, und ihr Opa gestorben ist.

Körperlich: Herzrhythmusstörungen, seltsame Schmerzen,

Zittern, Kälte/Taubheit, normalerweise in den Armen. Schwer zu glauben, dass es nur eine Macke im Kopf ist und mir physisch nichts fehlt. Das Herz, ein Hirntumor oder vielleicht Lungenkrebs?

Emotional: Angst, Wut, nervös, wachsam, ständig das dumme Gefühl, dass jeden Moment eine Katastrophe eintritt. Manchmal habe ich so ein komisches Gefühl, das nur schwer zu beschreiben ist: abgetrennt, als würde ich meinen Körper von außen betrachten. Letzte Woche habe ich beim Autofahren über das alles nachgedacht und nicht gemerkt, dass ich in die falsche Richtung fuhr.

Am schlimmsten sind die Albträume und Rückblenden. Ich sehe die Opfer, denen ich damals bei der Mordkommission nicht helfen konnte. Ich sehe Drew Borchardt in Laurie Hunts Küche über den Boden kriechen, aus den klaffenden Schusswunden in seinem Gesicht spritzt Blut. Er streckt eine Hand aus. Blut läuft daran entlang. Er kriecht auf mich zu, fleht um Hilfe, aber ich kann mich nicht rühren. Ich bin hilflos. Blut fließt wie kleine Flüsse durch die Ritzen zwischen den Fliesen. Und dann ziehen sie Hunts Balaklava ab. Die Kugeln sind in einem sehr seltsamen Winkel eingedrungen. Es sieht aus, als wäre sie teilweise enthauptet worden. Ich hätte nur einmal schießen sollen. Nicht in der Lage, darüber zu reden. Habe mich schließlich darauf eingelassen. Sollte damit umgehen können.

Manchmal sind die Rückblenden keine Rückblenden. Ich kann es nicht erklären, aber sie sind real. Halluzinationen? Die hatte ich schon mal (nach Laurie Hunt), aber jetzt lange nicht mehr. Ich habe an Maree Carvers Leiche im Wasser Brigittes Gesicht gesehen. Und beim zweiten Blick war es Phoebes Gesicht.

21. März

Ich schlafe nicht mehr wie ein normaler Mensch. Ständig wache ich auf und kann nicht atmen, kriege keine Luft in meine Lungen, als läge ein Gewicht auf meiner Brust. ~~Ich habe Angst, wenn~~ Ich halte es nicht aus, wenn es dunkel im Haus ist. Ich liege da und lausche auf jedes winzige Geräusch und frage mich, was das ist. Immerzu will ich aufstehen und nachsehen, dass niemand eingebrochen ist und die Kinder und Brigitte in Sicherheit sind.

Ich habe eine gute Alarmanlage einbauen lassen, fühle mich aber immer noch nicht sicher. Die Anlage ist mitten in der Nacht losgegangen. Brigitte oder eins der Kinder haben sie irgendwie ausgelöst. Vielleicht war es ein Traum (oder eine Halluzination), aber ich könnte schwören, dass ich jemanden aus dem Haus habe rennen sehen.

Ich weiß, dass ich zu einem Seelenklempner gehen sollte, aber ich kann nicht – der würde mich auf Medikamente setzen oder irgendwas Blödes wie Hypnotherapie ausprobieren. ~~Sie~~ Die Polizei würde mir die Waffe und den Dienstausweis abnehmen. Ende der Karriere (was davon noch übrig ist). Kann meinen Job nicht ordentlich machen, weiß aber auch nicht, was ich sonst tun kann. Kann nicht mal rausfinden, wer meinen eigenen Hund getötet hat.

Brigitte vermutet eine Verbindung zwischen Zippy und dem Carver-Fall. Ich kann ihr nicht mehr in die Augen sehen, vor allem, weil sie mich angelogen hat: hat mir ins Gesicht gesagt, dass in Melbourne mit dem ekligen Wichser Matt Elery nichts gewesen wäre.

Trinke zu viel. Und rauche. Wenn Brigitte es riecht, sagt sie nichts, zieht nur diese komische Grimasse mit Mund und Nase. Früher hat mich das an Samantha in *Verliebt in eine Hexe* erinnert. Jetzt nervt mich ihre Herablassung nur noch.

In diesen Beyond-Blue-Foren wird auch über Konfrontationstherapie diskutiert (geht darum, zu alten Erinnerungen zurückzugehen. Sich seinen Ängsten zu stellen, was ziemlich heftig wäre, weil ich zurzeit vor allem Angst habe. Ich bin schwach, nutzlos.)

Karfreitag
Habe letzte Nacht mit Brigitte geschlafen. Hat sich angefühlt, als wäre alles wieder normal, aber ich weiß, dass sie nur so getan hat. Hat wahrscheinlich an Elery gedacht.
Ich kann es nicht erklären, aber ich muss einen Weg nach Hause finden. Nicht zu Hause als Ort, sondern wie es vor Laurie Hunt mit uns war. Ich habe Angst, dass wir schon zu weit davon entfernt sind.
Denke immer wieder daran, meine Pistole zu holen, oder die Pistole im Safe. Da, es ist raus. Dieses Tagebuch hilft mir hoffentlich. Würd's natürlich niemals tun. Feige. Egoistisch. Denen gegenüber, die mich finden würden. Den Kindern gegenüber. Brigitte. Ich liebe sie immer noch, auch wenn ich weiß, dass sie mich nicht mehr liebt. Wer könnte das schon?
Manchmal bin ich so traurig, dass ich alles hinausschreien will. Dann wieder so wütend, dass ich denke, ich könnte Brigitte wehtun. Ich habe davon geträumt, ihr wehzutun. Ich habe panische Angst, dass ich ihr wirklich etwas antun könnte, oder unseren wunderbaren Kindern. Ich muss sie beschützen, und habe Angst, dass sie in meiner Nähe in noch größerer Gefahr sind. Alles, was ich tue, ist falsch.
Wenn ich nur keine Wahl hätte: ein Zufall, ein Unfall. Und alles wäre vorbei. So denken Feiglinge. Ich bin ein FEIGLING.
Früher hat Sport immer geholfen. Ich gehe zum Training,

ich renne und renne, aber ich KOMME EINFACH NICHT WEG DAVON. Was immer zum Teufel das auch sein mag. Williams denkt, ich drehe durch. Ich habe den Fehler gemacht, ihm zu erzählen, dass mein Bauchgefühl im Carver-Fall eine Verwechslung vermutet. Und er will jetzt, dass ich mich völlig aus der Ermittlung raushalte. Ich traue ihm nicht und

»Was ist das?« Ella kam ins Zimmer gestürmt.

»Nichts.« Brigitte klappte das Notizbuch zu.

Sie hatte gewusst, dass etwas nicht stimmte. Sie *musste* es gewusst haben. Wie lange schon? Seit Laurie Hunt? Aidan schien es danach wieder besser gegangen zu sein. Seit sie hierhergezogen waren? Maree Carver? Matt Elery? Es war schwer, sich an den Anfang zu erinnern. Anfänge sind abrupt, aber amorph – sie weichen aus, man erkennt sie nicht sofort, im Rückblick nur verschwommen. Sie hatte mit den Kindern zu tun gehabt, mit der Arbeit, mit ihren eigenen Problemen. Es war ihr entgangen.

Sogar Carla wusste Bescheid – deswegen hatte sie ihr die Geschichte von ihrem Ex erzählt, aber Brigitte war zu sehr mit sich selbst beschäftigt gewesen, um es zu verstehen. Zu besessen von Matts blödem Buch. Warum gab es bei ihr zwischen vorschnellen Schlüssen und Verleugnen keine Zwischenstufen? Sie hatte früh im Leben – von der Meisterin – gelernt, dass Leugnen eine leicht zu schluckende Pille war. Die langfristigen Nebenwirkungen waren komplizierter. *Dein Vater hat bloß eine Erkältung. Kopf hoch, Brigitte, du musst stark sein, die Leute beobachten dich. Steck die Flaschen in eine Tüte, bevor du sie zum Mülleimer bringst, damit die Nachbarn nichts sehen. Ich weine nicht, ich habe nur was im Auge.*

Sie sah die achtjährige Brigitte an der Küchenwand in

dem alten rosa Haus in Brunswick stehen, Joan hing betrunken über dem Plastiktisch. Sie wollte sie nicht wecken, falls sie dann ausholen und sie schlagen oder überallhin kotzen würde, dann müsste sie alles aufwischen und dürfte niemandem etwas sagen. Aber was, wenn ihre Mutter sterben würde und sie keine Hilfe geholt hätte? Sie hatte Angst, ihre Beine zitterten, und sie musste pinkeln. Ryan, in seinem Zimmer, weinte. Sie wünschte sich ihren Dad zurück. Sie trug allein die Verantwortung für etwas, das viel zu groß für sie war.

Als die achtjährige Brigitte endlich den Mut gefunden hatte, sich von der Wand zu lösen und zu ihrer Mutter zu gehen, hatte Joan sich aufgerichtet, nach ihrem Glas gegriffen, geflucht, als sie den Brandy verschüttete, und ihn von ihrer Hand geleckt.

Brigitte verdrängte die Kindheitserinnerung, die Probleme der Gegenwart waren jetzt dringender.

»Hast du was im Auge, Mummy?«, fragte Ella.

Brigitte schüttelte den Kopf, steckte das Notizbuch in die Tasche zurück und gab vor, eine Schublade aufzuräumen.

## 46

Der Fernsehreporter sagte: *East Gippsland trauert um einen hochgeschätzten und beliebten Polizisten, der in Folge einer tragischen Verfolgungsjagd ums Leben gekommen ist. Detective Sergeant Raymond Perry, neununddreißig, starb, nachdem sein Wagen gegen einen Baum geprallt war. Kollegen und Notärzten gelang es nicht, ihn wiederzubeleben.* Ein Foto von Ray in Uniform flimmerte über den Bildschirm. *Die beiden jugendlichen Unfallverursacher standen anscheinend unter dem Einfluss der Droge Ice, als sie die Kontrolle über ihren Wagen verloren und von der Straße abkamen. Die Jugendlichen waren den Ermittlungen zufolge erst in ein Haus in Bairnsdale eingebrochen und hatten dann den Wagen gestohlen. Sie wurden mit schweren Verletzungen ins Krankenhaus gebracht.* Zurück zum Reporter. *Metamphetamine sind in den vergangenen zwölf Monaten bereits bei fünf von insgesamt zwanzig tödlichen Unfällen in der Region im Spiel gewesen. Im kommenden Monat findet in Bairnsdale eine Gemeindeveranstaltung zu Drogenmissbrauch und Ice statt, in anderen Städten gab es bereits ähnliche Krisensitzungen. Der Vorfall wirft erneut die Frage auf, ob die Polizei sich auf solch gefährliche Verfolgungsjagden einlassen sollte.*

*Weitere Nachrichten aus East Gippsland: Die Polizei setzt die Suche nach dem Mörder der prominenten Köchin Maree Carver fort, deren Leiche –*

Brigitte stellte mit der Fernbedienung den Ton ab und drehte Ella weg vom Fernseher, während sie ihr die Haare trocknete.

»Kannst du es machen wie bei dir?«, fragte Ella mit einem Blick auf den Handtuchturban auf Brigittes Kopf.

Sie versuchte, Ellas Haare hochzudrehen, aber das Handtuch wollte einfach nicht halten.

»Kommt Daddy heute Abend nach Hause?«

Sie knöpfte Ellas Tweety-Bird-Schlafanzug zu. »Sobald du im Bett bist, rufe ich ihn noch mal an.« Sie zog den kleinen Körper an sich und roch an ihren Haaren. Der Duft von Sauberkeit und Vanille stieg ihr in die Nase.

»Lass uns Zähne putzen gehen.« Sie führte Ella ins Badezimmer.

Phoebe kam natürlich nicht, als sie gerufen wurde. Brigitte musste drei Mal brüllen, bevor sie gehorchte und sich bettfertig machte. Sie weigerte sich, einen Schlafanzug anzuziehen, und Brigitte warf resigniert die Arme in die Höhe und sagte, dann solle sie eben in ihren verdammten Klamotten schlafen.

Ella hatte Finns Bett belegt, der bei seinem Freund Luca Buchanan übernachtete. Finn hatte es erlaubt, und Phoebe hatte von ihrem iPod aufgesehen und gesagt, »Von mir aus.«

Ella suchte ein Buch zum Vorlesen aus: *Nur ich und mein Dad*. Brigitte machte einen Gegenvorschlag, etwas, das vielleicht auch Phoebe hören wollte, aber Ella bestand auf *Nur ich und mein Dad*. Das Bettgestell wackelte, als sich Phoebe im oberen Bett zur Wand drehte.

Ella schlief beim Vorlesen ein, und Brigitte nickte neben ihr mit dem offenen Buch auf der Brust ebenfalls ein.

Klopf. Klopf. Brigitte öffnete die Augen. *Die Hintertür?* Klopf. Noch benommen vom Schlaf, wunderte sie sich, warum Aidan klopfte, hatte er seine Schlüssel vergessen? Sie setzte sich auf und stieß sich den immer noch handtuchumwickelten Kopf am oberen Bett.

Sie schlurfte augenreibend durchs Haus und warf das Handtuch über irgendeinen Stuhl. Sie hatten das Licht angelassen. In der Glasscheibe der Tür sah sie ihre Haare hochstehen wie Medusas Schlangen. Auf der Veranda stand Harry, in der Hand einen leicht mitgenommen aussehenden Blumenstrauß. Er blickte zu Boden, trat von einem Bein auf das andere. Sie warf einen Blick auf die Küchenuhr, kurz nach Mitternacht. Stirnrunzelnd schob sie die Tür auf. Aus einem Bauchgefühl heraus ließ sie die Sicherheitstür verschlossen.

»Es ist spät, Harry.« Sie versuchte, ihr Haar glattzustreichen, und zog den Reißverschluss ihres Hello-Kitty-Einteilers so hoch, wie es ging.

»Ja, ich weiß, aber ich hab gesehen, dass das Licht an ist.«

Sein Atem roch nach Alkohol, an seiner Jacke klebte Dreck.

»Ich wollte mich entschuldigen.« Mit einem verlegenen Lächeln hielt er die Blumen hoch. »Wegen neulich Abend.«

Sie verschränkte die Arme. »Mach dir deshalb keine Sorgen.«

»Ja, vielleicht. Sorglose Gedanken zählen nicht, aber.« Er bekam Schluckauf.

Tate kam ihr in den Sinn. *Ja, sorglos.*

»Tut mir leid, Kumpel.«

Er sah traurig und jämmerlich aus: Der gute alte Harry, ihr Freund, benahm sich albern. Albern kannte sie gut. Sie löste die verschränkten Arme, öffnete alle drei Schlösser und dann die Tür.

Harry trat ein, hielt ihr die Blumen hin, sagte, er habe heute wieder ein Date gehabt, das nicht funktioniert hatte. Sie betrachtete den Verband an seiner Hand, die Schramme im Gesicht, die neongelbe Mütze.

»Scheiße, das mit Ray Perry.«

Sie seufzte und nickte.

»Kiss You All Over«. Sie sahen beide das Handy an, das vibrierend über die Frühstücksbar rutschte. *Aidan?* Brigitte eilte hin. »Unbekannter Anruf« stand auf dem Display. Sie zögerte, sah wieder auf die Uhr, antwortete erst dann.

»Brig.« Die Verbindung rauschte.

»Aid, wessen Telefon ist das?«

»Ist egal. Und es ist fast leer, also –«

»Geht es dir gut? Wo bist du?« Es klang, als würde er Auto fahren.

»Auf dem Rückweg aus Melbourne. Etwa eine Stunde –« Rauschen. »… heißt familiärer DNA-Abgleich.«

»Wovon redest du?«

»Hör mir einfach zu. In der nationalen Datenbank ist das nicht möglich, aber einige Gerichtsbezirke können es innerhalb ihres eigenen Systems machen.« Er sprach hastig. »Ich habe einen alten Freund gebeten, im Bezirkssystem einen familiären Abgleich zu machen. Und es gab einen Treffer. Einen verdammten Treffer.«

Nicht rational. Nicht normal. Leicht vorstellbar, dass er Matts Buch in Stücke gerissen hatte. »Was für ein Treffer?«

»Die menschliche DNA in der Blutmischung an Zippy und am Carver-Tatort.«

Ihr Herz setzte aus, ihr wurde heiß.

»Beide Proben passen zu Laurie Hunt.«

Und dann kalt. *Scheiße*, er war völlig durchgedreht, wahrscheinlich sah er wieder überall Tote. Sie hätte eine Krisenintervention für ihn organisieren müssen, hätte ihn gar nicht aus dem Haus lassen dürfen. »Sei nicht albern, Aid.« Sie bemühte sich um einen ruhigen Tonfall. »Laurie Hunt ist tot, das weißt du doch.« Sie klang wie eine Kindergärtnerin: *Monster gibt es nicht, das weißt du doch.*

»Ich hab jetzt keine Zeit, es zu erklären. Ich habe die Wasserschutzpolizei und die Küstenwache angerufen. Bleib im Haus, jemand wird kommen und dich und die Kinder abholen.« Rauschen.

*Oh Gott*. Die Schlagzeile von morgen: Polizist mit Halluzinationen kostet Steuerzahler Tausende.

»Und sieh nach, ob die Alarmanlage angeschaltet ist.«

»Aber –«

»Mach einfach, was ich sage. Und hol die Pistole.«

»Aidan, du machst mir Angst.«

»Ich komme, so schnell ich –« Die Verbindung brach ab.

Harry fragte, was los sei. Sie sah die Blumen an, die sie immer noch umklammert hielt, ihre Hand zitterte. »Irgendwas stimmt mit Aid nicht.«

Ella kam schluchzend in die Küche gerannt. Wieder ein schlechter Traum?

Brigitte warf die Blumen auf den Tisch, kniete nieder und drückte Ellas Arm – zu fest. Ella wich zurück und jammerte, Brigitte würde ihr wehtun. »Du hast nur schlecht geträumt. Komm, wir bringen dich wieder ins Bett.«

Ella schüttelte den Kopf. »Phoebe ist nicht im Bett.«

»Doch, ist sie. Du kannst sie vom unteren Bett aus oben nicht liegen sehen.«

»Ich bin hochgeklettert.«

Brigitte runzelte die Stirn, sie hatte keine Zeit für so etwas, sie musste im Revier anrufen und dafür sorgen, dass Aidan gefunden wurde, irgendwie.

»Phoebe ist weg.«

»Sei nicht albern, Ella.«

Ella schrie, sie sei nicht albern.

Brigitte richtete sich auf und warf Harry einen Blick zu.

Ella hatte nicht geflunkert: Phoebes Bett war leer. Brigitte kletterte die Leiter hoch und zog die Decke weg, um ganz sicherzugehen. Sie musste im Bad sein.

Harry rief und wollte wissen, ob Phoebe da sei. Sie konnte nicht antworten. Sie schwankte und sah ihr Gesicht im Badezimmerspiegel weiß werden. Ella hing an ihrem Bein wie ein Seestern. Sie nahm sie hoch, ignorierte den dadurch ausgelösten Schmerz und lief zurück in die Küche. Harry beruhigte sie, er werde sich draußen umsehen, während sie das Haus durchsuchte.

*Atmen. Keine Panik.* Brigitte setzte Ella mit einem Becher kalter Ovomaltine an den Tisch. *Das Kind springt immer hinter dem Kleiderständer hervor.* Aber diesmal war es spät dran.

Harry hatte die Hintertür angelehnt gelassen. Gott sei Dank hatte es aufgehört zu regnen. Wenigstens würde Phoebe, wo immer sie auch steckte, nicht nass werden. Frieren allerdings schon. Brigitte legte die Arme um sich, rieb ihre Oberarme, versuchte sich zu erinnern, was Phoebe angehabt hatte. Die pinken Converse Sneakers? Etwas anderes fiel ihr nicht ein. Sie stellte sich vor, wie sie der Polizei zu erklären versuchte, dass sie sich nicht erinnern konnte, was ihre verschwundene Tochter getragen hatte, und warum sie so spät in der Nacht keinen Schlafanzug angehabt hatte.

Vielleicht versteckte sich Phoebe in einem Schrank? Wie Brigitte und Ryan als Kinder früher, um Joan zu erschrecken, nur dass ihnen normalerweise langweilig geworden war, bevor Joan ihr Verschwinden überhaupt bemerkt hatte.

Sie suchte zwei Mal das Haus ab, sah in Schränken, unter Betten, hinter Stühlen und Sofas nach. Überall. *Oh, meine Phoebe, meine kleine Phoebe, wo bist du?* Nicht hier.

Harry kam zurück ins Haus, schüttelte den Kopf, sein Gesicht rosig, die Haare standen vom Wind wie bei einem Kakadu in die Höhe. »Du glaubst nicht, dass Aidan etwas damit zu tun haben –«

»Sei nicht albern.« Sie wollte nicht zugeben, dass der Gedanke auch ihr in den Sinn gekommen war.

Ella zupfte an Brigittes Einteiler.

»Was!«

»Bitte sei nicht böse.« Ella zog einen Zettel aus der Tasche ihres Schlafanzugs. Phoebes Handschrift.

»Wo lag der?«

»Auf Phoebes Bett.«

*Mummy, ich liebe dich über alles, aber ich halte es nicht aus, dich und Aidan immer streiten zu hören, und dass du immer böse auf mich bist. Ich gehe zu meiner Freundin. Mach dir keine Sorgen. Alles Liebe, Phoebe xo.*

Erleichterung. Brigitte rief bei Emily und Josh an. Phoebe

war nicht da. Carla anrufen? Nein, das Revier. Bevor sie die Nummer in ihren Kontakten gefunden hatte, klingelte das Handy. Es war Sarah, die Mutter von Luca Buchanan, die sich für den späten Anruf entschuldigte, aber Finn sei völlig aufgelöst.

Finn: »Phoebe ist im Wasser, Mum.«

Eisige Panik. »Was?«

»Das Gefühl.«

Sie hörte den Anklopfton.

»Das Zwillingsgefühl. Oder ein Traum«, sagte er.

»Ein Traum?«

»Ich weiß nicht, *ich weiß es nicht*.«

»Schsch. Phoebe geht es gut.« Ihre Stimme kratzte. »Jetzt sei ein braver Junge und gehe Sarah zuliebe wieder ins Bett.«

»Aber, Mum –«

»Bitte, Finn. Ich muss auflegen. Ich liebe dich.«

Sie nahm den anklopfenden Anruf an, ging nach draußen und schloss die Tür hinter sich. Ihre Beine wackelten, gaben fast nach, doch sie schaffte es auf die Verandacouch. Steve Williams am Apparat.

»Habt ihr Phoebe gefunden?«, fragte sie.

»Was?«

Ohne einmal zu atmen erzählte sie Steve alles, was passiert war. Er unterbrach sie, sagte ihr, sie solle sich beruhigen, anscheinend sei Phoebe doch nur zu einer Freundin gegangen.

»Aber sie ist nicht bei ihrer besten Freundin, und niemand hat mich angerufen.« Es hatte niemand angerufen, weil Phoebe nie bei ihrer Freundin angekommen war. Sie dachte an Zippy, an Maree Carver. *Phoebe ist im Wasser, Mum*. Sehr kalt. *Oh Gott, oh Gott, oh Gott*. Es war alles ihre Schuld – wie hatte sie überhören können, dass Phoebe sich rausgeschlichen hatte? Sie keuchte, bekam keine Luft.

»Ich will, dass du tief durchatmest, Brigitte. Schaffst du das?«, sagte Steve.

Sie nickte und versuchte es. Es tat weh.

»Keine Sorge, wir finden Phoebe.« Steves Stimme war beruhigend, und sie schaffte es, ihren Atem unter Kontrolle zu bringen, in den Bauch zu atmen.

»Sind Ella und Finn bei dir?«, fragte Steve.

Sie sah in die Küche, Ella und Harry schienen ein Spiel zu spielen oder ein Lied zu singen.

»Ella ist da. Finn übernachtet bei einem Freund.«

»Wie heißt der Freund?«

»Luca Buchanan.«

»Ist Aidan zu Hause?«

»Nein. Er hatte in Melbourne zu tun.«

»Davon weiß ich gar nichts.«

»Er hat eben angerufen und lauter merkwürdiges Zeug erzählt. Ich mache mir wirklich Sorgen um ihn, Steve.«

»Was für merkwürdiges Zeug?«

»Familiärer DNA-Abgleich oder so. Weißt du, was das ist?«

»Nicht wirklich. In Australien wird das nicht gemacht.«

»Er hat gesagt, er habe die Wasserschutzpolizei und die Küstenwache verständigt.«

»Wie lange ist das her?«

»Eine halbe Stunde.«

Getippe. »Alles in Ordnung«, sagte Steve. »Bei diesen Dienststellen sind keine Anrufe eingegangen.«

»Und, Steve, er hat von Laurie Hunt gesprochen.«

Eine Pause. »Warte mal kurz.«

Er ließ sie gefühlt eine Stunde warten.

»Entschuldige. Ein anderer wichtiger Anruf. Mach dir keine Sorgen, Brigitte. Wir haben eine Beratung für Aidan organsiert. Er wird schon wieder. Im Moment ist Phoebe unsere Priorität.«

Sie nickte.

»Und, Brigitte. Es gibt noch ein Problem.«

Der Wind blies durch die Eukalyptusbäume am Zaun.

»Ist Harry da?«, fragte er.

»Ja.«

»Kann er dich hören?«

»Nein, ich bin draußen. Warum?«

»Ich will, dass du meine nächsten Fragen ganz normal mit ja oder nein beantwortest.« Steve klang nicht beruhigend – sein Ton war gemäßigt. Darauf bedacht, die Dinge nicht aus dem Ruder laufen zu lassen – beim Umgang mit Opfern und Selbstmördern, bei Geiselnahmen: bei denen, die die Kontrolle zu verlieren drohten. Phoebe war *doch* etwas zugestoßen. Er wusste es, wollte es ihr aber nicht sagen. Nicht am Telefon.

»Brigitte? Schaffst du das?«

Ein unabsichtliches Schluchzen, sie schluckte es herunter. »Ja.«

»Ist Harry im Haus?«

»Ja, aber –«

»Brigitte, hör mir zu. Harry ist im Haus, und du bist draußen auf der Veranda, wo er dich nicht hören kann, ist das korrekt?«

»Ja.«

»Du musst unter allen Umständen die Ruhe bewahren, verstehst du? Kriegst du das hin?«

»Steve, was ist los?«

»Ich muss dich und Ella von der Insel runter haben –«

»Aber Aidan hat gesagt –«

»– ohne dass Harry mitbekommt, dass etwas nicht stimmt.«

»Verdammte Scheiße, was stimmt denn nicht?« Sie stand auf. »Bist du auf dem Revier? Ist Carla da? Kann ich mit Carla sprechen?«

»Beruhig dich und hör mir zu.« Polizistenstimme. »Wir rufen gerade Jeremy an, dass er für dich die Fähre bereitmachen sollen. Er wird gleich da sein.«

»Was ist mit Phoebe?«

»Die Suche nach ihr läuft bereits.«

»Sag mir, was los ist, Steve.«

Er holte Luft, als müsste er überlegen, wie viel er preisgeben durfte.

»Hat es was mit Maree Carver zu tun?«

Noch ein Luftholen. »Ich hatte die Kriminaltechnik beauftragt, die an Harrys Boot gefundenen Spuren noch einmal durchlaufen zu lassen. Sie haben Marees DNA gefunden.«

Sie hörte Ella und Harry »Ach, du lieber Augustin« singen.

»Brigitte? Brigitte, bist du noch da?«

»Ja.«

»... alles ist hin.«

»Wenn ich auflege«, sagte Steve, »gehst du wieder ins Haus und erzählst Harry ganz unbefangen, dass Jeremy aus dem Bett geholt wurde, damit die Polizei auf die Insel kommen und nach Phoebe suchen kann. Verstanden?«

Sie nickte.

»Brigitte, hörst du mir zu?«

Sie starrte Ella und Harry an. *Alles ist hin...* »Ja.«

»Bitte Harry, zu Jeremy rüberzugehen und nachzusehen, dass er nicht wieder eingeschlafen ist. In der Zwischenzeit läufst du mit Ella so schnell wie möglich zur Fähre.«

»Bis zu Jeremy ist es weit.«

»Genau das ist der Punkt. Um dir Zeit zu verschaffen.«

*Das wird niemals funktionieren.*

Steve wiederholte die Anweisungen langsam, schärfte ihr ein zu betonen, dass die Polizei im Anmarsch sei, und fragte, ob sie alles verstanden habe.

»Ja.« Sie sah auf zu den Sternen.

»Es wird alles gut, ich verspreche es dir. Wenn er glaubt, wir sind auf dem Weg, wird er nichts versuchen. Ich warte in Paynesville auf dich.«

Sie legte auf, ging ins Haus und streckte die Arme nach Ella aus.

Ella schüttelte den Kopf. »Ich spiele mit Harry.«

»Komm bitte her.«

»Hat man Phoebe gefunden?«, fragte Harry.

Brigitte schluckte, ihr Mund war trocken. »Die Polizei sucht nach ihr. Das war Steve Williams.« Ihre Worte schienen zögerlich zu kommen, von weit weg, sie hallten in ihrem Kopf wider. »Steve hat Jeremy angerufen, er soll die Fähre besetzen, damit sie auf die Insel kommen und suchen können. Die Polizei.«

Sie versuchte, Harrys Miene zu deuten, es gelang ihr nicht.

»Steve hat Jeremy mit dem Anruf aufgeweckt.« Hoffentlich war Harry noch angesäuselt genug, um die Brüche in ihrer Stimme nicht zu bemerken. Oder tat er nur so? Wusste er, wo Phoebe war? Hatte er ihr etwas angetan? »Kannst du mir einen Gefallen tun?«

Er nickte.

Sie räusperte sich und hielt ihre Stimme unter Kontrolle. »Ich habe Angst, dass Jeremy wieder einschläft. Könntest du zu ihm rübergehen und nachsehen?«

»Warum hat Steve nicht die Wasserschutzpolizei angerufen?«

»Keine *Ahnung*, Harry.«

Verdunkelten sich seine Augen? »Die Polizei könnte sich ja auch einfach ein Boot leihen.«

»Ich glaube nicht, dass Steve weiß, wie man ein Boot lenkt.«

»Soll ich ihn mit meinem Boot holen?« Er steckte die Hände tief in seine Jackentaschen.

War dort das Messer verborgen? *Du brauchst ein Uncle-Henry-Filetiermesser, Kumpel.* Sie trat einen Schritt zurück, schob Ella mit. »Nein, du hast getrunken. Du kannst nicht rüberfahren.«

»Zu Jeremy ist es ziemlich weit.«

Sie rang die Hände, sie hatte *gewusst*, es würde nicht klappen. Sie musste die Taktik ändern. Uraltes Wissen – es war alles, was ihr einfiel. Sie zerrte die Erinnerung hervor, wie sie früher die Gäste in der Gold Bar dazu gebracht hatte, Geld herauszurücken, bevor sie die Kleidung ablegte. Nicht mit Medusenhaar, ungeschminkt und einem Hello-Kitty-Einteiler. Sie stellte den linken Fuß auf die Zehen und drehte langsam das Gelenk hin und her. Harry schaute hin. Als er den Blick an ihrem Körper entlang wieder hob, strich sie mit einem Finger über ihren Kragen und blinzelte langsam.

Jetzt hatte sie Harrys ganze Aufmerksamkeit und sagte mit Zuckerwattestimme: »Ich mache mir wirklich Sorgen um Phoebe. Mit der Fähre geht es am schnellsten.« Sie befeuchtete mit der Zunge ihre Oberlippe. »Kannst du bitte zu Jeremy gehen, mir zuliebe?«

»Okay.«

Ella fragte, ob sie Harry begleiten könnte.

»Nein. Zieh eine Jacke und deine Schuhe an.«

»Wofür?«

»Deine Füße sind bestimmt ganz kalt.«

Als Harry sich auf den Weg machte, sah Brigitte ihm aus

dem Badezimmer nach. Wie war er darauf bloß reingefallen? Es musste ein Trick sein, er spielte mit ihnen. Sobald seine neongelbe Mütze am Ende der Einfahrt in der Dunkelheit verschwunden war, rannte sie ins Schlafzimmer und drehte am Tresorschloss. *Hör auf zu zittern!* Der Tresor ging nicht auf. *Verdammt!* Hatte Aidan ihr die falschen Zahlen gesagt? Sie versuchte es erneut. Das Schloss öffnete sich. Sie hob den Pistolenkasten heraus, legte ihn aufs Bett und klappte ihn auf.

Und starrte auf leeren Schaumstoff. Harry brauchte kein Messer, weil sie ihm gesagt hatte, wo die verdammte Pistole zu finden war. »Scheiße. Scheiße.« Aber wie war er auf den Code gekommen? »Scheiße!«

Ella stand in der Tür und beobachtete sie.

»Tut mir leid, Süße.« Brigitte schluckte – sie hatte keine Spucke dafür – und sagte mit kratziger *Das ist ja toll, was du heute im Kindergarten gemacht hast*-Stimme, »Wir gehen jetzt zu Jeremy. Wir müssen so schnell laufen, wie wir können, damit wir die Fähre nicht verpassen.« Sie holte ihren Mantel aus dem Schrank und zog ihn über den Einteiler, das Handy schob sie in die Tasche.

»Kommt Harry auch?«

»Nein, Liebling.«

»Was ist mit Phoebe?«

»Phoebe geht es gut. Die Polizei wird sie finden.«

»Wo ist Daddy?«

»Ihm geht's auch gut. Komm, wir beeilen uns.«

Brigittes Rücken schmerzte unter Ellas Gewicht, und ohne Socken bekam sie in den Stiefeln sofort Blasen. Am Ende der Einfahrt wandte sie sich nach links und rannte in Richtung Fifth Parade.

»Wir gehen in die falsche Richtung, Mummy.«

Harry könnte irgendwo auf sie warten, denken, dass sie den üblichen Weg durch die Sackgasse und am Park vorbei nehmen würden.

Beim ersten Anleger hielt sie inne und rang nach Luft, vor ihr schimmerten die roten und weißen Lichter der Fähre auf dem Wasser, *Gott sei Dank*.

Sie schob Ella auf die andere Hüfte und hob den Blick. Sie waren zu spät gekommen. Auf dem inselseitigen Fährstand, über dem Schild mit der Aufforderung *Den Anweisungen des Fährbetreibers ist unter allen Umständen Folge zu leisten*, saß Harry. Seine neongelbe Mütze war unverwechselbar.

## 47

»Planänderung, Süße«, sagte Brigitte, drehte um und lief auf ein kleines Blechboot zu, das umgedreht am Wasser lag, nahe der Stelle, an der die Spurensicherung Maree Carvers Blutflecken gefunden hatte und der Baum durch das Luminol aufgeleuchtet war. Sie warf einen Blick über die Schulter. Es war schwer zu sagen, aber Harry schien in Richtung Park zu schauen.

»Wir nehmen ein Boot.« Brigitte setzte Ella neben dem alten Blechding ab.

»Aber du hast doch Angst vor Wasser, Mummy.«

Sie zögerte, sah zum ersten Anleger hinüber, aber das Gefühl des Fast-Ertrinkens war jetzt wie ein Traum aus alter Zeit, an den sie sich kaum noch erinnern konnte. »Nicht mehr.« Sie zog den Mantel aus, schob die Hand unter die Bootskante und hoffte bei Gott – oder jedem anderen, der ihnen beistehen konnte –, dass darunter die Ruder lagen.

Ihr Rücken verkrampfte, wurde steif. Glühend heißer Schmerz. *Nein, nein, nein, nicht jetzt*. Warum hatte sie sich nicht untersuchen lassen? Sie fiel auf die Knie. Alle Gegenstände waren nur noch verschwommene Formen. Sepia. Schwarz.

Sie schmeckte Sand und hörte Ella weinen.

Mit den Händen auf den Knien drückte sie sich nach oben. In ihrer Wirbelsäule krachte etwas. Sie ging ein paar Schritte im Kreis. Es war okay. Der Schmerz war auszuhalten.

Ihr Rücken hielt durch, als sie das Boot umdrehte. Tausendfüßler, Würmer und Gott-weiß-was krabbelte und kreuchte in tiefer liegende Verstecke. Sie zog und schob das Boot – kein Motor, aber die Ruder waren an den Seiten befestigt – ins Wasser, zog die Stiefel aus und half Ella beim Hineinklettern. Dann lief sie zurück, um ihr Handy aus dem Mantel zu holen, und watete einen Meter weit ins Wasser, bevor sie in das wacklige Boot halb kletterte, halb fiel. Ihr Handy flog über Bord, sie griff danach, zu spät, fluchend sah sie es im Wasser versinken.

»Keine Sorge. Denk dran: rot, rechts, zurück«, sagte Ella, als würden sie zu einem Picknick aufbrechen. »Dann finden wir immer den Weg.«

»Alles klar, Süße. Rot, rechts, zurück.« *War es nicht umgekehrt?* Sie sah Wasser durch ein kleines Loch back-, nein, steuerbord, blubbern – welche Seite das auch immer sein mochte. *Jeder verdammte Hafen in einem verdammten Sturm.* Sie biss sich auf die Lippe und begann zu rudern, so gut es ging.

»Brigitte! Hier oben!«

Als sie sich umdrehte, verfehlte sie mit dem Ruder das Wasser. Die Fähre. Jeremy?

»Alles in Ordnung. Ich habe Harry bewusstlos geschlagen.«

Sie kniff die Augen zusammen und konnte gerade so den

Umriss von Harry erkennen, zusammengesackt im Fährstand, und Jeremy, der die Treppe heruntersprang.

Brigitte und Ella waren nicht weit gekommen, sie stieß sich mit dem Ruder am Grund ab und schob das Boot wieder gen Inselufer.

»Erste-Klasse-Passagiere hier entlang«, sagte Jeremy augenzwinkernd, als sie an Bord kamen.

»Hast du Harry die Pistole abgenommen?«

Jeremy nickte und lächelte. »Alles erledigt.«

Brigitte hätte ihn küssen können. Sie hielt den klatschnassen Stoff ihres Hello-Kitty-Einteilers an den Oberschenkeln fest, eilte in den Passagiersaloon und schloss die Tür gegen den eisigen Wind. Ella und sie ließen sich auf die Bank fallen und hielten sich mit klappernden Zähnen aneinander fest.

Es war fast vorbei. Jeremy musste sie nur noch auf die andere Seite bringen – höchstens fünf Minuten.

Phoebe würde einen solchen Schreck bekommen, wenn die Polizei bei welcher Freundin auch immer vor der Tür stand. Brigitte würde nicht allzu streng mit ihr sein. Sie würde sich mehr Mühe mit Phoebe geben, eine bessere Mutter sein. Und Aidan eine bessere Partnerin. Sie würde ihm helfen, sich wieder besser zu fühlen. Und sie würde selber zum Arzt gehen: wegen des Rückens und vielleicht ... anderen Dingen. Wenn sie mit Wasser fertigwurde, dann war sie auch mutig genug für einen Arztbesuch. Keine Lügen mehr – weder Aidan noch sich selbst gegenüber.

Wie oft hatte Harry mit ihr am Küchentisch gesessen und getrunken, wie oft hatte er auf die Kinder aufgepasst. Abgewartet? Wie hatte ihre Menschenkenntnis sie so verlassen können? Sie zitterte, konnte noch nicht fassen, was Harry Maree Carver angetan hatte, und Zippy, und fast auch ... *Denk nicht darüber nach. Spar dir das für den Arzt auf.*

Sie ging zur Tür, um nachzusehen, ob sie sich von innen verriegeln ließe – nein. *Bitte beeil dich, Jeremy.* Sie setzte sich wieder auf die Bank und zog Ella auf ihren Schoß, küsste sie auf den Kopf. Die Rampe wurde nach oben geklappt, die Fähre machte sich auf den Weg über das Wasser. Der Sichelmond beleuchtete Fahrzeuge und dunkle Gestalten – Polizisten, wie sie hoffte, die Harry entgegennehmen würden –, die sich am Fährhaus in Paynesville hin und her bewegten. Irgendwo da war sicherlich auch Steve.

Etwa auf halbem Weg über die Wasserstraße gab die Fähre eine Art trauriges Wimmern von sich und blieb stehen. Brigitte hämmerte das Herz in der Brust. Sie sprang auf. *Harry ist bei Bewusstsein. Oder die Kette ist wieder gerissen. Bitte nicht jetzt.*

Sie ließ Ella auf der Bank und spähte durch einen Spalt in der leicht geöffneten Tür nach draußen.

»Küstenwache an Paynesville.« Das Funkgerät auf dem Oberdeck.

Sie öffnete die Tür ein kleines Stück weiter, wollte Jeremy rufen, fürchtete aber, Harry könnte sie hören.

»Mum, du kennst doch den geheimen Schrank in eurem Schlafzimmer?«, fragte Ella. »Phoebe weiß die Nummer.«

Brigitte drehte sich um und starrte sie an.

»Sie sagt, ich darf nicht reingucken.«

Die Neonröhre an der Decke flackerte.

»Hört ihr mich, Paynesville?« Rauschen. »Paynesville, hört ihr mich? Over.« Und dann ging das Funkgerät aus.

Sie hörte Schritte auf der Treppe und erstarrte. Nur Jeremys Doc Martens – sie konnte sie durch die Metallstufen hindurch sehen. »Ist alles …«

Vor Jeremys Füßen war ein zweites Paar Schuhe zu sehen. Kleine Füße in pinken Converse-Sneakers. Brigittes erste Reaktion war Erleichterung.

Sie verließ den Saloon und schloss die Tür hinter sich. Am Fuß der Treppe zog Jeremy ein Tuch aus Phoebes Mund. In der anderen Hand hielt er eine Pistole – die aus dem Tresor.

»Es tut mir leid, Mum.« Phoebes Worte kamen keuchend. Ihr Gesicht war rotz- und tränenverschmiert, auf der Stirn klaffte eine kleine Schnittwunde. »Ich wollte nur Emily die Pistole zeigen.«

Jeremy befahl ihr, den Mund zu halten, sonst würde er sie wieder knebeln. Er musste sie im festlandseitigen Fährstand versteckt gehalten haben.

Er drückte ihr den Lauf der Pistole an die Schläfe. Sie zuckte zusammen und zog den Kopf ein, Urin tröpfelte durch ihre Jeansshorts über die nackten Beine.

Brigitte sah die Gänsehaut auf Phoebes Haut und packte das Geländer hinter sich, ihr Herz rutschte aus dem Bauch in die Kehle hoch. »Schsch. Alles wird gut, Liebling.«

Jeremy schüttelte den Kopf und sah Brigitte an, als würde er sie nicht erkennen.

Kleine unterdrückte Schluchzer, wie Schluckauf, schüttelten Phoebes Körper. Brigitte sah ihr in die Augen, konzentrierte sich auf ihre eigene Atmung, hoffte, das werde Phoebe helfen, ihren Atem zu kontrollieren. Sie war wieder auf der Neugeborenen-Intensivstation – und hatte nur ein Ziel: dass ihre Kinder überlebten. *Atme. Ich liebe dich. Alles wird wieder gut. Atme. Mein wunderschönes kleines Baby. Atme.*

Sie überlegte, was ein Polizist in so einer Situation sagen würde. Wie behielt man die Dinge unter Kontrolle? Irgendwas musste sie doch aufgeschnappt haben, aber ihr fiel nichts ein. Sie sah Jeremy an. »Warum willst du uns wehtun?«

Jeremy starrte sie an – durch sie hindurch –, tote Fischaugen. Was war los mit ihm? War er auf Drogen? Oder auf Entzug? Ihr fiel ein, dass er gesagt hatte, er würde unter Depressionen leiden. Vielleicht war da noch mehr, und er hatte die Medikamente abgesetzt.

»Wir haben dir nichts getan«, sagte sie.

»*Er* schon.« Beim Sprechen gaben seine Lippen ein ploppendes Geräusch von sich – sein Mund war trocken.

Brigitte zuckte zusammen, als er mit der Waffe wedelte. »Wer? Wer hat dir etwas getan?« Steve hatte sicher inzwischen das Verhandlungsteam und einen Erstsprecher gerufen – sie musste Jeremy nur bis zu deren Eintreffen hinhalten.

»Serra.«

»Aber er kennt dich kaum.«

Er schien Mühe zu haben, Spucke in den Mund zu bekommen. »Er hat unsere Schwester getötet.«

*Unsere?* Wie viele Personen wohnten in seinem Kopf? Wenn er Stimmen hörte, wusste Gott allein, wozu er fähig war.

»Meine und Steves.« Er wischte sich mit dem Rücken der Pistolenhand die Nase ab.

Serra, Steve, er sagte irgendwelche Namen. Brigitte behielt die Waffe im Blick.

»Unsere Laurie.«

*Oh Gott, was für eine Scheiße.* Sie erinnerte sich an die Initialen auf dem Schal in Jeremys Wagen – nicht Lang's Hardware. Sie erinnerte sich, dass Steve etwas in Harrys Boot fallen ließ – nicht sein Taschentuch.

Er nickte langsam, ein höhnisches Grinsen zerrte an seinen Mundwinkeln. Kein Verhandlungsteam würde kommen, niemand würde zu Hilfe kommen.

Wenn sie nur nahe genug an ihn herankäme, um ihm die Waffe zu entreißen, irgendwie. Sonst würde er sie vielleicht alle erschießen. *Rede mit ihm, lenk ihn ab.* »Du hast keinen Hund, oder?«

Er schüttelte den Kopf.

»Du hast den beiden Jungen Geld gegeben, damit sie sagen, sie hätten meinen Hund getötet?«

Er sah hoch zum Himmel und begann mit kratziger Stimme zu singen: »Memories I'm stealing, but you're innocent in your dreams.«

Sie hatte das Lied schon mal gehört, doch es fiel ihr nicht mehr ein. Phoebe folgte ihrem Blick und sah die Waffe an. Sie schüttelte ganz leicht den Kopf: noch nicht. Jeremy starrte immer noch nach oben und sang. »In your dreams, in your dreams. Innocent in your dreams.«

Sie machte einen Schritt auf ihn zu. Er schien es nicht zu merken. Sie sah zum Oberdeck hoch. *Bitte, Harry, bitte wach auf.*

Jeremy hörte auf zu singen. »Es sollte nicht Maree Carver sein«, sagte er.

Wut verdrängte Brigittes Angst. »Sag bloß! Da hast du ja richtig Scheiße gebaut, wie?«

Das holte ihn auf die Erde zurück.

»Und an dem Abend nach der bescheuerten Band?«

Er sah sie wütend an.

»Es gibt keine Abkürzung zu uns nach Hause.«

»Verdammter Serra. Wir wollten, dass *er*«, er spuckte das Wort ohne Spucke aus, »kapiert, wie es ist, jemanden zu verlieren, den man liebt, aber du hast uns reingelegt. Gleiche Frisur, gleicher Mantel, ihr Scheißfotzen seht alle gleich aus.«

»Aidan hatte keine Wahl. Deine Schwester hat zuerst auf ihn geschossen und seinen Kollegen getötet.«

»Blödsinn!«

Die Angst kehrte zurück, sie verstummte, er schwenkte die Pistole hin und her, verlor die Kontrolle. Die Tür zum

Passagiersaloon öffnete sich quietschend, sie spürte Ella hinter sich. Mit der Hüfte schob sie sie zurück.

Jeremy sah an ihr vorbei und grinste. »Die Kleine da hätte ich fast vergessen.«

Ein paar schwere Regentropfen fielen auf das Oberdeck. Jeremy blickte auf, und sie machte einen weiteren Schritt. Sie sah Harry vornüber sacken. Es war kein Regen, die Tropfen waren rot. *Four Darks in Red.* Die Galle stieg ihr in der Kehle hoch, ihre Augen brannten. Benommen stolperte sie einen Schritt nach hinten, musste würgen.

Jeremy lachte. »Der gute alte Harry. Er wollte so gern in deinem Bett landen, wie?«

Sie knirschte mit den Zähnen.

»Er sollte euch finden. Hätte so ausgesehen, als wäre er's gewesen – wie die Tiere im Schlachthof, wo wir früher gearbeitet haben. Dann hätte Steve, oder besser noch Serra, ihn erschossen. Aber er ist ein bisschen zu früh aufgetaucht. Das einzige Mal, dass Harry nicht genau das tat, was man ihm sagte ... D-d-das wär's dann, Leute. Zum Glück hat Blondie hier mir die Pistole mitgebracht. Mit dem Messer ist es so eine Sauerei.« Sein Blick flackerte zum Festland hinüber und wieder zurück. »Du weißt, was jetzt kommt, oder?«

Sie spürte, wie sie aus ihrem Körper heraustrat. Jeremys Stimme kam aus weiter Ferne.

»Was, hast du das Buch von deinem Freund nicht gelesen?«

Das brachte sie zurück.

Er schnalzte mit der Zunge. »Ich hab's drei Mal gelesen. Der Dreh am Ende ist super. Es war nicht Detective Moore, es war Annaleah. Erst die Ehefrau, dann der Hund, dann die Kinder, und –«

Jeremys Handy klingelte. Brigitte starrte ihn an, er hielt

den Blick fünf Klingeltöne lang in die mittlere Distanz gerichtet, als er das Handy aus der Tasche zog und den Anruf annahm, ließ er Phoebe los. Er schien zuzuhören, antwortete dann: »Verpiss dich.«

*Ein Erstsprecher?*

Phoebe stand wie angewurzelt auf der Stelle, an der Jeremy sie festgehalten hatte. Brigitte streckte ihr die Hand entgegen, doch Phoebe konnte oder wollte sich nicht rühren.

»Blöder Wichser«, sagte Jeremy ins Telefon. »Ich habe eine Pistole. Wen soll ich zuerst erschießen? Eene, meene, muh.« Er hörte wieder zu. »Ich habe keine Forderungen. Verpiss dich! Verpiss dich einfach!«

Ein Hund bellte. In der Wohnung über Joes Fischladen ging Licht an.

»Ich will deine verdammte Hilfe nicht«, schrie Jeremy und warf das Handy über Bord.

Ella rannte durch den Passagiersaloon zum Bug der Fähre. Schreiend versuchte sie, die Rampe hochzuklettern, aber rutschte zurück auf den Boden.

Jeremy hielt sich die Ohren zu. *Jetzt*. Das war der Moment, ihm die Waffe zu entreißen. Doch Brigitte war genauso erstarrt wie Phoebe, konnte sich nicht rühren.

In weiteren Läden gingen die Lichter an. *Verdammt noch mal, tu was!* Brigitte machte einen Satz auf die Waffe zu. Jeremy war zu stark, seine Finger gruben sich in ihr Fleisch. Er stieß sie beiseite, wie ein Puppe prallte sie gegen das Geländer. Ella schrie erneut. Brigitte bereitete sich auf einen Schuss vor.

»Sag ihr, sie soll still sein, Brigitte, sonst ist sie die Erste.«

Auf dem Festland war das Kreischen einer Polizeisirene zu hören, das abrupt abbrach. Noch ein Wagen. Eine Tür schlug zu. Laute Stimmen, Streit. Ein Platschen. Jemand im

Wasser. Flutlicht. Jeremy lief wie ein Monster durch den Passagiersaloon, die Arme seitlich weit von sich gestreckt. Er legte eine Hand aufs Geländer, sprang hinüber in den Fahrzeugbereich und ging zur Back-, nein, Steuerbordseite, mit der Pistole auf den Schwimmer zielend.

Brigitte rappelte sich auf. Nichts fühlte sich wirklich gebrochen an. Sie umarmte und küsste Phoebe, führte sie in den Saloon, rief Ella zu sich und schloss beide Mädchen in die Arme. Sie drehte sich zu dem nach Süden zeigenden Fenster, damit sie nicht mit ansehen mussten, was draußen geschah.

Durch die offene Tür fiel ihr Blick auf ein Paar Hände, die das untere Geländer packten. Aidan! Er zog sich aus dem Wasser. Jeremy zielte immer noch mit der Pistole auf irgendetwas Eingebildetes auf der anderen Seite der Fähre. Aidan legte den Zeigefinger auf die Lippen. Im Augenwinkel sah sie, dass Jeremy sich umdrehte, gerade als Aidan an Bord kletterte. *Aid, nein!*

Es folgte ein lautes Krachen, ein Schuss. Aidan sah Brigitte in die Augen, während er auf die Knie fiel. Wasser tropfte von seiner Kleidung. Sie hatte Jeremy nicht auf Aidan zielen sehen. Der Schuss und Aidans Fall passten nicht zusammen. Die Zeit verlangsamte sich. *Wenn ich nur keine Wahl hätte: ein Zufall, ein Unfall.* Sie war verwirrt. Jeremy lachte und schaute hinüber zum Festland, von wo der Schuss gekommen war. Auch Brigitte spähte hinüber. Ein untersetzter Mann mit einem Gewehr: Steve Williams. Ein weiterer Schuss, ein Feuerschein, die Silhouette einer Frau: Carla. Der untersetzte Mann fiel. Jeremy hörte auf zu lachen und hielt die Pistole auf die Polizisten in Paynesville.

Aidan sackte auf den kalten Metallboden. Brigitte hörte sich aufstöhnen. Ellas Lippen formten das Wort »Daddy«, als sie sich neben ihren Vater legte und die Arme um ihn schlang. Auf dem Festland erneut Schüsse. Brigitte blickte auf, sie hatten verfehlt – Jeremy war noch auf den Beinen, zielte auf die Küste, aber schwenkte die Waffe hin und her.

Phoebe, die auf der Bank saß, hatte irgendeinen Anfall und rang nach Luft. Solange Jeremy noch die Pistole hatte, konnte Brigitte nicht zu ihr gelangen. Er war auf dem Weg zur Inselseite der Fähre, hinter dem Passagiersaloon, wo er vom Festland aus nicht mehr gut zu sehen wäre. Er murmelte irgendetwas über seinen Bruder und Jesus, über sanfte, grüne Wiesen. Wann würde er seine Aufmerksamkeit wieder auf Brigitte und ihre Familie richten?

Sie kniete sich neben Aidan und suchte unter seinem Hemd nach dem Holster. Höchstwahrscheinlich funktionierte seine Waffe nicht mehr, nachdem sie im Wasser gewesen war. Doch sie musste es versuchen, es war ihr letzte Chance. Sie warf einen Blick zu Jeremy hinüber – er murmelte immer noch vor sich hin. Aidan trug kein Holster. Das Spiel war aus.

Er rollte sich auf die Seite – in Embryonalhaltung – und bewegte die Lippen. Sie beugte sich zu ihm, ihr Gesicht dicht an seinem, um ihn hören zu können.

»Tasch...«, flüsterte er in ihr Ohr.

Tasche? Sie strich ihm das Haar aus der feuchten Stirn, küsste ihn und tastete seine Hüften ab – vorsichtig, so wie sie jeden Monat ihre Brust abtastete, immer in Angst, etwas zu finden, oder in diesem Fall nicht zu finden. In der Vordertasche. Seine Dienstpistole. In einen Gummihandschuh eingepackt, trocken. *Kluger Junge, Aidan. Kluger Junge. Der klügste Mann, der mir je begegnet ist.* Wenn das hier alles vorbei war, würde sie den Hersteller ausfindig machen, der die Polizei in Victoria mit Gummihandschuhen belieferte, und ihm eine Dankesmail schicken. Sie sah sich nach Jeremy um, er lehnte am hinteren Geländer, starrte in Richtung Inselanleger und sang wieder. Sie wischte sich die Hände an ihrem Einteiler ab, riss mit den Zähnen den Handschuh auf und nahm die Pistole heraus. Sie war schwerer als die im Tresor.

Leise lief sie zur hinteren Tür des Passagiersaloons und versuchte sich an Aidans Instruktionen zum Umgang mit der Waffe zu erinnern. Sie tastete den Griff ab, es steckte ein Magazin darin. Das bedeutete, die Kammer könnte geladen sein, aber sie wusste nicht mehr genau, wie sich das überprüfen ließ. *Scheiße, Scheiße, Scheiße.* Warum hatte sie nicht richtig zugehört? Sie erinnerte sich nur noch an einzelne Sätze: *Der Verschluss fliegt nach jedem Schuss zurück, also kreuze nie die Daumen dahinter. Das würde sie glatt wegfetzen.* Ein abgerissener Daumen schien im Moment keine so große Sache zu sein. Sie entsicherte die Pistole, hielt sie in der rechten Hand und legte die linke um den Griff. Jeremy hatte sich nicht umgedreht.

»Leg dich auf den Boden, Phoebe«, flüsterte sie, bevor sie aus dem Saloon trat und leise die Tür hinter sich schloss, damit die Mädchen nichts sehen konnten. Sie stand breitbeinig auf den bloßen Füßen, ihre Beine in dem nassen Hello-Kitty-Einteiler zitterten. Aidan hatte irgendwas davon gesagt, wie man das Ziel ins Visier nahm. *Denk nach, Brigitte, denk nach.* Doch es fiel ihr nicht ein. Sie streckte die Arme aus und zielte auf Jeremys Hinterkopf. *Verdammter Scheißkerl!* Sie drückte ab.

Sie hatte die Augen zugemacht und den Abzug verrissen, der Schuss verfehlte sein Ziel und prallte am Lichtpfosten der Fähre ab. Sie hatte gedacht, durch ihre Besuche im Fitnessstudio recht gute Muskeln zu haben, doch der Rückstoß drückte ihr die Arme ins Gesicht, und sie stolperte gegen das Treppengeländer.

Jeremy drehte sich um. Taub vom Schuss, hörte sie ihn

nicht singen, sah ihn nur die Pistole auf sie anlegen. Sie kauerte sich an die Treppe, kniff die Augen zusammen, auf alles gefasst.

Kämpfen oder fliehen. Sie klammerte sich mit Händen und Klauen an dem letzten Rest Hoffnung fest, richtete sich auf und hob erneut die Waffe. Erst im Moment absoluter Hoffnungslosigkeit, wenn wir das Denken an die Zukunft fahren lassen, zählen Gefahr und Angst nicht mehr. *Stell dir vor, du legst den Finger auf etwas Zerbrechliches wie Glas*. Eine seltsame Ruhe verlangsamte ihre Atemzüge und ihren Herzschlag. Jeremy kam näher, näher – nah genug, dass sie sehen konnte, dass in seiner Pistole kein Magazin steckte. Natürlich, Phoebe war nicht an die Munition auf dem Schrank herangekommen. Einen Moment lang dachte Brigitte daran, die Waffe zu senken. Doch Aidan lag in einer Lache aus Blut und Wasser, Ella und Phoebe versteckten sich hinter ihm. Und dann wusste sie, zu welchem Lied Jeremy die falschen Worte sang: »Innocent When You Dream« von Tom Waits. *Verdammt, Harry, es tut mir so leid.*

Sie konnte es zwar nicht sehen, aber vielleicht hatte Jeremy das Messer noch, mit dem er Harry erstochen hatte. Und er war viel kräftiger als sie. Immer noch gefährlich. Immer noch Notwehr? Oder vielleicht klingelt der Postmann doch immer zweimal, aber in diesem Moment war es ihr egal. *Sanft. Nicht am Abzug reißen.* Der zweite Schuss ging nicht daneben.

Das tiefe Loch in Jeremys Kopf, der Rand flammenrot, von Schießpulver ummalt, Fragmente aus Schädel, Gewebe und Hirn, die aus seinem Hinterkopf flogen: noch etwas, das es sich für den Arzt aufzuheben galt. Genau wie Harry und die Leiche von Maree Carver, die sich in der Glasscheibe des Bateau House gespiegelt hatte.

Der Geruch von verbranntem Schießpulver hing in der Luft. Brigitte legte die Pistole auf den Boden, den Lauf gen Insel gerichtet. Dann ging sie in den Saloon zurück und legte sich neben Aidan. Sein Atem strich leicht über ihre Wange. Sie hielt ihn fest, versuchte, ihn zu wärmen. Blut sickerte durch sein kaltes, nasses Hemd, sie fand die Wunde, legte die Hände darauf und drückte fest zu.

Sie las seine Lippen: »Ich habe gelogen, was meine größte Angst angeht.«

»Ich auch.«

»Die ist, dich zu verlieren«, sagte er. »Nicht da.«

Sie bewegte die Hände.

»Nein. Nicht mehr da. In der Flasche weg.«

»Was?«

»Der Spruch. Es heißt nicht ›Im Sturm tut's jeder Hafen‹. Es ist kein Hafen ...«

»Scht.« Sie küsste ihn. »Ich liebe dich.«

Er wedelte mit den Fingern.

»Und es tut mir leid.«

Sie sah die Lichter der Wasserschutzpolizei und der Küstenwache näher kommen, hörte auf dem Festland einen Krankenwagen.

*Liebe Gummihandschuhfirma, vielen Dank für die Herstellung eines so erstklassigen Produkts ...*

Hinter seinem Rücken spürte sie Phoebes Hand auf ihrer, verschränkte trotz des glitschigen Blutes ihre Finger und hielt fest.

Der Wind rüttelte an der Fähre. Das leichte Schaukeln erinnerte sie an die Bewegungen des LKWs ihres Vaters, in dem sie als kleines Mädchen in der Schlafkoje gedöst, sich warm und sicher gefühlt hatte. Seltsame Gedanken kamen ihr. Die Kombination ihres Schließfachs damals als Stripperin in der Gold Bar: 18-9-26, 18-9-26, 18-9-26. Die Namen der Straßen, an denen sie auf dem Weg zu ihrem alten Haus vorbeigekommen war: Gordon, Myrtle, Clifton. Gordon, Myrtle, Clifton. Gordon, Myrtle, Clifton.

Das Neonlicht knisterte, ging aus, ging wieder an.

Sie schloss die Augen und tanzte eng umschlungen mit Aidan, am Abend ihrer ersten Begegnung. An der glänzenden Holzwand stand eine große Gestalt über eine Tinkerbell-Figur gebeugt: ihre Silhouetten wurden vom Licht des Tanzbodens an die Wand geworfen.

Unseren Weg nach Hause finden, irgendwie: *Rot, rechts, zurück. Rot, rechts, zurück. Rot, rechts, zurück.*

## 48

»Heute zeige ich Ihnen bei *Achtung, fertig, kochen!*, wie Sie für Ihre Familie den perfekten Filoteig herstellen.« Maree Carvers Nachfolger stand hinter einem Metalltisch. »Filoteig ist ein griechischer Blätterteig, der für Fleisch-, Eier-, Gemüse- und verschiedene süße Gerichte verwendet wird.« Er schüttete Mehl in eine große, grüne Rührschüssel. »Eine Tasse Wasser und etwa vier Esslöffel Olivenöl –«

Brigitte richtete die Fernbedienung auf den an der Wand angebrachten Fernseher, stellte ihn ab und widmete sich wieder der Seite aus *Wolkenatlas*, die sie jetzt drei Mal gelesen und immer noch nicht behalten hatte. *Wolken, die den Himmel überqueren – eine Metapher für Seelen, die die Zeiten überqueren?* Sie hatte den Mittelteil erreicht: eine post-apokalyptische Welt, in Kauderwelsch geschrieben, abgekürztes Englisch, das sie kaum verstand. Eine Zeile aus dem ersten Teil kam ihr in den Sinn: *Ein halb gelesenes Buch ist eine halb beendete Liebesaffäre.* Blödsinn. Sie würde nie bis zum Ende kommen.

Ein Rolltisch ratterte vorbei. Schuhe quietschten. Jemand hustete.

Stoff raschelte, sie sah auf. Aidan hatte die Augen geöffnet. Sie sprang auf und lief zu ihm, *Wolkenatlas* fiel zu Boden, ihre Seite auf immer verloren. Manche Dinge bleiben unvollendet, um neu beginnen zu können.

»Hey, Schlafmütze.« Sie lächelte ihre Tränen weg und strich ihm das Haar aus der Stirn. »Schön, dich zu sehen.«

Er sah den Wasserkrug neben dem Bett an. Sie schenkte einen Becher ein und half ihm, sich aufzusetzen.

»Vorsicht.« Sie hielt ihm den Becher an den Mund. »Mit all den Löchern in dir bist du wie ein Sieb.«

Der Anflug seines schiefen Lächelns.

Er legte sich zurück, die Farbe wich aus seinem Gesicht. Weiß. Grün. Kurz davor, sich zu übergeben. Sie nahm die Nierenschale vom Nachttisch und fing das Erbrochene auf, ein paar Tropfen landeten auf ihrer Bluse.

»Das macht man nur für jemanden, den man liebt.« Sie stellte die Nierenschale weg, wischte ihm den Mund mit einem Papiertuch ab und, um jeden Zweifel zu vertreiben, küsste ihn.

Sie klingelte nach einer Krankenschwester, die kam und alles säuberte. »Der Buschfunk sagt, Sie gehen nächste Woche nach Hause.« Sie überprüfte Aidans Blutdruck und Temperatur und trug etwas in das Krankenblatt am Bettende ein. »Warum verlassen mich immer die Hübschen?«

Als die Schwester gegangen war, legte Brigitte eine Hand auf die Bettdecke. »Detective Senior Sergeant, ist das ...« Doch er war wieder eingeschlafen.

*Danksagung*

Ich möchte meiner Familie danken: Greg, Reece, Paige, Jaime und meiner Mutter Pam; Henry Rosenbloom, David Golding (mein Lektor) und allen bei Scribe. Besonderer Dank gilt Graeme Simsion für seine großzügige Beratung und nie endende Ermutigung, und all denen, die mir geholfen und mich unterstützt haben – Fran Willcox, Anne Buist, Felicity Clissold, Jim Brandi, Linzi Wilson-Wilde, Maree Shelmerdine, Amy Jasper (die mir bei der Recherche des Weinangebots in Paynesville und der Würstchen auf dem Bairnsdale-Bauernmarkt half), Anita Smith, Danny Rosner Blay, Nancy Sugarman, Emma Viskic, J. M. Green, Michelle Aung Thin, Rachel Mathews, Mark Brandi, Meg Dunley, Allison Browning, Krysia Birman, Connie Spanos, Shahera Souiedan, Diane Meier und Kim Harrison. Danke für die Unterstützung von RMIT (Professional Writing and Editing) und Sisters in Crime. Dank auch der Jean Hurley Estate, dass ich das Haus in Nummer 53 benutzen durfte. Und erneuter Dank der Polizei, den Kriminaltechnikern und Ärzten, die meine Recherchen unterstützt haben (eventuelle Fehler sind allein meine Verantwortung).

Der Schauplatz dieses Buches ist real, aber ich habe mir kleine Freiheiten erlaubt und hier und da einen Fish-and-Chip-Shop oder ein Restaurant hinzugefügt, ein paar Läden umbenannt und Ähnliches.